蛍の光

長州藩士維新血風録

阿野 冠

徳間書店

蛍の光

長州藩士維新血風録

目次

装画　永井秀樹
装幀　鈴木俊文（ムシカゴグラフィクス）
編集協力　小畑祐三郎（遊子堂）

第一章　冬の蛍

彼奴《きゃつ》を殺すと決めた。

だが土壇場になって心が乱れる。小雪まじりの雨がじっとりと両肩をぬらす。石灯籠《いしどうろう》の陰で、おれは大げさに身ぶるいした。

「俊輔《しゅんすけ》、ごっぽう冷えるのう」

声をかけると、かたわらの相棒が貧相な顔をゆがめた。

「庸三《ようぞう》、お主《んし》ゃ雨男じゃけぇ、どねぇもならん」

「おかげで人影もない。待ちぶせにゃ絶好じゃ」

「そげぇなことより、この前の時とちごうて数がたりんでよ」

小柄な伊藤俊輔がいじけきった声で言った。

十日前、品川の英国公使館を襲撃した際は十一人の屈強な仲間がいた。夜雨に打たれながらも、おれたちは柵を破って御殿山《ごてんやま》の敷地内に侵入した。そして首尾よく建設途中の英国公使館を焼き払った。

けれども、今は二人っきりだ。しかもおれはこれまで人を斬ったことなど一度もなかった。また相棒は口舌《こうぜつ》の徒で、刀の納めかたすら知らない。

こちらの弱みを口達者な俊輔がついてきた。

「船頭上がりのおんしゃ体がごつい。相当に剣の腕も立つ。じゃが酒も飲まんし遊女も買わん。そねぇな性根で荒事が成せるんか」

「何が言いたい」

「わしにゃ無理じゃ。敵の館に焼き玉は投げこめても、人斬りはできん」

「おれが殺《や》る。事を見届けるだけでいい」

「そげか。ならばこの場は山尾《やまお》庸三なる烈士にまかせるけぇ」

安堵《あんど》した俊輔が、反っ歯をむきだして笑った。

スチャッと鍔鳴《つばな》りをひびかせ、おれは決意を示す。

もう後戻りはできない。殺すべき相手は塙次郎《はなわじろう》。盲目の国学者として名高い塙保己一《ほきいち》のせがれで、雄弁な幕府の御用学者だった。彼奴は開明派の連中を扇動し、孝明《こうめい》天皇を退位させようと図っているらしい。

どれもこれも仲間内の風聞にすぎない。

それでも、当然のごとく功をあせる勤王派の標的にされている。その首を真っ先にとれば、山尾庸三と伊藤俊輔の名は天下に喧伝《けんでん》されるだろう。

氷雨《ひさめ》の中、丘上から遠望すると外堀のむこうに町屋の明かりが寒々と灯《とも》っている。身も心もこごえる師走《しわす》の夜だった。闘志のなえた年下の相棒を、おれは小声ではげました。

「塙を討てば、軽輩《けいはい》のわれら二人は志士として認められる」

「大刀は差しちょるが、わしゃ足軽身分じゃけぇな。仲間内では使い走りにすぎん」

「おれも、あつかいは同じじゃ。俊輔、共に名を上げよう」

「庸三、たのんだぞ。わしゃ見届け役に徹するけぇ」

すでに大老井伊直弼《いいなおすけ》は桜田門外で水戸浪士らに討ち取られている。多数の志士を刑死させた最高権力者も、殺してしまえば物言わぬ無力な屍《しかばね》と化す。

おれはつくづくそう思う。

立ちふさがる政敵を倒すには、実りのない論争ではなく、直接刃《やいば》をふるって息の根を絶つにかぎる。たとえ未遂に終わっても、相手に強烈な打撃をあたえられる。現に今年の一月、大老横死後の幕政を仕切っていた老中安藤信正《あんどうのぶまさ》が、刀傷を受けて失脚した。

総登城の折、水戸浪士らに襲われた安藤はからくも坂下門内に逃げこんだ。謀殺は失敗し、六人の刺客らは全員がその場で斬り死にした。だが負傷した安藤も士道不覚悟とされ、幕閣の座から転げ落ちたのだ。『公武合体』を推《お》し進め、皇女和宮《かずのみや》降嫁《こうか》を実現させた辣腕家《らつわんか》も、背に一太刀浴びれば下野するしかなかった。

「安藤信正の懐《ふところがたな》刀だった塙も、このまま見逃すわけにゃいかん。殺るでよ」

おれは自分を鼓舞するように言った。

相棒と二人で下準備はちゃんと済ませた。彼奴の面体《めんてい》も確認してある。昨日、自宅の和学講談所で行われた講義に芸州藩士といつわって参加したのだ。おれたち二人は長州人だが、言葉なまりは隣国の安芸《あき》と同じなので怪しまれはしなかった。

だが、目つきのするどい幕臣が部屋の隅で聴講生らを監視していた。ちらりと警固役に視線を送った俊輔が小声でおれに耳打ちした。

「まずいぞ。あン男にゃ見覚えがある。一橋《ひとつばし》家用人の平岡円四郎《ひらおかえんしろう》じゃ。この近くの昌平坂学問所で寮長をしとった秀才で、江戸では知らぬ者がおらん」

「えっ、一橋慶喜《よしのぶ》の側近がなぜここに」

「つい先日、慶喜は将軍後見職に就《つ》いたばかりじゃしな。幕府寄りの高名な大学者と連携し、尊王派の台頭を打ち砕こうとしておるのかも」

「見直したぞ、俊輔。おまえの口からそんな話を聞かされるとは」

「耳学問さ。こう見えても松下村塾《しょうかそんじゅく》の末席を汚す身だ。吉田松陰《よしだしょういん》先生からも『周旋《しゅうせん》の才あり』とのお墨付きをもろうとる。直近の政治状況を知らずして志士とは名乗れんじゃろ。お、そろそろ始まるな」

口べたなおれとちがい、どの場にあっても俊輔は雄弁だった。萩の松下村塾の名を出されると、瀬戸内育ちのにわか志士は何も言い返せない。

ほどなく端整な顔立ちの男が、軽く一礼して講義所へ入ってきた。意外に若く見える。並みの知識人とちがい、話しぶりも軽快で説教じみたところがなかった。

そして、何よりも国学者らしからぬ授業内容だった。

塙次郎は西洋文明の優位性をとき、精神面については聞きなれぬ博愛主義をとなえた。とくに弱者救済の国策を一心に語った。

『イギリスは産業革命を成しとげ、その潤沢な資金を貧民らにほどこしております。これを福祉政策と申します。また西欧諸国では、目や耳に障害のある人々を救うため盲唖《もうあ》学校を創設。およばずながら私も、わが国で障害者のための学校づくりをめざす所存にて』

本人は健常者だが、実父の塙保己一が盲目なのでいっそう弁舌は熱をおびた。

きれいごとなど聞きたくもなかった。日本最高峰の知識人と称される塙次郎は、皇国史観に一言もふれなかった。万世一系の天皇を中心に仰ぎ、日本民族を統合するという縦一列の明解な思想におれは傾倒していた。

白人の掲げる博愛主義や障害者の救済など絵にかいた餅。まったく現状にそぐわない。欧米列強による無慈悲な砲艦外交を食い止めるには、刃をかざして突き進むしかないのだ。

そして西洋かぶれした軟弱な学者の口を封じるには……。

斬るしかない。

講義の終盤で、おれはそう思い定めた。きっと俊輔も同じ覚悟だろう。

門人の若侍に、さりげなく授業日程をたずねた。すると、『明日は休講です。昼どきに駿河台《するがだい》のお旗本の屋敷で和歌の会があり、お帰りになるのは夜なので』との返答を得た。

しかし、明確な帰宅時間まではわからなかった。

こうして夜雨に打たれながら塙邸近くの九段坂で待機しているが、まったく先行きは見えない。

大雨で帰りそびれる可能性もある。もし塙次郎が旗本屋敷でそのまま一泊してしまえば、すべて水泡に帰すのだ。

おれたち二人には雨をしのぐ傘さえなかった。

いつも快活な俊輔がふんどしをずらし、坂下にむかって放尿した。

「庸三、このままじゃ敵を討つ前にこっちが凍え死ぬでよ」

「おれはどこで死んでもかまわん」

「わしゃごめんじゃ。女房にしたいおなごが下ノ関《しものせき》で待っちょるけぇな」

「あのやさしげな三味線芸者か」

しかたなく話にのってやると、ふんどしを締めなおした相棒が笑顔でうなずいた。

「おう。木石《ぼくせき》のおんしゃから見れば、梅子《うめこ》は商売女かもしれんが、わしにとっては知恵や財産をもたらす弁財天様じゃ。身請《みう》けしてかならず添いとげる」

「こげな時によう言うで」

おれとちがって、俊輔はどんな場面でも楽観的だ。

窮地になればなるほど明るくふるまう。腰も軽い。友の誘いを断ったことは一度もなかった。

怪しげな遊里だけではなく、たとえそこが死地であったとしても平然と同行する。そして時に応じ、たわいもないのろけ話に興じることもできる。

肝っ玉が太いのではなく、死に対して無頓着《むとんちゃく》なのかもしれない。

天誅《てんちゅう》の見届け人として、これ以上の適役はいまい。貧相な見かけとちがい、伊藤俊輔なる軽輩は勝負時を心得ていて、俊傑としての資質をそなえていた。

氷雨が降りつづいている。濡れネズミになって、おれたちはひたすら標的を待った。

土留《どど》めが九つもある長い急坂は九段坂と呼ばれ、眼下には飯田川が流れている。今となれば、九段めの坂上に立つ石灯籠のかぼそい灯《ひ》が心の支えだった。

百目蠟燭《ひゃくめろうそく》の火が消えてしまえば、おれたちは暗夜の下に取り残される。狙う相手が帰路の九段坂を通過しても、その姿は闇に溶けてしとめることはできない。苛立《いらだ》ちだけがつのった。

幸い、雨は小降りとなった。

「あれは……」

目の良い俊輔が暗い川面を指さした。

瞳をこらすと、飯田川の草地から二つの青白い光がゆらゆらと舞い上がってきた。故郷の周防《すおう》二島村《ふたじまむら》では、梅雨時《つゆ》になると小川や用水路で数万の源氏蛍が乱舞する。村の男児らは蛍狩りに熱中し、虫カゴ全体が煌々《こうこう》と青光りするほどだった。

一瞬、時と場所を失念し、おれはうつけた声をもらした。

「……迷い蛍じゃろう」

「なにを言うちょる。冬の蛍なんぞ見たこともないちゃ。庸三、しっかりせぇや」

年下の俊輔に左肩を小突《こづ》かれた。

極度の緊張感と寒さにやられ、放心していたおれはハッと正気をとりもどした。

「すまん、俊輔」

「あの明かりは足元を照らす提灯《ちょうちん》じゃ。どうやら塙が帰って来よったぞ」

「そのようじゃな」

「まずい、明かりが二つか。同行者がおるな」

「供の中間《ちゅうげん》じゃろう。脅せばすぐに逃げ散る」

おれは標的以外の者を斬りたくなかった。

だが、この期《ご》におよんで相棒の気が変わった。

「よしッ、中間はわしが始末するけぇ、まかせちょけ。見届け役なんぞつまらん。おんしゃは塙ひとりに狙いを定めて討ち取れ」

俊輔が本来の攻撃性をとりもどした。おれは苦い唾《つば》をごくりと飲みこむ。武器を持たぬ中間を斬ったとて、何の手柄にもならない。それこそ無益な殺生《せっしょう》だ。

おれは気負い立つ俊輔を制した。

「やめろ。大義のための天誅じゃ。関係のない者の命を奪ってはいかん」

「関わりはある。目撃した者の口封じをせにゃ、後で厄介なことになろうが」

俊輔の言うとおりだった。事が切迫する中で主犯のおれはうろたえ、従属していたはずの共犯者は冷酷さを露《あら》わにした。

俊輔の目もとには、早くも青黒い殺気の隈取《くまど》りがくっきりと浮かんでいる。

しだいに提灯の明かりが大きくなった。

もはや猶予《ゆうよ》はない。おれはぞろりと刀身を引き抜いた。それから細ひもを懐から取りだし、刀の柄《つか》にきっちりと利き手を結びつけた。こうして手貫緒《てぬきお》をしておけば、刃を合わせて強い打撃をうけても大刀が右手から離れることはない。

だが、こちらの思惑どおりにはいかない。こうした命のやりとりの場では、次々と予想外のことが起こる。

近づく提灯の明かりが、ゆれうごく壮漢の雄姿を照らしだす。黒い長羽織を身にまとった大柄な武士が、塙次郎を先導していた。

気負いこんでいた俊輔が、さっと石灯籠の裏がわに隠れた。

「いかん。中間じゃのうて手ごわい護衛がついちょる」

「俊輔、いったん抜いた刀は鞘《さや》にはおさまらんぞ」

「この場はやり過ごそうや。こうして塙の帰路もわかったことだし、もっと味方を増やして次回に決行しよう。そのほうが確実に仕留められる」

「おまえは遠くで見ちょけ。当初の予定どおりに殺る」

おれは決意をかためた。

やたら目はしの利く松下村塾生は、状況しだいで柔軟に立場を変える。臨機応変ともいえるが、おれの目にはやはり口先ばかりの周旋屋のふるまいに映る。

どうやら農民上がりの萩の足軽を、少し買いかぶっていたようだ。

二対一の争闘だが、やはり先に斬りこんだ方に分がある。護衛さえ倒せば、軟弱な学者の細首など容易に刎《は》ねとばせるだろう。

真剣勝負は一度きり。

しくじれば二度めはない。飯田町の練兵館《れんぺいかん》において、おれは剣客斎藤弥九郎《さいとうやくろう》の下で血へどを吐くほど荒稽古《あらげいこ》に励んできた。その成果を実戦の場で確かめる時がきた。距離を見切って相手の内懐《うちぶところ》に入れば勝機は見出《みいだ》せるはずだ。

護衛の武士が、あたりに目をくばりながら九段坂をゆっくりと上がってくる。同行の塙次郎が過激志士らに付け狙われていることは充分に承知しているらしい。まともに正面からいけば迎撃される恐れがあった。

しかし、ここで迷えば出足がにぶる。先手必勝の定石を信じ、闘魂をたぎらせて全力で突破するしかない。

おれはフーッと一度大きく深呼吸し、高み取りの有利を生かすため白刃《はくじん》をぶらさげて坂上に立ちふさがった。

「塙次郎……」

その場で国賊の罪状をのべるつもりでいた。だが相手の名を呼ぶのが精一杯だった。

逆に彼奴から一喝された。

「馬鹿め！　闇討ちなど卑劣漢のすることだ」

国学者の気迫に圧《お》され、おれは言い返すこともできない。剣先をのばし、獣めいたうなり声で威嚇《いかく》するしかなかった。

護衛は手にしていた提灯を放り投げた。横倒しになった蠟燭《ろうそく》の火が、筒状の張り紙に燃え移って炎がパチパチッと噴出する。師弟の顔が怖いほどはっきりと見えた。

追いつめられているのはおれのほうだった。

長羽織を脱ぎ捨てた壮漢が、前面に立ってすばやく抜刀する。弟子筋らしき幕臣は大刀を振りかぶり、恩師を守り抜く気概《きがい》を示した。

ゆれうごく明かりの中、相手の白刃がギラリと光った。

「どこの家中だ」

「こたえる義理もなし」

「痴《し》れ者《もの》、塙先生の尊いご意志がわからぬのか」

「知るかよッ」

たがいの命が交錯する場で正気は保てない。

腰がひけ、おれは足が前に踏み出せなくなった。習熟したはずの剣さばきを忘却し、ぶざまな格好で後ずさるばかりだ。相手が烈声を発すると、斬られてもいないのに、刃物でえぐられたような痛みが全身に走る。

守勢のおれは、破れかぶれで坂上の高みから斬り下ろした。

「死ねやーッ、死ね！」

宙に躍《おど》った白刃が激しく敵影にぶつかった。

あざやかに一刀両断など絵空事だ。下段にいた壮漢の骨肉に切っ先が深ぶかと食いこむ。強い反動があった。手貫緒をしていなければ刀を取り落としていたろう。

相手の肩胛骨《けんこうこつ》にまでめりこんだ鈍刀を、おれはしゃにむに引き斬りにした。生ぬるい返り血をまともに顔面に浴びた。

「ぐわわっ……」

激痛にうめきながら、護衛の幕臣が間近でおれをにらみすえる。死にからめとられた若者の眼光はすさまじかった。

とても直視できない。早くこの場から逃れたかった。

「奈落へ行け！」

おれは無慈悲に男を坂下へ蹴落《けお》とした。それでも絶命せず、血に染まった幕臣は泥地を這いずりまわっていた。

一度斬られたぐらいで人は死なないらしい。戦闘力は喪失しても、意識ははっきりと残っているようだ。激痛に呻《うめ》いていた。見るに忍びなかった。この上、塙次郎の首を獲《と》ることなどできるわけがない。

標的の御用学者は逃げもせず、瀕死《ひんし》の愛弟子《まなでし》のもとに駆け寄った。

討ち取るべき国賊は目の前にいた。だが血刀を握りしめたおれは、荒い息を吐いて茫然《ぼうぜん》と立ちつくすばかりだ。

あれほど燃え盛っていた闘魂は霧消し、腹底から悲哀の念がわきあがってくる。

何かがまちがっていると感じた。

その時、一人の男が石灯籠の陰からうっそりと姿をあらわした。

「……どうするつもりだ」

おれが声をかけると、俊輔は獲物を前にした餓狼《がろう》のように舌なめずりした。

「庸三、なにをためらう。早《はよ》う塙を殺せ」

「もうええ。彼奴はこれで二度と逆賊めいたことなど口にせんじゃろ」

「甘いぞ、ここで見逃せば禍根を残す。おんしゃがしきらんのなら、わしが殺る」

「無抵抗な者を斬るんか」

「おう。それなら非力なわしにもできるけぇな。大手柄じゃ」

俊輔がためらうことなく刀を抜き放った。そして逆手に持ちかえ、一心に弟子を介抱している国学者の背を深ぶかとえぐった。


血まみれとなった師弟は折り重なって倒れ伏し、冷たい夜雨に濡れている。横合いで見ていた庸三が呆《ほう》けた面相で言いつのった。

「何ちゅうことをする。俊輔、おんしゃ見届け役じゃろうが」

わしは何でもなさそうにこたえた。

「ためらっちょるけぇ手をかした。それだけのことじゃ」

「しもうた、もう取り返しがつかん……」

日ごろ豪気な庸三が頭をかかえ、その場にうずくまった。

清廉潔白《せいれんけっぱく》な者にかぎって迷いが多い。人を殺して平気でいられるわけがない。そのことは最初からわかっていた。返り血を浴び、だれもが罪の大きさに打ちひしがれるのだ。

「おい、大丈夫か」

庸三が激しく嘔吐《おうと》した。べったりと顔面に血のりがこびりつき、健全な体が拒否反応を示しているようだ。

わしは血刀をぬぐわず、そのまま黒鞘に落としこもうとした。

刀身がゆがんでいてうまく納まらない。強引に突っこむと、ぬめった血が鞘口からヌラヌラとあふれだしてきた。それは死者の執念とも感じとれた。

それでも、わしはつとめて冷酷な態度を装った。

「チッ、天誅は手間がかかるのう」

舌打ちをすると、立ち上がった庸三に胸ぐらをつかまれた。

「俊輔ッ、おれは塙次郎が憎くて殺そうとしたわけじゃないぞ」

「言わんでもわかっちょる。おんしゃ国のため、わしゃ誘われたから襲撃に加わっただけじゃ。もし失敗したら、共に割腹するつもりで来た」

「……最初から目的が違《ちご》うちょったんか」

「とにかく標的はしとめた。それで充分じゃろ」

わしは声を低めて同輩をなだめた。

庸三は憑《つ》きものが落ちたようにふだんの仏頂面《ぶっちょうづら》にもどった。それから九段坂で横死した師弟の亡骸《なきがら》をつらそうに見やった。

「塙の首は獲らん。俊輔、それでええな」

「今回の天誅はおんしゃの思案じゃ。わしに不服はない」

「ならば、この場で約束してくれんか」

「聞こう」

どんな提案でもわしは受け入れるつもりだった。幼いころから下僕として勤めてきたので、相手の言うことには従う癖が身についている。

当初、庸三のくわだてた計画は過激すぎた。九段坂で待ち伏せして国賊を討ち取り、その首を大罪が記された斬奸状《ざんかんじょう》と共に日本橋にさらす段取りになっていた。浅はかな功名心に裏打ちされた蛮行にすぎない。

わかってはいたが、志士として名を売るため待ち伏せの現場に同行した。そして標的の塙次郎を殺したのは見届け役のわしだった。

同輩がくぐもった声で言った。

「今夜のことは二人だけの秘密にしよう。俊輔、生涯かけてだれにも洩《も》らすなよ。『塙次郎殺し』は二人で墓場まで持っていこう」

「おう、異存はないけぇ」

いつものようにわしは笑ってうなずいた。

国賊を討った手柄より、同輩との友誼《ゆうぎ》を優先した。名を上げる機会はいずれやってくるだろう。

じっさい昔からわしは運がいい。出会いにめぐまれ、恩師や先輩たちの厚情に甘えて世の中を渡ってきた。きっとこれから先も強運はついてまわるはずだ。今夜の一件も、そうした流れの一環だと思う。

何よりも、二人で秘密を共有したことが誇らしかった。

それは重罪を犯した男同士の『誓い』だった。被害者の血で交わされた熱い血盟。これでわしと庸三の仲は不動のものとなった気がした。

だが、一つだけ気がかりがあった。

昨日、二人で和学講談所へ偵察におもむいた折、一橋家用人の平岡円四郎と出くわした。

高名な江戸の旗本をわしは見知っていた。となれば、逆に相手もこちらの面体をしっかりと記憶したかもしれない。たとえ偽名で記帳したにせよ、『塙次郎殺し』が発覚すれば、初見の怪しい二人連れの人相書きが張り出される恐れがあった。

今夜の事件は長く尾を引くような気がしてならなかった。

庸三がうち捨てられた長羽織をひろいあげ、師弟の遺体にかけた。

夜雨が雪へと変わり、黒い羽織を点々と白く染めていく。かたわらの庸三は目をそむけ、居たたまれない風に言った。

「長居は無用だ。俊輔、もどろうや」

好漢は一刻も早く凄惨《せいさん》な現場から立ち去りたいらしい。

察したわしは、わざとらしく高調子に言った。

「ひどい顔じゃな。返り血を浴びて赤鬼みたいになっちょるど」

「おたがいさまじゃ。先に行くぞ」

無愛想な顔つきのまま、庸三は背をむけて九段坂を下りていった。

あわてて後を追う。わしとしても一人で夜道を帰るのは心細い。また自分の殺した死体のそばで腰を落ちつけるほど豪気ではない。

水道橋のほとりで追いついた。実直な庸三がじっと川面をながめている。降りしきる雪の中、妖しげな青火が二つゆらめいていた。

「……やはり迷い蛍じゃ。二人の魂が暗い黄泉路《よみじ》へと飛んでいきよる」

「取り憑かれるぞ、庸三。さ、一緒に来い」

わしは同輩の手をひっぱり、急いで水道橋を渡りきった。

あれほど精強だった周防灘の船頭が、人ひとり殺したぐらいで、これほど憔悴《しょうすい》するとは考えもしなかった。庸三は長州男児としての生彩を失い、まるで心が抜きとられたように足どりがおぼつかない。

それにひきかえ、自分の薄情さが空恐ろしい。

悔恨の情などみじんもなかった。同輩は深く思い悩んでいるが、敵対者を殺すという行為のどこが悪いのかわしにはよくわからない。

正当な理由さえあれば、実行してもよいのではないか。

萩の塾仲間たちは、それを『天誅』と称して賞賛している。わしにとって、幕府の御用学者は吉田松陰先生を刑死に追いこんだ仇敵《きゅうてき》だった。

誠実な庸三も尊攘《そんじょう》思想に影響され、ついには『塙次郎殺し』を決行したのだ。

そして、結果的に従犯のわしがきっちりと始末をつけた。

何事においても、わしはためらったり後で悩んだりしない。遊び好きで学識にとぼしく、剣術もからっきしだが、刺客としての才能だけはそなわっているようだ。

一方の同輩は罪の意識にさいなまれているらしい。

うなだれた姿勢でのろのろと商家通りを歩き、わしが話しかけても上の空だった。

「やまん雨や雪はない。庸三、きっと明日は晴れるでよ」

「……そうじゃな」

「いつまでそねぇに背を丸めちょるんかい。しゃんとせぇや。血だらけじゃし、夜道ですれちがう連中に不審がられるぞ」

「どうでもいい」

生気のない返事がもどってきた。

駿河台界隈《かいわい》の大半は武家屋敷で占められている。外堀近くの飯田町あたりだけ商家が密集していた。長州藩士らが剣の修行を積む練兵館もこの一角にあった。同輩の庸三は二年前から書生として練兵館で暮らしている。

わしは今年の初春に江戸入りした。

正規藩士とちがって藩邸では暮らせない。せまくじめついた足軽長屋で寝泊まりするか、練兵館の住みこみ弟子としてきびしい稽古に励むしかなかった。後者をえらんだわしは、庸三と相部屋になり急速に親しくなった。

わしら二人の後見人は、桂小五郎《かつらこごろう》という長州藩の重臣だ。

桂さんは藩主毛利敬親《もうりたかちか》公の信頼があつく、他藩との折衝役や京の朝廷工作を一手にしきっている。また練兵館道場の塾頭も務めているので、軽輩のわしらにも目をかけてくれていた。わしは従者として重宝され、庸三は剣術の直弟子《じきでし》だった。

神道無念流を極めた剣豪だが、武張《ぶば》った感じはどこにもない。面倒見がよく、金銭面でも助けてくれた。純朴な庸三はすっかり心酔し、桂さんを神のようにあがめていた。

それにしても江戸はかぎりなく刺激的だ。

わしは日々の暮らしを満喫していた。何もかもが目新しい。稽古を抜け出し、にぎやかな日本橋通りや色町をほっつき歩いている。

これで金さえあれば遊廓《ゆうかく》にも連日かよえる。故郷の長州にいたころは、松下村塾で一緒だった高杉晋作《たかすぎしんさく》という快男児にあごで使われ、放蕩《ほうとう》の尻ぬぐいばかりさせられた。しかし、たまにご相伴《しょうばん》にあずかって安女郎を抱くこともできたので文句は言えなかった。

高杉先輩は長州藩上士の嫡男《ちゃくなん》で家格も高い。その上、短気で乱暴者だ。いつも詩人きどりなので厄介な相手だった。

足軽ふぜいのわしが対等に話せるわけがない。しかし、江戸入りしてからは朋輩《ほうばい》として付き合ってくれるようになった。十日前にもわしを義挙に誘い入れてくれた。

思い返しても胸が熱くなる。

「これから幕府に一撃をあたえる。俊輔、おまえの命を僕にあずけてくれ」

そう言って、わしの手をきつく握りしめた。

高杉先輩は、『僕』という謙譲めいた一人称を好んだ。それは勤王一筋の志士たちがよく使う一種の風格語であった。

わしは泥臭い言葉でうけおった。

「使い捨てにしてつかァさい。わしの命なんか羽毛より軽いですけぇ」

「よう言うた。完成間近の公使館を焼き払えば外交問題になる。英国政府に責めたてられ、何も決められないおよび腰の幕府は内部崩壊するだろう。だから老中を殺すよりずっと効果がある」

「妙策ですね、さすがじゃ」

わしがおもねると、ひねくれ者の高杉先輩から指令をうけた。

「俊輔、おまえは勘がいいから火付け役にまわれ」

「えっ、放火犯は磔《はりつけ》獄門《ごくもん》でしょうが」

「そのとおりだ。覚悟しちょけよ」

そう言ってカラカラと高笑いした。

十日前、松陰一門を中核とする決死隊は品川宿の土蔵相模《どぞうさがみ》に集結した。出入り口がせまく、奥行きのある妓楼《ぎろう》は密談場所として最適だった。

わしは末席にすわった。

主将の高杉先輩が、二階座敷に陣どって『英国公使館襲撃』を宣言した。そして副将の久坂玄《くさかげん》瑞《ずい》さんが義挙の意味合いについて明確に語った。

「諸君、今回の焼き討ちはまさに討幕の端緒だ。西洋列強の砲艦外交にひれふした徳川《とくがわ》幕府は、品川に英国公使館をつくろうとしている。建設費用に領民から吸い上げた租税八万両がつぎこまれた。さらに治外法権で、野蛮な英国人が婦女子を襲ったとしても法の裁きをうけない。このような不平等な状況を打破するため、われら長州は万民救済の志《こころざし》をもって御殿山に突入する！」

恩師ゆずりの熱弁に、同志たちは獣めいた雄たけびをあげた。

「オーッ！」

たしかに副将としてすこぶる見栄えも良い。幼少期に疱瘡《ほうそう》を患《わずら》った高杉先輩はあばたづらだが、久坂さんは白面の美男子なのだ。松陰先生も妹の文《ふみ》さんの想いをくんで、弟子の久坂さんを妹《いもうと》婿《むこ》に迎え入れた。

主将・副将共に二十代前半で勢いがある。二人は『松門の双璧』と呼ばれ、最も嘱望《しょくぼう》されている塾生だった。

末席を汚すわしとは能力がちがう。

高杉先輩は藩主にお目通りができる上士だ。そして秀才の久坂さんは藩医の家柄で、つよい統率力があった。長州の藩政を動かして討幕に導くには、どちらもかけがえのない人物だと周囲に認められている。

井伊直弼が断行した『安政の大獄』で松陰先生が刑死されたあと、同門の二人は競うように過激な言動をくりかえしていた。

だが、尊皇攘夷《じょうい》を金看板とする水戸藩士たちに先を越されてしまった。かれらは桜田門外で井伊大老の首をあげ、つづいて坂下門で老中に痛撃を加えた。

われら松陰一門は、むざむざ恩師を刑死させてしまっていた。他藩の尊攘派から「忘恩の徒だ」と揶揄《やゆ》される有様だった。

弁は立つが実戦には弱い。それが長州の実態だと言われつづけている。

弁明の余地はない。日ごろ饒舌《じょうぜつ》なわしもその一員だった。

長州史はすべて松陰先生から習った。藩主の毛利氏は、かつて西軍の大将でありながら、関ヶ原の戦いでは山頂で傍観し、徳川家康《いえやす》に天下の覇権をあっさりと握られてしまった。敗将となった毛利氏は、領地の七割を削り取られて本州の西端にとじこめられた。いまでは周防と長門《ながと》の二国を治める外様《とざま》大名の地位に甘んじている。

積年の恨みを晴らすには武力討幕しかない。

同時にそれは恩師の仇討《あだう》ちを意味していた。庸三との大きな差は、そこにあるのだとわしは思う。いわば庸三は局外者で、幕府の御用学者を殺す動機など初めからなかったのだ。

焼き討ちの配置は高杉先輩の一存で決まった。

「いいか、それぞれの持ち場で最善をつくせ。もし負傷したらその場で割腹しろ。僕もすぐにあとを追う。あの世で松陰先生に会うのが楽しみだ。昔みたいにきっと褒《ほ》めてくださるだろう」

「まかせちょってください。あの世とやらに一番乗りしますけぇ」

いつものようにわしは笑顔で合いの手を入れた。

屈強な庸三は斬り捨て役に選抜された。英国公使館を見張る番人たちが騒ぎだせば、文字どおり斬り捨てる役目だった。わしと庸三にとっては初陣《ういじん》ともいえる。腕におぼえのある同輩は張り切っていた。

わしと同じ火付け役に志道聞多《しじもんた》がいた。

聞多は藩主の小姓上がりで毛並みもいい。山口湯田の温泉郷を拝領している名家の次男坊だ。庸三と同じく松陰門下生ではないが、遊び仲間の高杉先輩の巧みな弁舌にのせられて過激志士になっていた。

気さくなやつで、わしとはすぐにうちとけた。そのため火付けの連携もうまくいった。

わしと聞多は竹柵を破って侵入し、御殿山の公使館に焼き玉を投げこんだ。作戦は図に当たった。無人の洋館は赤々と燃え上がり、江戸中の者が品川の放火事件を目撃した。隠蔽《いんぺい》体質の幕府も大失態を隠しようもなかったろう。

放火犯のわしら二人は面目をほどこした。

「聞多と俊輔が殊勲一等！」

主将の高杉先輩からも持ち上げられた。

だが、出番のなかった斬り捨て役の者たちは浮かぬ顔だった。とくに剣術に励んできた庸三は極端に気落ちしていた。

わしには同輩の庸三の気持ちがよくわかった。同じ長州人であっても、長門の萩で暮らしてきた塾生らにとって、周防出身の山尾庸三は員数合わせの傭兵《ようへい》にすぎない。そうした微妙なへだたりを本人は感じとっていたようだ。

その後、生真面目《きまじめ》な庸三は一人で思案して『塙次郎殺し』を遂行した。

仲の良いわしも現場に行って標的をしとめた。長州藩としては、たぶん初めての天誅の成功例だろう。

仲間たちにしゃべりたくてたまらなかった。

けれども同輩が秘密にしようというなら、わしは死ぬまでそれを守る。

「……この風体《なり》では練兵館には帰れん」

後ろを歩いていた庸三がぽつりと言った。

追想からさめたわしは、こっくりとうなずいた。

「なんとかせにゃ」

大通りの角地までくると、消火用の小ぶりな天水桶が三段重ねで積まれてあった。

たしかにこんな血だらけの格好で練兵館にはもどれない。わしら二人は桶をかっさらい、路地奥で頭からザーッと水をかぶった。

歯ぎしりするほど冷たかった。

「やれんでよ、こねぇに寒うては。のう、俊輔」

「よかった」

「何が……」

「いつもの庸三にもどっちょる。目にくもりがない」

「そうじゃな。いまさら悩んでも死んだ者は生き返らん。おれたち二人が黙り通せば、きっと何もなかったことになる」

冷水を浴びて返り血を洗い流し、庸三はやっと迷妄からさめたらしい。

まぎれもない人殺しが、これからどう生きていけばいいのか見当もつかない。ただ血盟を誓った二人の行く末が、波乱に満ちていることだけはわしにも予測できた。

わしら二人はじゃれ合うように肩を組み、夜の商家通りを大股で歩いていった。

雪がぴたりとやんだ。澄んだ冬空には、下弦の半月が白々と浮かんでいた。


何をやっても気分が晴れない。

おれは練兵館の書生部屋にこもりっきりだった。やたら精神が過敏になっている。たえずめまいや頭痛に襲われ、見る夢はいつも悪夢だった。骨まで引き斬りにした幕臣の断末魔の形相《ぎょうそう》が夜ごとよみがえる。

年が明けても症状はおさまらなかった。

人殺しの罪業は思っていた以上に深い。だが共犯者の俊輔は平常心をたもち、軽快に夜の巷《ちまた》で遊びまわっていた。

正月五日の早暁、朝帰りの相棒にたたき起こされた。

「起きろ、庸三。主将から緊急指令がでたぞ。早く支度せぇ」

「何事じゃ」

主将というからには、高杉さんが発した出動命令にちがいない。

脱藩浪人の身でありながら、高杉さんは平気で江戸城近くの桜田藩邸に出入りしている。もちろんのこと脱藩は切腹と決まっているが、彼には常識が通用しないらしい。

また重役連はそろって若者に甘かった。

良《あ》くも悪しくも、それが長州の気風だった。

御殿山事件を引き起こしたあと、同志たちの大半は後難をさけて国許《くにもと》へもどった。副将の久坂さんも配置転換となって京へと上がった。藩の上層部が異変に気づき、藩邸から若い過激藩士たちを退去させたのかもしれない。

軽輩のおれと俊輔は数の内に入っていなかった。

まさかこぼれ落ちたその二人が、英国公使館を焼き払った十日後に、幕政に関与する大学者を斬殺したとは思ってもいないだろう。

破れ畳の上で、俊輔がこまりはてた顔で言った。

「どねぇもならんでよ。高杉先輩が、またとんでもないことを言いだしよった。吉田松陰先生のご遺体を掘り起こして、長州藩が所有する土地の若林に改葬すると。しかも白昼堂々とじゃ」

「無茶だ、それって墓荒らしだろ。こんどこそ幕吏らに捕殺されるぞ」

「そうなるじゃろうな。でも先輩に言われたら付いて行くしかない」

「まったくおまえってやつは……」

おれはつづきの言葉を飲みこんだ。『天下の大馬鹿者』にちがいないが、どんな危険な誘いにも乗る男は生涯の友ともなりうる。多弁な俊輔は寂しがり屋で、なによりも孤独を恐れていた。そして一人ぼっちになると、無性に悲しげな瞳をしていた。

布団から起き上がろうとするおれを、相棒が左手で制した。

「庸三、まったくひどい顔つきじゃな。やつれてしもうて目の焦点も合っちょらん。体調も悪いようだし今日は休んじょけ」

「いや、行く」

のろのろと立ち上がり、おれは柳行李《やなぎごうり》から葬服をひっぱりだした。

「無理することはないでよ。わしと高杉さんは松陰門下生だが、おんしゃ生前に先生に会ったこともないし、恩も義理もなかろうが」

「おれも、おんしゃと同じで友に誘われたら断れん性分でな」

「はっはは、よう言うのう」

下積みの長い俊輔が快活な笑声をひびかせた。

おれたちは飯田町の道場から抜け出て、桜田の長州藩邸へといそいだ。わがまま者の高杉さんはせっかちなので、招集に遅れると怒声がふってくる。

門前に立った俊輔が、作り笑顔で門番に声をかけた。

「のう、高杉先輩のご機嫌はどねぇな」

「えろうめかしこんでおられます」

年老いた門番が不機嫌な声調でこたえた。

無理もない。だれの目からみても高杉さんは長州一の厄介者なのだ。蕩児《とうじ》のしでかすことは人知の枠外にあった。いずれ高転びして長州藩を存亡の危機に追いこむだろう。

その疫病神に加担するおれたちも無事ではいられまい。けれども、この気鬱《きうつ》な精神状態を脱するには、本日の無鉄砲な墓荒らしは格好の逆療法かもしれなかった。

邸内の奥座敷に入ると、すでに高杉さんは派手な陣羽織を着こんでいた。

例によって俊輔がおもねった。

「戦《いくさ》支度ですか。ごっぽう似合いますな」

「おうさ。これから小塚原《こづかっぱら》の墓所へ騎馬でのりこむぞ」

高杉さんはいたずら盛りの少年のような笑みを浮かべた。

それからおれを見て軽くうなずいた。

「山尾、よく来たな」

「ええ。お供いたします」

「たよりにしてるぜ。過日は斬り捨て役に選抜したが、僕の目に狂いはなかった」

「あの夜はお役に立てませんでした」

「いや、事を成すときに君は欠かせん」

「そんな……」

おれは生返事をした。嫌な予感が胸に宿る。思わせぶりな高杉さんの視線には含みが感じとれた。これまでのぶっきらぼうな態度は失せ、妙に親好的なまなざしだった。

かたわらの相棒に目をやると、そしらぬ顔をしていた。

きっと『塙次郎殺し』の顚末《てんまつ》を手柄顔で高杉さんにしゃべったのだ。おれはそう思った。あれほど固く誓ったのにこのザマだ。二人だけの秘密を守り通せない相棒に失望した。

だが、高杉さんの前で俊輔を面罵《めんば》するわけにはいかない。

怒りと不安がないまぜになって胃液が逆流する。冬場なのにあぶら汗がふき出る。これまで味わったことのない吐き気にさいなまれた。

気心の知れた相棒まで疑うようになってはおしまいだ。

精神がこわれはじめたのだと実感した。

「用意は整っている。君たちに泥まみれの労務はさせられんからな」

そう言って、高杉さんが控えの間の襖《ふすま》をひらいた。

室内では人相の悪い連中が朝っぱらから安酒をくらっていた。戦略家の高杉さんは細部にまで気がまわる。恩師の改葬に際し、墓掘り人夫をかりあつめてきたらしい。

軽輩のおれと俊輔も武家風に裃《かみしも》を着けさせられた。

「馬子《まご》にも衣装か」

別室でおれが愚痴《ぐち》ると、俊輔が思いがけないことを口にした。

「いや、身に合った装束《しょうぞく》じゃで。わしら二人はのう、やっと志士としての活動を認められて『準士雇《じゅんさむらいやとい》』に昇格した」

「まさか士分に……」

「藩からの正式の御沙汰《ごさた》は正月明けにでる。これで江戸の大通りを二本差しで歩けるぞ」

「なぜ先に言わなんだ」

「ちゃんと裃を着けてからのほうが侍として実感がわくじゃろう。どうした、庸三。あんまり喜んじゃおらんが」

こらえきれず、おれは声を荒らげて問い詰めた。

「俊輔ッ、本当のことを言え。おれたちの志士歴なんぞたかが知れてる。それが急に昇格するなんて。いったい何があったんじゃ」

「落ちつけ、庸三。こう見えても、わしゃ松陰先生の直弟子だぞ。いわば選抜部隊の一員とも言える。松下村塾出身者が侍身分に取り立てられて何の不思議もなかろう。藩のご重役連も、多かれ少なかれ先生の薫陶《くんとう》を受けちょる」

「なら、おれは」

「天下に知れた冒険家じゃないか。地の果てのオロシャへと航海し、人跡未踏《じんせきみとう》のアムール川流域を探査したげな。おんしゃの壮大なる渡航は、黒船に乗りこんでアメリカ大陸をめざした吉田松陰先生に通じるものがある。密航の罪により先生は志《こころざし》なかばに刑死されたが、わしらがあとにつづく。山尾庸三なる快男児は侍に取り立てられて当然のこと」

相棒は得意の弁論術を駆使し、むやみにおれをもちあげた。

好意はよくわかる。不安定な精神状態にあるおれを元気づけようとしているらしい。また俊輔の話には誇張はあるが、ほぼ事実だった。

瀬戸内海の周防灘で育ったおれは、子供のころから海外渡航を夢見ていた。

二年前、江戸暮らしをはじめたとき幕府の『黒竜江視察《こくりゅうこう》』を知った。矢も楯《たて》もたまらなくなった。必死に人脈《つて》をたよった。外様《とざま》の長州人は異国探査に同行できないが、身分を偽《いつわ》ってどうにか幕府貿易船の亀田丸《かめだまる》に乗船した。

四ヶ月にわたるオロシャ巡行で、異国のさまざまな文化にふれて心がおどった。だが、それよりも沿岸防備の重要さを痛感した。

黒竜江は未開の地だった。

地元民は粗悪な木造船で物々交換をしていた。自力で鉄鋼船も造れない状態では、いずれ西洋列強の侵略を招く。もし米英艦隊に攻めこまれたら、日本海の沿岸に建つ萩城は艦砲射撃をくらって半日で陥落《かんらく》するだろう。

それは湾岸に近い江戸城も同じだった。繁華な八百八町も破裂弾を食らって延焼し、たちまち焦土と化すにちがいない。

みずから鉄工業を興《おこ》し、戦艦を造って国を守る。

船頭上がりのおれは、そこに自分の立脚点を見つけた。過激な攘夷思想とは距離をおいてきたが、弱腰外交をつづける徳川幕府に見切りをつけた。英国公使館焼き討ちに参加したのも、そうした経緯があったからだ。

燃え上がる御殿山の真っ赤な炎に高揚した。若いおれはすっかり平常心をなくし、日をおかず俊輔を誘って塙次郎を討った。

今となっては、なぜあんなことをしでかしたのか自分でも理解できない。暗い魔境に陥《おちい》ったとしか思えなかった。いずれにせよ悔恨は一生ついてまわるだろう。

「みんな急げ。出立じゃ」

高杉さんの甲走《かんばし》った声が聞こえた。

おれたちは話を中断し、桜田藩邸の表門にあつまった。運悪く藩邸に居てかりだされた若侍も数人いる。改葬を手伝う一隊は、総勢十数人ほどの供揃《ともぞろ》えとなった。

馬上の高杉さんはちゃんと槍持《やりも》ちまで雇っていた。

「いいか、われらの行く手をさえぎる者がいれば長槍で突き殺せ」

墓荒らしのくせに、やたら威勢がよかった。見ると、大甕《おおがめ》が二つ大八車に積んである。墓掘り人夫たちは軽々と引いていた。どうやら中身は空らしい。

俊輔が鞍上《あんじょう》の高杉さんに声をかけた。

「松陰先生のご遺体を入れる甕は一つで足りるじゃろうに」

「この際だ。安政の大獄で刑死された頼三樹三郎《らいみきさぶろう》さんもご一緒に改葬する」

「ほほう、こりゃ大仕事になるでよ」

俊輔は妙にはしゃいでいた。

高杉さんが複数の大甕を用意したのには訳があったようだ。

儒学者の頼三樹三郎さんは、今なお志士たちの尊崇をうけている。『日本外史』を著《あら》わした頼山陽《さんよう》の三男で、精力的な尊皇活動家だった。

安政年間、井伊大老の弾圧によって多くの逸材が斬刑に処された。その魔手は長州にもおよび、松陰先生までが首を刎ねられた。松下村塾出身者からすれば、共に殉国の士なのだろう。

しかし心身の弱ったおれには、志士たちの来歴なんかどうでもいいことだった。

上ずった声が耳にとびこんできた。

「どけ、どけーっ。長州様のお通りだぞ」

裃姿が気に入った俊輔が、隊の先頭に立って練り歩いている。

上昇志向のつよい相棒は、すっかり侍気分で上野広小路を闊歩《かっぽ》していた。いまは虎の威をかる狐にすぎないが、いずれは昇竜となって天まで駆けあがるかもしれない。

俊輔のあざやかな突破力を間近で見ていると、ふっとそんな未来図が頭に浮かんできた。それもまた衰弱した精神のなせるところだった。

うろんな一隊は東叡山寛永寺《とうえいざんかんえいじ》を左辺に見て、三ノ輪に通じる間道《かんどう》を進んだ。

三ノ輪に入り、おれは少し安堵した。

このあたりは治安が悪すぎて、奉行所の役人たちもめったに見回らない。租税逃れの貧者や凶状持ちが川べりの裏長屋に棲《す》みついているという。

否《いや》とおれは思い返す。英国公使館を焼き討ちしたり、博識の国学者を殺したおれたちのほうが、ずっと剣呑《けんのん》な存在にちがいない。

考えることのすべてが否定的で自分でも嫌になってしまう。

きっとどこかで道を踏み外したのだ。

刑場の小塚原の周辺には寒風が吹きすさび、灰色の枯葦《かれよし》がザワザワと音を立てていた。見るからに荒涼とした湿地帯だった。

年明けの五日なので刑場に見張りはいなかった。年かさの人夫頭《がしら》が立ちどまった。そして馬上の高杉さんにむかって野太い声を発した。

「だだっ広くて迷っちまったみてぇだ。旦那、どうしやす」

「不服があるなら言え」

「へい、霊気が漂っていて身も凍えちまった。少しばかり日銭を上げてもらわねぇと気力がわきませんや。なにせ墓掘りは重労働でござんすから」

「そういうことか。ほらよ」

懐から二朱金をとりだし、強欲な人夫頭の足元へ放り投げた。それから手綱《たづな》をつよく引いて馬首をめぐらせた。

「ついてこい。こっちだ」

高杉さんは何度か墓参にきたことがあるらしい。

愛馬の前脚で竹柵を蹴破り、そのまま葦原を突っ切って墓所へと駆け走った。長州の暴れ者は馬術にも長じていた。あざやかな手綱さばきに、おれは見惚《みほ》れるばかりだった。

斬刑をうけた重罪人の墓所は川っぷちにあった。

墓石ではなく半腐りの板塔婆《いたとうば》が湿地に立っていた。それが目印のようだ。墨で書かれた梵字《ぼんじ》がにじんでいて無性に寂寥《せきりょうかん》感がつのった。

先ほどまではしゃいでいた俊輔が、地べたに両膝をついて男泣きした。

「松陰先生、ご無念でしたでしょう。きっと仇《かたき》はとりますけぇ……」

下馬した高杉さんも、うっすら涙をにじませて宣言した。

「かならずや幕府を撃破いたします」

松陰門下生にとって恩師は天下無比の存在らしい。追慕の念は消えず、日ごと幕府への憎しみは深まるばかりのようだ。

縁の薄かったおれの胸中は複雑だった。

長州で『先生』と呼ばれているのは吉田松陰だけだ。だがおれは、松陰先生の何が偉いのかさっぱりわからない。それは決して口にだせないことだった。

松陰先生は萩の私塾で多くの俊才を育て上げた。けれども、最終的には弟子たちに見捨てられたかたちで刑死したのだ。

成そうとした行為もすべて頓挫《とんざ》している。密航、老中暗殺計画、武力討幕、ことごとく失敗した。どうやら戦術家としては無能だったようだ。

あふれだす熱情に弟子たちもついていけなくなった。そして江戸送りの重罪人となった恩師をみすみす死なせてしまった。

塾生らはあまりにも若すぎたのだ。局外者だったおれはそう感じている。

当時、高杉さんは二十一歳。俊輔にいたっては十九歳だったはずだ。高杉さんより二歳年長のおれから見ても、萩の塾生らは未熟で消極的に映った。

伝馬町《てんまちょう》の牢獄につながれた恩師に衣類などを差し入れするだけで、牢を打ち破って奪還しようと言いだす者は一人としていなかった。

みんなが幕府を恐れていた。

そんな折、『大老殺し』という強硬策をとった水戸浪士らが井伊直弼を討ち取った。強大な敵は殺してしまえばいいのだ。それは新たな大発見と言えた。ためらっていた萩の塾生たちも、遅ればせながら討幕活動を開始した。

だが、すでに恩師は首を刎ねられたあとだった。

くやんでも遅い。

たぶん高杉さんは、恩師への忘恩を打ち消そうとして暴れまわっているのだろう。

「掘り起こせ！　ご遺体を傷つけるなよ」

「へい……」

人夫らが気乗り薄にこたえた。

鍬《くわ》をつかって掘りはじめた。泥地なので遅々としてはかどらない。しびれをきらした相棒が裃と葬服を脱ぎ捨て、ふんどし一丁になって手伝いだした。小柄ながらも厳寒の中で鍬をふるう肉体はたくましかった。

「先生ッ、すぐに日差しのよい若林の地に移します。待っちょってくだされ」

「その意気だ、俊輔。それでこそ長州男児ぞ」

高杉さんが手を拍《う》って激励した。

同門の絆《きずな》はかたい。身分はちがうが両者の呼吸《いき》はぴったりと合っている。

おれは確信した。

やはり俊輔は、兄貴分に『塙次郎殺し』を伝えている。あれほどおれを軽視していた高杉さんが一変し、親しい仲間として接してくれていることでも察せられる。

結局、人殺しが最上策なのかもしれない。

天誅を遂行したおれと俊輔が、そろって『準士雇』に昇格したのは、長州藩上士・高杉晋作の口添えがあったからだろう。また英国公使館焼き討ちのあとも江戸に残り、恩師の墓の改葬を実行するのも『塙次郎殺し』に刺激されたためだとも考えられる。

人を殺せば名が上がる。

おれが望んでいたのは、そんな愚劣な事だったのだろうか。

自分がいやになり、かたくるしい裃をはずした。もとより力仕事が軽輩の本分なのだ。人殺しで得た身分など泥地に叩《たた》きつけたかった。

「鍬をかせ、俊輔」

「たのもしいのう。オロシャ帰りの屈強な船乗りが手伝ってくれりゃ千人力じゃ」

「裃なんか着けちゃおれん。おれたちには墓掘りが似合いの仕事だ」

「そうかもしれんな。庸三、これからも二人そろって泥にまみれて生きようや。なにせ血盟の仲じゃけぇのう」

相棒が思わせぶりな口調で言った。

おれは少し苛立ちぎみに応じた。

「いや、先読みのできるおまえは、いずれ人の上に立って指図する男になる」

「そうなりたいもんだ。見ろ。いつになく高杉先輩が上機嫌じゃで」

相棒が小声で言った。

なかば掘り進んだ墓穴から見上げると、朱色の陣羽織をまとった高杉さんが愉快げにこちらを眺めていた。おれと目が合っても、さけることなく見つめかえしてきた。

深く掘り進むにつれ、徐々に腐臭が強まった。

「これは……」

思わずおれは顔をしかめた。

松陰先生が土中に埋められて、すでに三年以上が経《た》っている。板塔婆が腐り果てているように、ご遺体もひどい有様になっているはずだ。

人夫らは慣れているらしく平気で作業をつづけていた。血だらけの遺体を埋めたり、ときには掘り出して洗い清めることがかれらの生業《なりわい》なのだ。汚れ仕事ばかりしてきた俊輔も決して弱音を吐かなかった。

松陰門下生にとって、恩師の腐乱死体もまた尊いものにちがいない。俊輔は嬉々《きき》として泥土を掘り返している。篤《あつ》い忠義心というより、死に対して恐ろしいほど鈍感なのかもしれない。

けれども心身の弱ったおれは悪臭に耐えきれなかった。めまいがひどく、過呼吸になってしまった。立っているのがやっとだった。

「大丈夫か、庸三。無理じゃったら、ほかの藩士に代わってもらえ」

相棒に気づかわれて、よけいに中断できなくなった。

「平気じゃ」

「そうもいかんじゃろう。そのままじゃ倒れてしまう」

「おれのことはほっといてくれ」

言い争いをしていると、ふいに鍬先にカンッと手応えを感じた。反射的に掘り起こすと、茶色のとがった枯れ木が露出した。

だがよく見れば、それは死体からちぎれた片腕だった。

「うっ……」

からくも悲鳴をこらえた。

それでも吐き気はとめきれない。その場でおれは激しく嘔吐した。

「どけ。わしがやるけぇ」

見かねた俊輔がおれを押しのけ、注意深く墓穴を掘っていく。

すると土中から白っぽい層が出てきた。死臭避けの石灰だった。遺体の脂肪は酸化しやすくて悪臭を放つ。だが漆喰《しっくい》塗《ぬ》りに使う石灰と混ざると中和し、屍蠟《しろう》化《か》して匂いが弱まるのだ。そのため土葬の際には大量に石灰を積み重ねる。

「……おられたぞ」

俊輔が低くうめいた。

青くさえわたる冬空の下、土中からあらわれた松陰先生の遺骸《いがい》は惨《むご》かった。

屍体のあつかいに慣れた人夫たちが、手桶の水で丹念に洗い清めた。しかし、かえって死臭はきつくなるばかりだった。

見るに堪《た》えなかった。どのような偉人も死ねば醜《みにく》い肉塊となる。生きていればこそ善美を保ち、すばらしい笑顔で若者たちを励ますこともできるのだ。

無惨なお姿となった松陰先生は、その一事を身をもって教えてくれた。

心の堰《せき》がどっと崩れ、おれは人目もはばからず号泣した。

「そねぇに大泣きされちゃ、直弟子のわしの立場が無《の》うなるでよ」

そばにいる相棒が、のほほんとした顔つきでつぶやいた。

第二章　密偵の篠笛

日常に死がごろごろと転がっている。また人を殺さなければならない。さらに困ったことに、わしはまったく平気だった。

「めざわりな男がいる。俊輔、殺《や》れるか」

「はい、ええですよ」

標的の名前も聞かず、わしはうけおった。

桜田の長州藩邸奥座敷で、高杉先輩が火鉢の灰をかきまぜながら話をつづけた。

「急ぎの用件だ。江戸を去る前にかたづけておきたい。見たところ山尾は性根がやさしすぎる」

「それが庸三の本質ですけぇ」

「奴はしょせん波おだやかな瀬戸内の民だ。殉国の志士としての覚悟が足りんだろ。荒ぶる日本海で育った僕たちとは気質がちがう。いざというときに迷わず血刀をふるい、決行できるのはおまえだけだよ」

「ひどい言われ方じゃな。まるでわしが冷酷非情な極悪人みたいに」

「そんなに口をとんがらすなよ、俊輔。ほめ言葉さ。背後から人を刺せるようでなければ標的は倒せんからな。腕利きの刺客ならではの手口だ」

すね者の高杉先輩がにやりと笑った。

わしは目を伏せるしかなかった。たしかに瀕死《ひんし》の愛弟子《まなでし》を介抱している塙次郎を、ためらうことなく刺しつらぬいた。

すべてはどこで決断するかにかかっている。あの場面で見逃せば、わしと庸三は逆に幕吏らに捕殺されていたろう。

あれは最善の選択だった。悔《く》いることなど何もない。

わしは、庸三と交わした血盟を守り通している。だれにも口外していない。しかし、明敏な高杉先輩はすべてお見通しのようだ。

「知っての通り、近ごろは天誅《てんちゅう》が大流行《おおはやり》だ。京では夜ごと血の雨が降っておるしな。武市半平太《たけちはんぺいた》ひきいる土佐勤王党の連中が、密偵の島田左近《しまださこん》の首を三条河原にさらし、左近の下で働いていた岡っ引きまでが斬り殺された」

「存じちょります。土佐の岡田以蔵《おかだいぞう》や薩摩《さつま》の田中新兵衛《たなかしんべえ》らは人斬りとして名を上げたとか。まるで殺った者勝ちみたいな有様じゃ」

「やつらが討ち取ったのは、どれも小者ばかり。勤王諸藩は腕達者な剣士をつかって天誅を競い合っとる」

「まったく、たまったもんじゃない」

他人事《ひとごと》みたいに言うと、高杉先輩が放り投げるように言った。

「そして……長州の切り札はおまえだ」

「えっ、わしが」

どう考えても切り札なわけがない。

練兵館に住みこんでいるが、剣術の素質はまったくなかった。

同輩の山尾庸三は怪力を生かした面打ちを決め技にしている。雨の九段坂で護衛の幕臣と対峙《たいじ》したときも、上段からの一撃で斬り倒した。

だがわしときたら、まったくの棒振り剣法だ。竹刀《しない》をふりまわして突進するだけで、道場の稽《けい》古《こ》では庸三から一本も取ったことがない。

けれども九段坂で標的をしとめた時、一つだけわかったことがある。人は斬られても死なないが、急所を突き刺せば簡単に息絶える。つまり突き技さえできれば『刺客』として通用する。標的をひそかに殺すには、文字どおり『刺す』ことがいちばん有効なのだ。

経験者のわしなら、こんども使命は果たせるだろう。

長煙管《ながきせる》を吹かしながら高杉先輩が言った。

「時代の流れは変わった。いまはやりたい放題だ。そうは思わんか」

「ええ、何をしでかそうとおとがめなしとは不思議ですちゃ。昨日の改葬の折も何度か役人に誰《すい》何《か》されたが、馬上の高杉さんに一喝されたら逃げだしよった」

「将軍など張り子の虎さ。現に英国公使館を焼き払っても、ひたすら穏便にすまそうとして何の対抗策も打ち出さない。長州のしわざだとわかっていながらそのまま傍観してやがる。こっちが挑発したのに、拍子抜けしちまったぜ。先日幕府の御用学者が何者かに殺されたが、それも表ざたにせずに捨て置いている。俊輔、どう思う」

「どねぇもこねぇも、刺客たちはうまく殺ったということです」

わしは平然とうけながした。

すると高杉先輩が薄笑いを浮かべ、とがった口元から紫煙を吐き出した。

「ほう、そうかい。『刺客たち』というからには二人以上ってわけか」

「いや、そんな意味ではなく」

「俊輔、なにも気にすることはないぜ。奉行所の役人たちも事を荒立てたくないらしいや。政治的な暗殺ではなくて、単なる辻斬りとして処理したらしい。まったくひでぇ話さ。天下の大学者塙次郎が哀れすぎる」

「そう言われても……」

わしは口ごもった。

なぜだか無念の思いがつのる。たとえこの身は無事であっても、庸三と二人っきりで決行した義挙が、辻斬りとしてかたづけられるのは納得しきれなかった。これでは凶刃《きょうじん》に倒れた塙次郎も浮かばれまい。

また一橋家用人の平岡円四郎の動きも気になった。すでにわしと庸三の面は割れている。たとえ幕吏の捜査は打ち切られても、追尾は死ぬまで続くような気がする。将軍後見職として幕政を仕切る一橋慶喜にとって、塙次郎は大切な知恵袋だったはずだ。

例によって、高杉先輩はこちらの気持ちなど斟酌《しんしゃく》しない。

「ついてこい、俊輔」

立ち上がり、大股で部屋から出ていった。わしも黙ってあとにつづいた。ずっと従者がわりに使われてきたので、兄貴分の尻にくっついて歩く習性が身にしみついている。昔から上士の子弟らの雑用をこなし、おこぼれにあずかってきたのだ。

思い返してみても、萩にいたころのわしは虫けら同然だった。

広縁から庭におりた高杉先輩は、御影石《みかげいし》で造られた慰霊碑の前でしばし黙禱《もくとう》した。

一年前に桜田藩邸の前庭に建てられた石碑には、水戸藩士川辺佐治右衛門《かわべさじえもん》の御霊《みたま》が祀《まつ》られている。長州藩上屋敷で他藩の者があがめられるなど前例がない。

江戸にいなかったわしは、そのいきさつをよく知らなかった。

一つだけわかっているのは、この水戸藩士が桜田藩邸の前庭で割腹したということだけだ。そして、その場所に慰霊碑は建っていた。

石碑から視線をそらさず、高杉先輩がよく通る声で言った。

「見事な最期だったよ。川辺さんは友誼《ゆうぎ》に殉じた」

「もっとくわしく教えてくださいよ。当時は水戸と長州のあいだで、『水長秘密同盟』が結ばれていたと聞いちょりますが」

「そうさ。水長が手を組んで老中の安藤信正を討ち取ることを確約したんだ。同盟の場には重臣の桂小五郎さんが立ち会い、水戸は浪士の首領格の川辺佐治右衛門さんが同席した」

「えっ、あの温厚な桂さんが老中襲撃に加担していたのですか」

初耳だった。他藩渉外役に任じられていた桂さんは、過激な若手藩士らをなだめる立場にあったはずだ。

いつも冷静沈着な大先達《だいせんだつ》が、まさか一連の幕府転覆劇を主導していたとは考えもつかなかった。脱藩した高杉先輩が罪に問われず、乱暴者を装って自由に行動できたのは、桂さんの後ろ盾があったからなのだろう。

純朴な庸三が師と仰ぐ人物は、長州を武力討幕に導く陰の黒幕だったのだ。そして高杉先輩も、その実行役として使われていたらしい。

「だがな、水戸の連中が手柄を長州と分け合うことを嫌い、昨年のちょうどいまごろ、坂下門外で安藤を襲った。律儀な川辺さんは、『水長同盟』を破約したことをわびるため、この桜田屋敷に駆けこんでこられた。そして桂さんに陳謝したあと、責任をとってそこの前庭でいさぎよく腹を切った」

「それで慰霊碑を……」

「建立《こんりゅう》は桂さんの提言なんだよ。あのお方には底知れぬやさしさがあって、時にはそれが迷いぐせとなる。先々のことが心配だ」

「そうですかね」

「こまったことに弟子筋の山尾庸三も強く影響を受けているようだな。たしかに剣の腕は立つが、もう斬り捨て役としては使えんだろう。松陰先生のご遺体を改葬の折、あのうろたえぶりは尋常ではなかった」

「まちごうちょるで。庸三は強《つえ》ぇ、莫大強《ばくだいつえ》ぇ」

わしはきつい長州弁でさからった。

めんくらった高杉先輩は苦笑するばかりだった。わしとちがって、やさしくて強いからこそとどめを刺すのをためらうのだろう。死者への畏敬の念も、持ち前の生真面目《きまじめ》さに起因している。そこが庸三の良さだと思う。

志士たる者は友誼を守る。

慰霊碑の前で、わしはその一点を心にきざんだ。庸三と交わした口約束は何があっても厳守し、『塙次郎殺し』は二人で墓場まで持っていこう。

少し間をおいてから、歯切れよく高杉先輩が言った。

「高槻《たかつき》藩士の宇野八郎《うのはちろう》を討つ」

やっと標的の男の名がわかった。

「いったい何者ですか」

「小汚い幕府の犬さ。遊興費欲しさに奉行所の密偵になってやがる。やつを生きてここまで連れてこい。川辺さんの慰霊碑の前で殺す」

「で、いつ」

「決行日は一月十五日。俊輔、それまでに段取りをつけろ」

「そねぇします」

わしはうなずくしかなかった。

謀殺の時と場所は決まった。それが意味するところは無学なわしにもわかる。

『時』の一月十五日は、昨年坂下門外で老中が襲われた日だ。殺害は未遂におわり、水戸浪士らは全員が憤死した。そして『場所』の慰霊碑は、襲撃隊の首領が破約をわびて割腹自殺を果たした場所だった。

しかし、無名に近い高槻藩士をなぜ殺さねばならないのか。その動機がはっきりとしていない。江戸の町には幕府の密偵などいくらでもいる。また宇野八郎が慰霊碑とどんなつながりがあるのか、いまの時点ではまったく見当もつかなかった。

こまかく訊《き》くのも癪《しゃく》だった。

高杉先輩はぞんざいな態度で、わしの袂《たもと》へ金子《きんす》をねじこんだ。

「支度金だ。まずはたっぷり飲んで騒いで、心おきなく散財してこい。いつどこで死んでも心残りのないように」

「どのみち覚悟はできちょりますけぇ」

「それと残りの金で新刀を買い求めろ。そんなひん曲がった刀では人を刺すこともできんだろ」

「遠慮なくちょうだいします」

礼もいわずに受け取った。重みからして十両ぐらいだ。それがにわか仕立ての人斬りにつけられた値段だった。

「行け、俊輔」

「おうさ」

考える前に行動を起こすのがわしの流儀だ。

標的の居場所はわかっている。

変に策を弄《ろう》せず、直接本人に会うのが手っ取り早い。高杉先輩が暗殺指令を発した時点で、すでに宇野八郎の死は確定しているのだ。

さっそく桜田藩邸から退出し、わしは高槻藩の上屋敷へと直行した。

江戸の地理は切り絵図でおぼえた。点在する色町の在所は、身銭をきって自分の足でたしかめた。小藩の江戸屋敷など興味がなかった。切り絵図のおぼろげな記憶をたどり、わしは摂津《せっつ》高槻藩の上屋敷へと歩を進めた。

たしか数寄屋橋《すきやばし》の近辺にあった気がする。

出向いてみると、そこには堅牢な江戸町奉行所が建っていた。百万都市の治安を守る中心地は、脛《すね》に傷を持つわしにとって最も近づきたくない場所だ。そこは叛徒《はんと》を捕まえる幕吏たちの溜まり場だった。

そして高槻藩江戸屋敷は、なんと奉行所の隣に鎮座していた。もともと徳川の譜代なのだ。江戸詰めの高槻藩士が奉行所にとりこまれたとしても不思議はない。

これで一つ謎がとけた。

宇野八郎が幕府の密偵になったのは金めあてではなかったろう。たぶん佐幕派の高槻藩に命じられた極秘任務だと判断した。

わしは萩の塾生らには鈍感だと言われつづけてきた。どうやら美意識や羞恥心《しゅうちしん》が欠如しているらしい。おかげで、どんな場面でも恥じたり臆したりしたことはない。

高槻藩の正門前で立ちどまり、作り笑顔で番卒に話しかけた。

「宇野八郎どのに会いたいのじゃが、どねぇかならんか」

無茶な申し出だが、若い門番はあっさりと聞き入れた。

「あいよ。地獄の沙汰《さた》もなんとやらだ。旦那、いくらか包んでくれたら宇野さんのなじみの店を教えてやるぜ」

「手持ちの銭はこれだけだ」

「ちっ、しけてんな」

軽く舌打ちし、わしがさしだしたバラ銭を懐《ふところ》へしまいこんだ。摂津なまりがない。にらんだとおり高槻藩の者ではなく、日払いでやとわれた江戸の町奴《まちやっこ》らしい。小藩なので国許《くにもと》から足軽らを呼び寄せる経費を惜しんだようだ。

「で、どこにおる」

「ここにはいねぇよ。三日前から根津遊廓《ねづゆうかく》の菊屋《きくや》に連泊してるらしいぜ。上方《かみがた》の男は酒と女にめっぽう弱いからな」

「ならば、わしと同好の士じゃ」

状況がちがえば、酒をくみかわして親友になれたかもしれない。

だが、いまのわしは獲物を狙う狩人だ。まずは場末の遊里にひそむ宇野八郎を見つけださねばならない。

殺すのは簡単だ。無慈悲に背後から突き刺せばすむ。けれども、生きたまま獲物を長州藩邸へ誘いこむのは相当の難事だった。


江戸暮らしは、とかく金がかかる。

持ち金が底をついた。こうして床に伏せってばかりもいられない。相棒の俊輔に無心するのだけはさけたかった。

おれは無精ひげを剃《そ》ったあと、新道一番丁の私塾鳩居堂《きゅうきょどう》へと足をむけた。

塾の主宰者は村田蔵六《むらたぞうろく》という郷里の先輩だ。以前は周防二島村の隣村で医院をひらいていた。

その後大坂へ出て適塾で蘭学を学び、農村医から洋学者に変身した。

やがて宇和島《うわじま》藩に出仕し、軍事面で大きな成果を上げたという。その噂は長州にまでとどいた。

西洋の軍政に通じた英才は貴重な人材だった。桂さんが直接出向いてくどき落とし、地元の農村医は長州へと凱旋《がいせん》したのだ。

同じ周防出身者として誇らしかった。

そして村田さんは、おれにとって江戸での養い親にも等しい。

物価が高く、どうきりつめても年に十両の出費となる。父の山尾忠治郎《ちゅうじろう》は塩田《えんでん》開発で得た金を、江戸留学中のおれに送金してくれていた。だが金銭にこだわらない息子を危ぶんだようだ。旧知の村田さんにいったん送り届けてから、金は小分けにされておれに手渡された。足らないときは、何も言わずに援助してくれていた。

わずらわしいが、何度か顔を合わすうちに仲のよい兄弟めいた間柄になった。

「待っちょったぞ。まずは鍋といこう」

特異な才槌頭《さいづちあたま》の洋学者が、そそくさと湯豆腐の土鍋を用意した。おれが酒を飲めないのを知っているので、いつものように番茶が出された。

食欲がなくて箸がすすまない。

「どねぇした、庸三。懐が寒くて風邪でもひいたんか」

「進む道が見えなくなりました。生きる気力が薄れてしもうて」

「そりゃ難儀じゃのう。君のことは子供のころから知っちょるが、そねぇに落ちこんだ表情を見るのは初めてじゃ。事情を話してみんさい」

「仔細《しさい》は申し上げられませんが、浅慮の果てに大きなあやまちを犯しました」

「わたしにも話せぬちゃ、よほどのことだな」

「……もう志士としてやっていく自信がありません。おれにゃ無理ですけぇ」

感情が昂《たか》ぶって手がふるえだす。おれは箸を置いてうつむいた。情けないが鼻水までたらしていた。村田さんが茶碗酒を膳にもどし、大きく嘆息した。

「しょうがないのう。人には向き不向きちゅうもんがあるけぇな。君は頑健な肉体を持っとるが、心はだれよりも繊細だ。西洋医学では心痛もまた臓腑《ぞうふ》を汚す病と認定されとる」

「やはりおれは病気ですか」

「少し見ぬ間にげっそりやせてしもうて顔色も悪いでよ。死ぬほど困難な状況におちいると、人は精神に強い衝撃をうけるけぇな」

「そうかもしれんです。胸の奥がごっぽう痛い」

「わたしにも経験があるよ。否応《いやおう》なく生死をかけた争い事に巻きこまれた時にな。それは傷ついた者だけでなく、相手を傷つけた者も同じなんじゃ。しだいに不眠や吐き気に悩まされ、なにもかもが嫌になってしまう」

蘭医でもある村田さんに、すべて見透かされた気がした。

「おれはどうすれば」

「今のままじゃいけんじゃろう。まず周囲の環境をかえる必要があるな。早めに故郷の周防二島村に帰るもよし、いっそのこと……」

「何ですか。村田さん、教えてください」

すがるような女々しい声になってしまった。

少し間をおき、養い親の村田さんがさらりと言った。

「日本を離れ、外国へ行ってみんさい」

「えっ……」

予想だにしない申し出だった。

「君が海外留学の志を持っていることは知っちょる。行こうと思うなら行ける。すでに黒竜江探査にも随行した経験もあるしな。藩の重役連も君には期待しとる。わたしが推薦してもいい」

長州の軍事面を指導している村田さんには秘策があるらしい。目の前がさっとひらけた気がする。おれはひざをのりだした。

「行きたい。行って、一から出直したいです」

「新奇を好む長州藩は『航海遠略の策』をうち立て、高杉君も清国《しんこく》の上海《シャンハイ》へと遊学したことがある。そこで海外情勢や英会話を学んで帰国した。皮肉なことに、言動は留学前より過激になってしもうたが」

「知っちょります。高杉さんは生まれついての奔馬《ほんば》ですけえ。イギリスに植民地化された清国の現状を嘆き、ついには品川の英国公使館を焼き討ちに」

「いや、あれは徳川幕府へのゆさぶりだよ。最高幹部の桂小五郎さんも了承していた。もちろんわたしもだ」

「村田さんまでが……」

おれはがっくりと両肩を落とした。軽輩らはいつも何もわからずに指導者についていく。事の本質や真の狙いを知っているのは少数の幹部だけなのだ。

村田さんが冷えた茶碗酒をまずそうに飲んだ。

「表向きは攘夷《じょうい》だが、知ってのとおり長州の藩是《はんぜ》は昔もいまも開国論だ。敵を知り己《おのれ》を知らねば競い合うことはできん。欧米列強との交渉には、それにちゃんと適応できる人材を育てることが必要じゃしな。また海軍強化も急がれる。幕府に先駆けて、長州一藩でそれを成そうとしておる。

庸三、やってみるか」

先輩の厚情が身にしみる。

「やります」

おれは涙声でこたえた。

鳩居堂に長居し、日暮れ近くになって帰路についた。同郷の偉人に指針をさし示されたことで、こりかたまっていた心身がとき放たれた。

また二十両もの大金を渡されて懐が温かかった。父からの送金のほかに、帰郷の支度金まで含まれている。いまの村田さんはすぐれた軍学者だが、農村医としての信念は忘れていない。気鬱《きうつ》に陥《おちい》った隣村の若者を救おうとしてくれていた。

頬《ほお》をうつ寒風までが心地よい。

すべては本人の気持ちしだいなのだ。未来へのたしかな展望さえあれば、人はかならず生気をとりもどす。

ひさしぶりに相棒の顔が見たくなった。幸い持ち金はたっぷりとある。腹減らしの伊藤俊輔に豪華な夕飯をふるまいたい。

最近、俊輔は桜田藩邸で寝泊まりするようになっていた。

準という立場が付くが、一応士分なので上屋敷への出入りも自由だった。だがおれは高杉さんとの接触をさけるため、いまも練兵館に住みこんでいる。

人が斬れないようでは、もはや志士の資格はない。仲間と会っても足手まといになるだけだ。

早く江戸を離れたい。

村田さんから海外渡航の話を聞き、できることなら明日にでも日本から出たかった。血にそまった刀を捨て、髷《まげ》も切り落としたいとさえ思った。西洋人のように断髪し、背広姿で外国の街を散策すればきっと気鬱も消え失せるだろう。

桜田藩邸へ通じる山下門の前で、出くわした若い長州藩士に声をかけられた。

「おう、山尾じゃないか。遠目でもわかったぞ」

「そっちこそ目立ちすぎじゃろうが」

おれは軽く手をふりながら同志に近づいた。

好男子の志道聞多はあいかわらずの洒落者《しゃれもの》だった。冬場なのに厚着をせず、すっきりと上絹の羽織をまとっていた。しかも履き物は、上海帰りの高杉さんからもらいうけた革の長靴《ちょうか》だった。ほかにもアメリカ産の紙巻き煙草《たばこ》を得意げに吹かしていることもある。過激な攘夷派のくせに西洋の文物を好んで使っていた。

しかし、見かけとちがって聞多は剛胆だ。一ヶ月前も英国公使館襲撃に加わり、真っ先に焼き玉を投げこんだ。いわば『一番手柄』をあげた勇者といえる。

軽輩のおれや俊輔とは身分がちがう。

家柄もよく、少年のころは藩主の小姓をつとめていた。松陰先生とはずっと疎遠で、本来なら藩の守旧派に与《くみ》する立場だった。だが遊び仲間の高杉さんに攘夷思想を吹きこまれ、過激志士に変貌したのだ。

笑いながら駆け寄り、聞多が高調子に言った。

「それにしてもこの前の公使館襲撃は痛快だったな」

「大通りだぞ、声をひそめろ」

「かまうもんか、幕吏なんぞちっとも怖かねぇや」

育ちのよいやつにはかなわない。いつだって聞多の笑顔は爽快だった。

かれの在所は山口盆地で、ちょうど長門と周防の中間地帯にある。そのため か立ち位置も自在だった。そして仲間内ではうまく均衡をとってくれている。少しばかり浅薄で無鉄砲だが、裏表がないのでみんなに好かれていた。

しぜんにおれも笑顔になった。

「あいかわらず極楽とんぼだな。よかったら俊輔もさそって一緒に飯でも食おうか。村田さんから大金をせしめてきたから」

「伊藤は江戸の町を走りまわっとる。僕にも行方がつかめん」

聞多も高杉さんの影響をうけて、自分のことを『僕』と呼ぶ。それは育ちの立派な志士だけが使用できる風格語にちがいなかった。

火付け役として組んで以来、聞多と俊輔は私生活でも行動を共にしはじめた。その聞多が行き先を知らないというなら、俊輔はよほどの重大事に関わっているようだ。

「あいつ、また何か……」

嫌な予感が胸をよぎる。気のいい相棒は誘われたら断れない性分だ。何にでもまっさきに首を突っこみたがる。そして、それが裏目に出ることもある。

　聞多が訳知り顔で言った。

「歩きながら話そうや。江戸城の真ん前で人に聞かれちゃまずいだろ」

「そうだよな。日本橋まで行って煮売り酒場で一杯やろう」

「山尾、君は下戸《げこ》だろ」

「いや、今夜は飲みたい気分なんだ」

　不思議な感覚だった。村田さんの助言を得た直後から妙に晴れやかになっている。おれたちは外堀通りから日本橋へとむかった。

　堀端の柳の枝先をちぎりとり、聞多が笑声をもらした。

「元気な顔を見られてよかった。昨年の暮れあたりから、君がずっと黙りこんでるので仲間が心配してたよ」

「風邪をこじらせてしもうてな」

「たよりにしてるぞ。同志の中で一番強いのは山尾だ。俊輔もそう言ってる。ちゃんと斬り捨て役がこなせるのは君だけだ。僕や伊藤は口ばっかりだしね」

「そんなことはない。おれは弱い」

　本音だった。竹刀稽古の剣術など、命をかけた死闘ではほとんど役に立たない。いざというときに放火や人殺しをためらわない男が最も強いのだ。その意味では、聞多と俊輔は本物の志士だった。

おれは消息通の聞多にたずねた。

「こんな寒空に俊輔は何をしちょるんか」

「僕もくわしいことは知らんが、なにやら高杉さんとつるんで高槻藩士の宇野八郎を追っているらしい。なんでも幕府の隠密とかで」

「殺すのか」

「天誅だ。他藩の志士たちは次々と実行してるしな。松下村塾の連中があせる気持ちもわかるよ。長州軟弱とか、松陰先生を見殺しにしたとか言われとるし、筆頭弟子の高杉さんもけっこうつらい立場なんだ」

「それならご自分で殺ればいいじゃないか。俊輔を、いや同志を従僕みたいに使ってはいかん」

立場を忘れ、思わずきつい口調になった。

高杉と同じ上士階級の聞多が、おだやかな顔でなだめるように言った。

「知ってのとおり、長州は長門と周防の二国で成り立ってる。長門の萩城に殿様がおるから、周防の民はきつい年貢を課されて不満がたまってるだろう。だがしかしだ、武力討幕を果たすには両国が協力せねば成就《じょうじゅ》できない。およばずながら、僕はその橋渡しをするつもりだ」

「すまん、貴様の言うとおりだな。周防の民は少しばかりひがみっぽくてな。このところ気分が落ちこみ、変に恨みがましくて自分でも嫌になる」

「君はそれでいいんだよ。何があろうと僕たちは仲間だ」

洒落者の聞多がさらりと言った。

あまりに安直すぎて返す言葉もなかった。上士のせがれたちは大らかで、他人の心痛を推《お》しはかる能力に欠けている。それは高杉さんも同じだった。

日本橋通りに入ると、聞多の足がとまった。日暮れ時になっても大通りには人の行き来が絶えない。ここは五街道の起点であり、日本経済の中心地でもあった。

どこも繁盛《はんじょう》しているようだが、一軒だけ灯《ひ》の消えた大店《おおだな》があった。

聞多が声を低めた。

「豪商の佐野屋《さのや》もついに店じまいか。不運だな」

「動乱の世だし、商いもむずかしい」

「いや物の売り買いより、人物を見定めるほうがむずかしい」

そう言って聞多がまた歩き出す。

「思わせぶりだな。どういうことだ」

おれが問いかけると、聞多がひとつ吐息してから話を接《つ》いだ。

「他人から見りゃくだらねぇ話さ。三年ほど前、佐野屋の一人娘の巻子《まきこ》が流れ者に惚《ほ》れて結婚した。それが没落の発端だ。流れ者の名は大橋訥庵《おおはしとつあん》」

「あの高名な儒学者か」

「そう。この日本橋で講義無料の思誠塾をひらき、一時は門弟が千人もいた。自費で弟子たちを連れてまわり見聞を広めさせた。大橋さんは学問好きの宇都宮《うつのみや》藩主に特別講義を行うほどじゃった。それらの金はすべて佐野屋が負担していたらしい」

「根っからの尊皇家だと聞いちょるが」

上士のせがれは裏事情も知っていた。

「じつは長州と水戸の仲を取り持ったのも大橋さんなんだ。ひそかに『水長同盟』を締結させ、老中謀殺にまでこぎつけたが、土壇場になって秘密がもれた。しかたなく水戸浪士らは決行日を早めて坂下門で安藤信正を襲ったんだ。結局安藤を討ちもらし、罪科は大橋さんにもおよんで捕縛された。宇都宮藩が嘆願書をだし、その身柄を江戸上屋敷にひきとったが、昨年の七月に急死された。きっと口封じだよ」

「ようわからん。それが高槻藩の宇野八郎とどうつながるのか」

「そういえば、先日同じことを俊輔にもたずねられたな」

「で、どうこたえた」

「隠密の宇野は、思誠塾に入って大橋さんの身辺を探っていたとな。つまり『水長同盟』を結んだ両藩が、協力して安藤信正を襲うことを幕府に密告したのは宇野八郎なんだよ。天誅を食らって当然だろ」

おれは同意できなかった。

すべて裏付けのない風聞だ。恩師の仇討《あだう》ちをあせる松陰門下生らが、宇野八郎の悪評を耳にして安易に標的と定めただけなのではないか。そんな気がしてならない。

急に呼吸が速まった。

感情が昂ぶって指先がふるえだす。脇汗がとまらない。

ならば、おれがくわだてた天誅の場合はどうなのか。あのときは志士仲間に広がっていた巷説を疑いもしなかった。老中の安藤とつながる塙次郎が、『孝明天皇の退位』を推し進めていると信じきっていた。

安藤信正を襲撃した水戸浪士らは斬奸状《ざんかんじょう》を用意していた。その中に『歴代天皇の故事に通じているのは国学者塙次郎のみ』と記されていたという。だが全員が坂下門外で闘死したので、その斬奸状を見た者はいないのだ。

つまりは根拠のない風聞にすぎない。

国学者でありながら西洋文明の優位性を説く塙次郎は、攘夷派の志士たちにとってめざわりだったにちがいない。彼の講義に参加したおれも、弱者救済などの授業は軟弱すぎると感じた。高まる殺意を抑え、ずっと苛立《いらだ》っていた。

あのときは相手を標的としてしか見ていなかったのだ。

しかし、日が経《た》つにつれて講義での一言一句がよみがえってくる。とくに盲唖《もうあ》学校の創立については他人事とは思えない。おれの一族にも耳の聴こえない可愛い姪《めい》っ子がいる。気立てのよい女童だ。けれどもうまく対話できないので、いつもさびしげな瞳をしていた。

難聴は山尾家の血脈なのかもしれない。おれもまた左耳が膿《う》みやすく、人の言葉が少し聴き取りにくかった。聾唖《ろうあ》の姪っ子の将来を思うと胸が痛くなる。そして塙次郎がめざした盲唖者らの学校づくりは、おれの手によって妨《さまた》げられたのだ。

おれはきつく奥歯を嚙《か》みしめた。

同行の聞多が怪訝《けげん》そうにこちらに目をやった。

「どうした、山尾」

「寒さが身にしみてな。ほら、なじみの店はすぐそこだ」

「おう、煮物のうまそうな匂いがしてる」

「ついてこい」

なんとか平静を装って、おれは煮売り酒場の暖簾《のれん》をくぐった。

店内の大黒柱は煮汁の蒸気がしみついて黒光りしていた。下戸なのでいつもは惣菜《そうざい》と飯ばかり食っている。店にとっては最低の客だろう。

おれたちは衝立《ついたて》で仕切られた二畳ほどの小座敷にすわった。

幸い懐に余裕がある。イカと大根の煮物、アサリ飯、それと刺身の大皿、忘れずに酒も二合徳利で注文した。

「豪勢だな、山尾。そんなに食欲があるのなら、もう安心だ」

聞多が愉快げに言った。だがおれの胃の腑《ふ》はかたく収縮している。また症状がぶりかえしたらしい。周囲に充満する煮物の匂いが鼻について吐き気に襲われた。

酒と肴《さかな》が運ばれてきたが、とても飲み食いできる状態ではなかった。

息を整え、おれはからくも言った。

「……やはり大飯食らいの俊輔も連れてくればよかったな」

「それどころじゃないかもしれんぞ」

「どんな状況なんだ」

「いっぱしの侍きどりの伊藤は、古道具屋で安い飾り物の二尺八寸の長剣を買いこみ、ごろごろと鞘尻《さやじり》を引きずって大道を闊歩《かっぽ》しとる。目が血走って、僕の忠告も聞かない。まったく手がつけられんよ」

冗談めいた口調だが、逆に俊輔のおかれた状況が手にとるようにわかった。軽輩ならまだしも、士分となればどこにも逃げ場はない。

下戸のおれは苦い酒をぐっと一気に飲みほした。

相棒の伊藤俊輔は、みずから腐臭の漂う深い森に迷いこんだのだ。そして、おれもまた気鬱な暗殺の森に閉じこめられている。


どう考えてもこれはだまし討ちだ。

腹に悪計をのんで標的に近づき、何度も酒を酌《く》みかわして親好を深める。そして最終的には自分の縄張り内に誘いこんで密殺する。

刺客のわしはそのとおりに事を運んだ。

だが、決行日が二日ほど早まってしまった。でも遅れるよりはましだろう。

人をだますには笑顔がいちばんだ。くやしいときでも、わしはずっと作り笑いでごまかしてきた。その特技が今回は生きたようだ。疑り深い隠密を、たった七日で籠絡《ろうらく》したのだ。

生国や姓名は偽《いつわ》らなかった。

正直に名のって宇野八郎に近づいた。もとより『長州の伊藤俊輔』など、世のだれも知らない存在だった。腕利きの幕府の密偵もまったく気にとめず、廓通《くるわがよ》いの愉快な飲み仲間として受け入れてくれた。

その場しのぎの小さな嘘《うそ》は、いずれ積み重なって破綻するだろう。なので、逆に現実ばなれした大嘘を並べ立てた。

長州藩主の奥方の誕生会。その招待客として宇野八郎に声をかけたのだ。ありえない話にみえるが、それなりの理由付けもした。

宇野が根津遊廓に入りびたっているという噂は本当だった。だが大きく意味合いがちがっていた。趣味人の宇野は篠笛《しのぶえ》の名手で、廓勤めの女たちにお座敷芸の詩歌管弦《しいかかんげん》を教えていたのだ。

それを知ったわしは、菊屋の二階座敷で標的に誘いをかけた。

暗殺の期日より二日早い。だが、一月十三日が好機だった。

「わが藩の奥方さまは、篠笛のみやびな音色を好んでおられます。明晩ひらかれる宴会において、宇野先生の絶妙なる篠笛を披露していただけませんか」

「ええ。わたしでよければ」

ほろ酔いかげんの宇野はにこやかに承諾した。

幕府の密偵はすっぽりと罠《わな》に落ちた。だが深読みすれば、自分の使命を果たすため、長州藩邸の内部をさぐる絶好の機会をいかそうとしているのかもしれない。

心理戦だった。

相手に疑念を抱かせないため、わしは「明日の正午、高槻藩邸のそばにある奉行所の前で落ち合いましょう」と提案した。真っ昼間に、最も警固の厳重な場所を指定したことで、宇野はすっかり安心したようだ。

今日もまた江戸市中には寒風が吹きすさび、もうもうと土煙が舞っている。奉行所から少し離れた数寄屋橋のたもとで、わしは人待ち顔で立っていた。

白い土煙の中から標的が立ちあらわれた。

「すんまへんでした、遅れてしもて」

宇野八郎が摂津なまりであやまった。

謝罪しなければいけないのはこっちのほうだ。宇野の命は尽きかけている。そして、地獄からの使者はこのわしなのだ。

しかし、何食わぬ顔で言った。

「ちょうどええ時刻ですちゃ。本日の宴会では宇野先生が主役じゃけぇな」

「たいした芸ではないですよ。ほんま冷や汗もんや」

「いや、至芸じゃ。さすが日本古来の音色はちがいますのんた」

わざと方言を使い、田舎武士風に大仰《おおぎょう》に持ち上げた。

すると気をゆるした宇野が苦笑した。

「残念ながら篠笛は日本独自のものではあらしまへん。じつは海のむこうから渡ってきた木管楽器なんです。篠竹に歌口と指孔をあけた同じ形状で、中国では龍笛《りゅうてき》と呼ばれてますのや」

「そねぇですか。はっはは、不見識で申しわけない」

無教養なわしは高笑いでごまかした。

数寄屋橋を渡ったわしらは、山下門を抜けて桜田藩邸へといそいだ。

こんな小者の始末など早く済ませたかった。たかが三万六千石の高槻藩士を討ったとて、志士として何の功名も得られはしない。

しかも、宇野八郎は好人物だった。

篠笛を後生大事に袱紗《ふくさ》に包んで小脇に抱えていた。誕生祝いに、藩主の奥方に篠笛を進呈するつもりなのだろう。だが長州藩上屋敷に奥方さまなど住んでいない。もちろん誕生会が行われるわけもなかった。

桜田藩邸は宇野八郎の死地なのだ。わしの胸にかすかな不安が浮かび上がる。はたして宇野八郎は本当に幕府の密偵なのだろうか。

七日ばかりの付き合いだが、怪しいそぶりはまったくなかった。酒ぐせもよく、廓の女たちにもやさしく接していた。議論好きな長州人とちがって、宇野の話題はほとんど芸事についてだった。また摂津は京と接しているので、どちらかというと都に座す孝明帝を敬っている風にも映る。

どうみても潔白だった。だが、幕府の密偵としての疑いが完全に晴れたわけではない。疑念を打ち消せるのは本人だけだ。わしは遠回しに探りを入れた。

「先ほど日本橋を通ったのですが、あの高名な思誠塾が呉服問屋に変わっちょってどろきました。何かあったんですかいのう」

「塾をひらいておられた大橋訥庵先生は、去年の夏に病死されたそうです。授業料が無料《ただ》だったので、わたしも一日だけ先生の思誠塾に行ったことがあります。惜しいお方を亡くしましたな」

「世の中、何が起こるか見当もつかん」

「一寸先は闇ですね」

落命寸前の本人が他人事みたいに言った。

さすがに笑えなかった。

「そういえば昨年のいまごろ、この近くの坂下門で事件があったそうじゃね。わしは国許におってくわしいことは知らんけど」

「ええ、老中の安藤が尊皇派に襲われたんですよ。水戸浪士らの怒りもよくわかります。大きい声では言えんけど、わたしも『皇女降嫁《こうじょこうか》』にはむかついとったし」

意外な返答だった。宇野は被害者の老中を呼び捨てにしていた。幕府の密偵なら、腹芸だとしても絶対にできない悪口《あっこう》だ。

前方に桜田藩邸の表門が見えてきた。寒い北風が日比谷濠《ひびやぼり》からびゅうびゅうと吹き上がってくる。身も心も冷えきっていた。

門をくぐってしまえば、宇野八郎には天誅が下される。

わしは、最後の機会を飲み友だちにあたえた。それによって宇野がこの場から逃げ出しても追わないつもりだった。

「宴席には吉田松陰門下の高杉晋作さんもきますよ。それでもええですか」

「すみません。これまで芸事ばかりに身を入れてきて、長州のことはあまり存じ上げないので。正直言ってだれがだれやら……」

「そうですよね。あなたは正直者で良いお人だ」

「とにかく精一杯篠笛を吹き鳴らしますよ」

宇野八郎はみずから逃げる機会を失った。

無実だろうが、殺すしかない。

わしはきっちり腹をかためた。不運はだれにでもおとずれる。そして、それを避《さ》ける方策はだれにもないのだ。

宇野が幕府の密偵だという噂は、たぶん高槻藩と奉行所が隣接していることから広がったのだろう。また小藩の者が根津遊廓で散財していると誤解されたのもまずかった。何よりも、大橋訥庵の思誠塾に一日だけ顔をだしたのが致命的だった。

どれも風聞の切れはしだが、三つそろえば充分な証拠になる。奉行所の者と親しく、遊廓に連泊し、思誠塾にも出入りしていた高槻藩士。

宇野八郎なる男は、天誅の獲物を物色する志士たちにとって格好の標的だった。

すでに桜田藩邸では、仲間が手ぐすねを引いて待ちかまえている。いまさら事実無根だと高杉先輩に注進しても無駄だ。

藩邸前に数人の若侍たちがたむろしていた。わしらの姿を確認すると、いっせいに邸内へとひっこんだ。取り残された老門番は緊張しきっている。かれは幕府の隠密を誘いこんで密殺することを事前に知らされていた。

わしは気安く声をかけた。

「おい、門をあけてくれ。篠笛の名手の宇野先生が参られたけぇな」

「……はい。少しお待ちを」

門番はあたふたと開門した。

「先生、どうぞ中へ」

わしは作り笑顔で誘導した。

宇野も笑って表門をくぐった。標的の高槻藩士はまったく無警戒だった。自分が死地におもむいているなどとは考えもつかないだろう。なにせ宇野八郎は、尊攘志士らに命を狙われる筋合いはどこにもないのだ。

そして遊廓で知り合った伊藤俊輔なる田舎武士が、非情な刺客だとは知るわけもなかった。それは卑劣な裏切り行為だった。

そうだとしても、自分を善人と思いこんでいる連中よりは罪は軽いだろう。

悪行に身をおくと、わしは心地好い高揚感に満たされる。そしてがらにもない善行を積むと、なぜかいっぺんに疲労困憊《こんぱい》するのだ。

背後でギィーッと木が軋《きし》む音がした。

表門が閉じられ、標的の命運は尽きた。高塀にかこまれた長州上屋敷は要塞《ようさい》じみている。もう外へは逃れられない。

宇野が苦しまずに死んでくれることをわしは切に願った。

「俊輔、待ちかねたぞ」

あばたづらの高杉先輩が、傲然《ごうぜん》と腕組みをして慰霊碑のそばに立っていた。とがった面相は殺気立ち、切れ長のほそい両目がやたら怖かった。

芸事好きの高槻藩士は、それでもまだ自分の窮地に気づかない。親しげに笑いかけ、きっちりと挨拶《あいさつ》をした。

「高杉さまですよね。本日のお招き、ありがとうございます」

「よく来たな」

「こうして飲み仲間の伊藤さんに誘われ、失礼をかえりみずにやってまいりました。それにしてもご立派なお屋敷ですな」

「遠慮せず、ずっとここにいろよ。きっとそうなる」

先輩が冷たく笑った。

やっと異変を感じとった高槻藩士が、いぶかしげにわしのほうを見た。

「どういうことでしょうか、伊藤さん」

「観念しろ、宇野八郎」

「何をおっしゃっているのかわからない。理由《わけ》を言ってくださいまし」

「わけは……北風にきけ！」

わしは相手の顔面に強烈な張り手をくらわした。ここで長々と弁明されても、かえって事が面倒になるだけだ。早急にかたをつけなければならない。

つねづねわしは、正当な理由さえあれば敵対者を殺してもよいと考えていた。天に代わって逆賊を討つ『天誅』はゆるされるだろう。

だが、隠密という濡《ぬ》れ衣《ぎぬ》を着せられた宇野八郎の場合はどうなのか。

たぶん、これもゆるされる。

わしはそう判断した。大いなる天の下では無実の者など一人としていないのだ。いつどこで天罰が下ろうとも、甘んじて受け入れるほかはない。

仲間たちが遠目に見ている。ここで標的の宇野が騒ぎだしたら、憤激したかれらにめった斬りにされるだろう。さすがにそれは忍びない。

わしは少し背のびしながら長剣を引き抜いた。そして正面からゆっくりと標的に近づき、情け容赦なく急所の左胸を突き刺した。その間、宇野は身じろぎもしなかった。

「おうっ……」

間のびした声が周囲からあがった。

肺腑を刺しつらぬかれた被害者は声も出せない。逆流した血塊がのどにつまり、なぜか案山子《かかし》のように片足で突っ立っている。

一瞬だが、状況を忘れて滑稽《こっけい》な姿だなと感じた。

「俊輔、とどめを刺せ」

こともなげに高杉先輩が命じた。

「はいッ」

わしは切っ先をズンッと引き抜いた。返り血を浴びまいとして後方にとび跳ねる。だが袴《はかま》と両足の甲にべったりと血のりがこびりついてしまった。

体の支えを失った宇野八郎が、一回転して慰霊碑の前に倒れこむ。しばらく手足をばたつかせていたが、ほどなく動かなくなった。とどめを刺すまでもなかった。

幕府の密偵は絶命した。

高杉先輩は、最後まで自分の手を血で汚さなかった。

思い返してみれば、わしは一月《ひとつき》ごとに放火と殺人をくり返している。とめどない非道の先にいったい何が待っているのだろうか。

そう、一つだけ確かなことがある。

わしは悪人だ。

第三章　祇園の夜

昼過ぎ、練兵館に迎えの者がきた。

桜田藩邸からの使者は相棒の伊藤俊輔だった。あれほど困窮していたのに、最近は金回りがいいようだ。少し見ぬ間に着衣が木綿から正絹《しょうけん》に変わっている。

「庸三、ひきこもってばかりじゃいけんよ。でも少し顔色がよくなっちょる」

「そうかもな」

「今日からは嫌でも潮風を体に浴びることになるで。藩船を操舵《そうだ》して神戸まで航行するなんてうらやましいかぎりだ。気分一新の船出じゃな」

例によって場を盛り上げようとしていた。

「潮風か……」

小声でつぶやき、おれは書生部屋の万年布団から半身を起こした。

あいかわらず体調はすぐれない。でも藩命には従わねばならない。希望どおり江戸を離れられるというのに全身がだるかった。

症状は一進一退だ。妙に爽快で町を歩きまわることもあるし、気分が滅入《めい》って部屋から一歩も出られないときもある。本日は後者だった。

人の親切がすなおに受け入れられなかった。俊輔に対しても、どうしても辛辣《しんらつ》な見かたをしてしまう。

これまで相棒を経済的に支えていたのは親戚縁者ではなかった。本人も公言しているように、下ノ関の芸者が若い情夫《まぶ》に金をつぎこんでいるという図式だった。梅子さんは身を切り売りしてまで江戸の俊輔に送金しているらしい。

献身的な美談だと仲間は言うが、やはりおれは納得できない。

冷静に考えれば、情夫きどりの俊輔は結婚をエサにして女から金をしぼりとる小悪党だろう。二枚目ならまだしも、相棒の容貌はお世辞にも好男子とはほど遠い。骨張った角顔で、小さな目だけは愛嬌《あいきょう》があった。

だが、よく見れば瞳の奥に癒《い》やしがたい劣等感と暴力性を抱えこんでいる。塙次郎を殺したあの夜以来、おれは相棒の直視を避けるようになっていた。

そうした恐れも病状によるものだろう。

被害妄想だとわかっているが、おれは感情をおさえきれなかった。

俊輔が、懐紙《かいし》に小判を一枚包んでさしだした。

「少ないが、心ばかりの餞別《せんべつ》だ。受けとってくれ」

「どういうことだよ。こんな大金……」

「気にするな。相部屋のおんしゃにはずっと世話になってきた。いつも金を借りちょったし、飯もおごってもらってばかりじゃった」

「そんなことを言ってるんじゃない。どこから出た金だ」

詰問《きつもん》口調になってしまった。

相棒は、人を殺すたびに羽振りがよくなっている。もしかすると殺し料をもらっているのではないか。そんな妄想が頭をかけめぐる。

いや、けっして思い過ごしではない。上屋敷内で幕府の隠密を密殺したことはおれの耳にも入っていた。高杉さんが指令し、俊輔が刺殺したという。あざやかな手並みだったと長州藩士らも賞賛していた。

今回の件は秘密ではなく、藩内では公然の事実として認められているらしい。相棒は初手柄をあげ、『人斬り俊輔』の異名までつけられた。

その前例に塙次郎暗殺があったとは仲間たちも気づいていない。天誅《てんちゅう》の経験者である相棒にとって、軟弱な高槻藩士を刺し殺すのは容易だったろう。

おれの苛《いら》立《だ》ちを感じとった相棒が、破れ座布団の上にどっかりとすわりこんだ。

「たしかにこれは汚い金じゃ。でもな、わしゃこれまでそうやって空腹を満たしてきた。おんしゃの親父どのは瀬戸内の塩田を仕切る庄屋だろ。月々の仕送りもちゃんとあるじゃないか」

「そのとおりじゃが……」

「それにわしのことを女を食い物にしちょると言う者もおるが、わしと梅子の仲はそねぇに安っぽうはないで。生きるも一緒、死ぬも一緒と思うとる。この金も梅子の仕送りから分けたものじゃ。わしが好き勝手に使っても梅子は絶対に文句は言わん」

「すまん」

おれは頭を下げた。

梅子さんの献身は本物だ。また俊輔の一途《いちず》さも疑いようがない。心の平衡をなくしたおれは、近しい相棒までなくすところだった。

心の病とはいえ、自分の愚かさが嫌になる。

志士として立つことを決めた足軽の子は、あらゆる差別をはねかえして懸命に生きている。それを陰で支えてきたのは、萩の塾生や偉い恩師ではなく、下ノ関の色町に身を沈めている薄幸な三味線芸者だった。

おれの肩に右手をのせ、俊輔がしみとおるような笑みをむけてきた。それは決して作り笑いではなかった。

「こう見えても、わしゃ人を見る目があるけぇな。おんしゃのやさしさはだれよりも知っちょる。騒がしい江戸におらんほうがええ。土地を変えれば心も変わる」

「同じことを村田さんにも言われた。いっそのこと外国へ行けと」

「妙案じゃ。藩船に乗ってそのまま太平洋を渡ればいい」

俊輔はどこまでも明るかった。

ふっと妙案が浮かんだ。相棒が連れなら、どんな場所でも笑って暮らせそうだ。

「俊輔、おまえも一緒にアメリカへ行こう。松陰先生が望んだように」

「行けるわけがなかろうが。わしゃ外国語もでけんし、異国で勉学をする気など毛頭ないでよ」

「そうだよな。梅子さんのことも気がかりじゃしな」

「それもある。とにかく今回の神戸への試験航行を成功させろ。うまくやれば、海外留学の道もひらけてくる。わしゃ日本に残って大暴れしちゃる」

相棒の視線の先にあるのは広い世界ではなく、おのれの立身出世だった。

これ以上『人斬り俊輔』の名が高まらないことを願うばかりだ。

支度を整え、練兵館を出たおれたちは桜田藩邸へとむかった。ちょっとしたことで気分は変わる。俊輔の馬鹿陽気さにのせられ、体も温まってきた。あたりの風景までがあざやかに映る。

堀端に目をやると、枝の桜がつぼみをつけていた。

「……春なのか」

「何を言うちょる。もうすぐ三月でよ」

「気がつかなかった。部屋にこもりっきりじゃったし」

「庸三、しっかりせぇ」

「まことに面目ない」

二人で声を合わせて笑った。

一人で殻に閉じこもってはいけない。こうして自分の間抜けぶりを、友と一緒に笑いとばせるようになれば心の病の快復も早まるだろう。

日比谷濠をならんで歩きながら、おれたちは先行きについて語り合った。

志士としてのしあがった相棒が自慢げに言った。

「もう知っちょるじゃろうが、幕府の犬に天誅を下したことで上司の信頼を得た。三日後に桂さんのお供をして陸路で京へと上《のぼ》る。言っとくが従者じゃないぞ。身辺警固のお役目だ。なにせ京の都は物騒《ぶっそう》じゃし、勤王と佐幕が入り乱れて斬り合っとる。そこで名をあげれば確実に立身できるけぇな」

「俊輔、いまのおまえは上り調子じゃ。なにもかもきっとうまく運ぶ」

「まずは金をため、早く梅子を下ノ関の置屋から落籍《ひか》したいのう。国事にくらべたら小さなことじゃが、それがわしの第一目標だ」

「いや、おまえならではの大望だ。尊敬に値《あたい》するよ」

俊輔の尺度では国事よりも女のほうが上位らしい。

おれは、そんな相棒が大好きだった。

「のう、庸三。京の都で会おうや」

「五日後、おれは海路で神戸へむかう。船を降りたらすぐに京の長州藩邸へ行くよ。そこで落ち合おう」

「それで決まりだ」

「一つきいていいか。九段坂での件だが……」

おれが言いよどんでいると、察した俊輔がしっかりとこたえた。

「九段坂では何もなかった。そうじゃろ、わしら二人はまったく無関係だ」

「そう、何も起こらなかった」

「もちろん、おんしゃと交わした男の約束はちゃんと守っとる。もしかすると高杉先輩は気づいとるかもしれんが、ほかの者は昨年のことなど憶えちゃおらんで」

「おれも忘れたよ」

そうは言ったが、自分が引き起こした血の惨劇は脳裏から一生消えることはないだろう。この先、身にしみついたけだるさを克服できるとも思えなかった。

それにしても俊輔の躍進ぶりには目を見張るものがある。

来月には将軍徳川家茂《いえもち》が上洛して政治の中枢《ちゅうすう》は京へと移る。御所にいる天皇にすでに主導権は渡っているのだ。各藩主や重臣たちも江戸を捨て、競うように上京していた。そうした状況下で、長州藩最高幹部の桂さんは同行者として伊藤俊輔を選んだ。

生彩のないおれは選にもれたのだ。

くやしいが、当然の結果だと思う。いくら武術に励んでも、実戦の場でうろたえるようでは何の役にも立たない。三度までも結果をだした俊輔は、志士としておれよりも数段も格上だと認めざるをえなかった。

藩邸の門前で相棒と別れ、おれは屋敷内の政務室に顔をのぞかせた。そこは長州の重臣たちが集う広間で、西洋の大机と六脚の椅子が置かれてある。

兄事《けいじ》する桂さんの姿はなく、急進派の財務官と口うるさい長老が椅子にすわっていた。

無愛想なおれにとっては、どちらも苦手な相手だった。

「どうだ、山尾くん。少しやせたようだが、風邪は何割ぐらいなおったかね」

藩の財政を担《にな》う周布政之助《すふまさのすけ》さんが先に声をかけてきた。いつも話が論理的すぎるので緊張してしまう。

「九割方なおりました」

そつなく答えると、納得した周布さんが深くうなずいた。

「全快ではないが、その健康状態なら藩船にも乗れるだろう。品川を出港して神戸へと向かう。それだけのことだが、生きてたどりつけるとは確約できない」

「どういうことですか」

「イギリスで造られた蒸気船なので、動かしかたをだれも知らんのだよ。測量係の君と船長の野《の》村弥吉《むらやきち》だけが頼りだ。しかし航行中に突風に見舞われたら沈没するかもしれんな」

「無茶じゃ。いくらで買ったんですか」

「二万ドルだ」

法外な値段だった。長州の海軍力強化をあせる周布さんは、あせってボロ船をつかまされたようだ。

「いくらなんでも高すぎますよ」

「マセソン商会にふっかけられ、むこうの言い値で買った」

「西洋人は完全に日本をなめてますね」

「二百八十三トンの中型船だが、大砲を積めば軍艦として使えるじゃろう。でもうまく動かせん。

それでオロシャ探検からもどった君に目をつけた。何よりも体力がある。それに外国語に堪能で船の構造や機械にもくわしいと村田先生からも聞いちょる。剣の腕は桂さんの保証つきだ」

おれとしても、一刻も早く船に乗って江戸を離れたかった。

たとえ未開の地であってもオロシャ渡航は貴重な実体験だ。黒竜江探査に加わったことが、おれの経歴を華々しく飾り立てていた。

それにもまして、村田さんと桂さんの推薦が大きかったようだ。

相棒の俊輔の生き方をまねて、おれは上司の誘いをすなおに受け入れた。

「瀬戸内育ちなので船のあつかいには慣れちょります。たとえ運悪く暴風に遭《あ》って、海で死んだとしても本望であります」

「よう言うた。それでこそ長州男児ぞ」

長老の来島又兵衛《きじままたべえ》さんが、自慢の鍾馗《しょうき》ひげをなでながら口をはさんだ。まだ四十七歳なのだが、若者ばかりの志士仲間からは『来翁《らいおう》』と呼ばれて親しまれている。長州きっての武闘派で倒幕活動の急先鋒だった。

一度、練兵館で稽古《けいこ》をつけてもらったことがある。鍾馗ひげの豪傑は気迫が空回りして隙《すき》だらけだった。後輩のおれは先に軽く一本とって、二本目は来翁にゆずった。それ以後ずっと目をかけてもらっている。

周布さんがおもむろに言った。

「さて、そこでだ。君は長州の正規藩士となった」

「えっ、準士雇《じゅんさむらいやとい》なのでは」

「いや、本日ただいまより二本差しの武士だ。つい先ほど来島さんと二人で話し合って決めた。来翁がうなずけば、どこからも文句はでまい」

「そうだと思います」

「急なことなので、わたしからは太刀を贈ろう」

周布さんが机の上に長刀を置くと、来翁も腰の小刀を鞘《さや》ごと抜きとった。

「このわしと互角に戦えたのは山尾くんだけだ。腕を見込んで小刀を譲ろう。がっはは、これで両刀そろった。立派な長州藩士じゃで」

来翁が豪傑笑いを響かせた。けっして長州藩士は口舌《こうぜつ》の徒ではない。たとえ議論が長びいても最後は情で動く。なによりも若者を大事に育てようとする雰囲気があった。

おれはありがたく両刀を押しいただいた。


京の都は江戸よりもずっと刺激的だった。

わしはすっかり祇園界隈《ぎおんかいわい》の情緒に魅せられてしまった。白川ぞいの柳道を行く美麗な芸妓《げいぎ》を見るたび、つい口元がゆるんでしまう。

下ノ関にいる梅子のことなど忘却し、わしは女郎買いにいそしんだ。

京に入った他の仲間たちも古都の軟風にそまった。それぞれなじみの芸妓ができ、安価な妓楼《ぎろう》に入りびたっている。

桂さんは二条の京都藩邸に入り、さっそく朝廷工作にのりだしていた。貧乏公家たちに金をつかませ、長州への後押しを依頼したようだ。

飯代にもこまっていた公卿らは、すぐに食いついた。千両箱を邸内に運びこまれて、それを突き返す貴人などこの世にはいない。

警固役のわしは、藩邸を根城にして遊びまわっていた。もとより桂さんは練兵館の塾頭で、天下に知られた剣豪だ。護衛などいなくても独力で切り抜けられる。

早朝。腹へらしのわしが藩邸の厨《くりや》で冷えた握り飯を食っていると、京都留守居役の乃美織江《のみおりえ》さんが部屋に入ってきた。

開明派の留守居役は桂さんの朋友で、信頼できる人物だった。

「伊藤くん、やっと顔を合わせられてよかった。ちょっと尋ねたいことがあってな」

「ええですよ。乃美さまにゃ隠し事はできんけぇね」

「長い付き合いじゃけど、昔から桂さんは神出鬼没で行方がつかめん。おそばで仕える君なら諸事情はわかっちょるじゃろうし。留守居役として少しは知っておきたい」

「はい。お立場、お察しいたします。なんでも訊《き》いてください」

点数稼ぎの返事をして、わしは板の間に正座した。律儀な乃美さんもサッと袴《はかま》をさばいて対座し、声をひそめて問いかけてきた。

「気になってのう、京都御所での公卿さまらァの動向はどねぇな。君が見聞きした範囲内でええから教えてくれたまえ」

「どねぇもこねぇもないですちゃ。桂さんの援助に浮かれ、連中は食い物もよくなったようで顔つきも脂《あぶら》ぎっちょります。やはり金の効果は覿面《てきめん》です。公卿たちはへんに活動的になって、帝《みかど》の座す禁裏において長州寄りの発言をくりかえしとる」

「なるほど。おかげで老将の来島又兵衛さんまでが念願の禁裏守衛の地位に就《つ》いた。長州の若手藩士たちは来翁に檄《げき》をとばされ、御所警固の猛訓練に明け暮れとるし」

「花街でも長州人はとびぬけて金払いがきれいですちゃ。都人《みやこびと》はみんな『長州様』と呼びよるぐらいで」

「たしかに桂さんが入京してから、一気に長州待望論が高まっちょるな」

「おっしゃる通り、大げさではなく桂さんの人気は洛中で沸騰《ふっとう》しとりますで。なにせ、長身で見栄えが抜群じゃし」

人当たりのやさしい色男として、桂さんは京の御所でも評判になっている。

入京して一月《ひとつき》足らずで自由に禁裏にまで出入りしはじめていた。噂では孝明天皇とも談笑し、とても好まれているという。

実直な京都留守居役は目を伏せ、ぐっと腕組みをした。

「われら凡人は桂さんについていくしかあるまい」

「もとより、わしはそのつもりですけぇ」

実質的に長州を動かしているのは、桂小五郎という謎多き人物だった。ずっと同行しているわしにも、その実体がまったくつかめなかった。

恐るべき剣客なのに、そんなそぶりは絶対にみせない。なぜかいつも優男《やさおとこ》風にふるまっている。

しかし、これまで桂さんがやってきたことは非情だった。秘密裏に徳川御三家の水戸藩と同盟を結び、最終的には水戸浪士たちが続けざまに幕閣を襲って斬り死にした。将棋好きな桂さんからすれば、武力討幕戦における序盤の捨て駒だったらしい。

長州は一人として犠牲者をだしていない。桜田藩邸内に慰霊碑を建て、水戸浪士の霊を祀《まつ》っただけだ。

先走った水戸は勤王派がほぼ全滅状態になった。いまでは水戸藩の守旧派に弾圧され、生き残っている少数の志士たちも次々に捕殺されていた。

高杉先輩が主導した英国公使館焼き討ちも同じだ。

江戸の夜空に火炎が舞い上がった。見た目は派手だが、結局は一人の死者もでなかった。それら一連の政治行動は、桂さんの影響下で進められたのだとわしは思う。

最近では藩主毛利敬親公の代参として、桂さんが他藩の法事に出かけることが多くなった。だれから見ても、桂小五郎なる美男子が長州の代表者だった。

朝夕の冷気が消え、長州藩邸の前庭に咲く桜も満開になった。

夕刻に幹事室に呼ばれた。わしが襖《ふすま》をあけて入室すると、桂さんが悩ましげな顔で床柱にもたれかかっていた。

下座にすわったわしは、反射的に作り笑顔になった。

「庭の桜が咲き誇っちょりますのんた。夜桜の宴《うたげ》でもひらきましょうか」

「そんな気分じゃない」

「すみません。勝手なことを申し上げて」

わしが低頭すると、桂さんが逆に頭を下げた。

「伊藤くん、頼みごとがある。どうか力をかしてくれたまえ」

「もったいない。頭をあげてください」

「明日には江戸へ帰束せねばならない。だから今夜中に決着をつけたい」

「おまかせを。で、だれを斬り殺せばええんですかいのう」

自信たっぷりに言った。

すると、桂さんの渋面がほどけて笑声がもれた。

「愉快だ。これだから伊藤くんは手放せない。この僕が天誅の指令を出すわけがないだろ」

「そのとおりですちゃ」

「たぶん君の耳にも入ってるだろうが、情にかられて手をつけた芸妓が二人ほどいる。そのうちの一人と別れ、残る一人を身請《みう》けしたい。手助けをしてくれ」

「なるほど……」

その時になって、やっと自分の役まわりがわかった。

桂さんほどの剣の達人なら、自分の身は自分で守れるだろう。わしは護衛役ではなく、身辺整理の交渉役として選ばれ、はるばる京都までやってきたらしい。

生真面目《きまじめ》な庸三ではなく、遊び好きなわしを同行者にした理由はそこにあったのだ。

「いまは亡き吉田松陰先生も、君のことを『周旋《しゅうせん》の才あり』と評しておられた」

「ほめ言葉かどうか、よくわかりませんが」

「苦労人の君なら、この難局を上手にのりこえられるはずだ。このところの活躍ぶりは高杉くんから聞いている。それに花街にも通じていて顔もきく。下ノ関の芸者を嫁にするそうじゃないか。男として立派だ」

わしは気持ちをさっと切りかえた。くだらない男女の色事にせよ、桂さんがこのわしを頼りにしてくれたことがうれしかった。

「ええ、お役に立てると思います。祇園でのお噂は耳にしちょります。別れようとなさってるのが幾松《いくまつ》さん。そして身請けするのが増勇《ますゆう》さんですよね」

「伊藤くん、逆だよ」

「いやはや、わしとしたことが」

完全に見誤った。増勇は祇園の名妓でお茶屋の跡取り娘だった。母親が岩国生まれなので長州との縁も深かった。

売り出し中の幾松は、新興地三本木の置屋のお抱え芸妓にすぎない。しかも生粋《きっすい》の京女ではなく、丹後《たんご》地域から流れこんだ貧民の娘だと聞いていた。

「いろいろと誤解もあるようなので先に言っておく。幾松の実父は小浜《おばま》藩士だ。勤王の志《こころざし》を抱いて京へとやってきたが、いまは浪々の身らしい。弟妹が多く、家族の暮らしを助けるために長女の松子《まつこ》が芸妓になったんだ」

「知らんかったです。幾松さんが勤王派の武家娘だったとは」

「ほかの芸妓とちがい、あざやかに小太刀も使えるし、歴史にも通じているので話が合う。僕の愚痴《ぐち》にもちゃんとつきあってくれる」

「お似合いの二人ですちゃ。しかし、増勇さんにもちゃんと筋を通さねば、長州人は祇園の花街を歩けなくなる。それに岩国は長州の支藩ですし、いろいろとまずいです」

「その件もまかせる。色恋沙汰《ざた》において君にまさる者はいない。増勇の誇りを傷つけず、相手の言い分をすべて聞きいれてやれ。悪い噂が立たぬように」

「承知しました。身請け金だけでなく、手切れ金にも糸目はつけぬということですね」

念を押すと、桂さんは目をふせてうなずいた。

「そういうことだ。面目ないが、僕は芸妓の身請けの相場も知らない。いま手元に百五十両ある。これで足りるか。もし足らなければいくらでもだす」

「大丈夫ですちゃ」

わしは安請け合いした。

どんな美妓でも、身請けの額が百両をこえることはないだろう。それに色町での交渉ごとは、高杉先輩の尻ぬぐいばかりしてきたので自信があった。

武家育ちで誇り高い幾松さんも、長州一の色男を袖にするわけがない。だれから見ても特上で、目にもまぶしい二人だった。

桂さんは筋を通す男だ。彼女に妾奉公《めかけ》をさせようとしているわけではなかった。昨年、国許《くにもと》の病妻が亡くなって独り身だ。幾松さんを身請けしたあと、時をおいて正式に結婚するつもりらしい。

正妻の座。

花街暮らしの女たちが、それをどれほど夢見ているかわしはよく知っている。下ノ関にいる梅子が、わしのような風采のあがらぬ若輩者《じゃくはいもの》に尽くしてくれているのも、いつかは二人で所帯をもてると思っているからだ。桂さんがわしを身請けの仲介者にしたのも、ある意味同じ立場だからかもしれない。

二条藩邸をでると、日は暮れ落ちていた。

鴨川ごしに比叡山《ひえいざん》の黒くなだらかな稜線が見える。

高瀬川にそって進む。懐《ふところ》がずっしりと重い。こんな大金を持って歩くのは危険すぎる。千年の都は動乱の渦にのまれ、天誅や辻斬りが横行している。

わざと長剣の鞘尻でガラゴロと地面をこすり、わしはだれかれなしに威嚇《いかく》しながら木屋町筋を通り抜けた。

夜の三条大橋を堂々と大股で渡った。そのまま縄手新地《なわてしんち》の花街にまぎれこむ。祇園町のはずれにある新興地は格下の色里だった。

それにしても、京の名妓を二人も手玉にとるとは……。

わしは大きく吐息する。あらためて桂さんの凄《すご》みを知らされた。長州藩の最高幹部は、恋においても攻めどき退《ひ》けどきを見事なほどに心得ていた。

周旋屋のわしはよほど使いかってが良いらしい。代理人として縄手新地の幾松さんを今夜中に身請けし、明朝桂さんが旅立ったあと、何食わぬ顔で祇園の増勇には手切れ金を渡さなければならない。

微妙に込み入った難題だが、仲介の得意なわしならこなせるだろう。

紅灯《こうとう》が夜道を照らしている。

ここまでくれば安心だ。鴨川の対岸にある先斗町《ぽんとちょう》や島原は東国武士の遊び場であり、祇園と縄手新地は西国武士の溜まり場なのだ。佐幕対勤王。相容《あいい》れない両者はそうやって棲《す》み分け、無駄な私闘が起こることを避けていた。

小路に入ると、奥に吉田屋の箱提灯《はこぢょうちん》の明かりが見えた。

幾松さんとはこれまでお座敷で二度ばかり会った。わしが知っていることはかぎられている。変に疑って勘ちがいしていたことも多い。

しかし、素顔の美しさはずばぬけていた。高価な衣装で着飾った厚化粧の増勇より、ひたむきな勤王芸者をえらんだ桂さんの目に狂いはない。

律儀な桂さんは、やはり話を通していた。

わしが吉田屋の暖簾《のれん》をくぐると、上がり口に正座していた女将《おかみ》に軽くいなされた。

「おやまァ、伊藤はんのお出ましどすか。二本差しとはめずらしい、話が長びきそうや」

わしが即席のにわか侍と知っているらしく不満げな顔つきだった。藩の重役たちが話をつけに来ると思いこんでいたようだ。

権高《けんだか》な京女の態度が腹立たしい。

だが、こちらも手慣れた作り笑顔で対応した。

「お世話をかけますのんた。で、幾松さんは」

「あほらし。まずは後見のわたしに誠意をみせてくださいな」

「金ですか」

「ほほっ、ほかに何がありますのン」

女将に鼻先で笑われた。

港町の下ノ関の花街とちがって都の女は手ごわかった。

置屋暮らしの幾松さんは、どんなに美しくても、しょせんは売りもの買いものなのだ。

女将の態度は見事なほど強気だった。買い手が長州の大物で、藩の金庫からいくらでも小判を支出できることを知っているらしい。

もしかすると、持ち金では落籍できないかもしれない。

「さ、伊藤はん。こっちへおいない。きっちり話を詰めまひょ」

帳場の奥に連れこまれた。

「わしはどうすれば……」

「そんなとこにぼうーっと立ってンと、座布団《おざぶ》におすわりやす」

完全に手玉にとられていた。花街は女たちの城なのだ。どうあがいても男に勝ち目はない。すなおに軍門に下るほかはなかった。

観念したわしは、懐から有り金ぜんぶを取りだした。

「これは桂さんから預かった金ですちゃ。話はすでに聞いておられるでしょうが、幾松さんを身請けしたいとおっしゃってます」

目分量で小判の嵩《かさ》を測った女将が、余裕ありげに言った。

「ざっと百五十両どすな」

「充分じゃろう。いや充分すぎるでよ。芸妓の身請けで百両の大台を超《こ》えたちゅう話はきいたことないで」

「これやと中途はんぱで切りが悪おす」

「仲立ちのわしにどうしろと」

「きっちり二百両」

「二百両！」

声が裏返ってしまった。

しかし、対座する女将がぬけぬけと言った。

「幾松はわたしが手塩にかけて育て上げた京の名品や。どこの御姫《おひい》さんにも負けしまへん。きれいな衣装《おべべ》を買い与え、詩歌管弦《しいかかんげん》もえらいお師匠《つしょ》はんについて習わせましたンや。それだけの価値はございまっせ」

みやびな京言葉でたたみかけられた。わしのような若造ではとても太刀打ちできない。交渉事でいったん守勢になったら挽回不能だ。

わしは早々に負けを認めた。

「これから藩邸へ戻り、残りの五十両は持ってくる」

「それでよろし。幾松の身の上は桂はんにすべてお任せいたします。二百両の身請け金。ほっほほ、長州様の豪気さはのちのちまでも京の花街で語り継がれることやろな」

太っちょの女将が、まるで他人事《ひとごと》みたいに笑い流した。

小路に走り出たわしは唇をかんだ。くやしくてならなかった。

それにしても二百両とは強欲だ。下ノ関の花街で、ひたすらわしの帰りを待っている梅子の場合は、四十両の落籍金が工面できなくて今日に至っている。

わしのほれた女が、京の芸妓の二割程度の価値しかないことが無念だった。

なんとしても大金をつかみたい。そして好きな女を自由の身にしてやりたい。餓《かつ》えきった野良犬のように、わしは金と女を猛烈に欲していた。

船の舳先《へさき》に立って清冽《せいれつ》な潮風を全身でうけとめた。

ひさしぶりに生き返った気分だ。おれの眼前には青い海がどこまでも広がっていた。せまい書生部屋にこもりっきりだった自分が馬鹿馬鹿しく思える。

品川の埠頭《ふとう》を離れた藩船癸亥丸《きがいまる》は神戸をめざしている。測量係をまかされたおれは湾内をみまわした。波もおだやかで凪《な》いでいた。

だが、まるで速度がでない。藩船は埠頭近くで停滞していた。不審に思ったおれは船の後尾へとまわった。船尻を点検すると錨《いかり》が海中に沈んだままだった。

水夫として雇われた連中が、力仕事をなまけたようだ。あるいは、錨がなんのためにあるのかさえ理解していないのかもしれない。

これでは前にも後ろにも進めない。おれは航行の前途を危ぶんだ。

「おーいッ、だれかこっちへこい。錨をあげ忘れちょるど！」

細身の乗組員がよろけながら近寄ってきた。

早くも船酔いした志道聞多は青黒い面相になっている。いまにも嘔吐しそうだった。船上では洒落者《しゃれもの》の面影などまったくなかった。

「庸三、何が問題なんだ」

山口盆地の温泉郷で育った聞多は、操船のいろはも知らなかった。

おれは声を荒らげた。

「いいか、錨は船の重石《おもし》なんじゃ。引き上げんと船は永遠に動かん」

「初めて知ったよ」

「よくそれで乗組員に選ばれたな」

「悪いが、僕は乗組員じゃない。言ってみれば上級の乗船客だよ。姫路に用件があるので試験航行の藩船に乗せてもらっただけだ」

「つべこべいわずに手伝えや」

おれたちは滑車を回し、二人がかりでどうにか錨を海中から引き上げた。

しかし、藩船はたよりなく海面を漂うばかりだった。いっこうに動き出そうとしない。どうやら乗組員の大半は、船の構造も海の怖さも知らないようだ。連中は帆さえ上げれば勝手に進むと安易に思いこんでいるらしい。

買いこんだ英国船の状態が悪いわけではない。おれをふくめ、日本人乗組員のだれ一人として蒸気船の正式なあつかいを知らなかったのだ。

操船術を記した手引き書は置いてあったが、ぜんぶ英語表記だった。蘭学者の村田蔵六さんに教わり、おれはオランダ語なら少しできるが英語は読めない。

船長が苦心し、どうにか蒸気を焚《た》き上げた。

弥吉は藩費で長崎へ遊学した幹部候補生だ。当地で英語を教科書で習い、会話はできないが英語表記は半分ぐらい理解できるらしい。

ゆっくり前進した藩船は、ふらふらと湾内をさまよった。測量係のおれは弥吉と連携し、三日かかってどうにか江戸湾外へ抜け出ることができた。

藩船は大海原へと奔《はし》りだした。

「うおーっ、うおおーっ！」

太平洋の大波を突っ切り、おれたちは歓声をあげた。

それも一瞬の高揚にすぎない。しだいに風雨が強くなり、激しい横波をうけた藩船が手毬《てまり》のように波間に何度も放り出された。

そばを見やると、洒落者が盛大に嘔吐《おうと》していた。

「大丈夫か、聞多」

「くそっ、いまいましいイギリスのボロ船め」

「安心しろ。このぐらいの波で船は沈まん」

「君は平気みたいだな。いつもよりずっと元気そうだ」

「まァそんな具合だ」

なぜか全身に生気が満ちあふれている。

聞多を介抱しながら、おれは大自然の持つ快復力に心身をゆだねた。不思議なことに、あれほど悩まされていた吐き気もぴたりと治まっている。

汚れた口元を手の甲でぬぐい、聞多があきれたように言った。

「やはり庸三は強《つえ》ぇや。根っから海の男だな」

聞多が言うように、おれは海との相性がいいらしい。少年時に親父から小舟をあたえられ、対岸の四国へむけて瀬戸内海を一人で漕《こ》ぎ渡ったこともある。並み外れた冒険心はその時にめばえたようだ。

何も考えず、海ばかり見ていたあのころがいちばん満ち足りていた。

年月をへて運よく正規藩士となったが、いまの自分は好きになれない。人として道を踏みはずしたと思う。身につきまとう激しい自己嫌悪は、遠い異国にでも渡らねば全快しないだろう。

村田さんが提案してくれた海外渡航の夢を、ぜひとも実現したいと念じた。神戸港に着いたらさっそく活動を開始しよう。こんなに積極的になったのは三月《みつき》ぶりだ。気鬱《きうつ》が反転してとてつもない躁《そう》状態になっている。それもまた危険な兆候だった。

藩船癸亥丸は予定より半月遅れで神戸港へ到着した。

下船したおれは、船着き場のそばにある団子茶屋に野村弥吉を誘った。酒豪なので甘い物は苦手らしい。仏頂づらの弥吉は薄い粉茶だけ飲んでいた。

「山尾、僕を誘うなんてめずらしいな」

「まずはお見事。猛烈な荒波や暴風雨をのりこえ、よくぞ神戸にたどり着いたな。ぜんぶ野村船長の手柄だ」

「なんだか気味が悪いよ。君にほめられるなんてめったにないことじゃ。きっとよからぬ思案があるんじゃろ」

さっそく嫌味な口調でからんできた。

数年前に会った時から親しみはもてなかった。軽快な俊輔とは真逆で尊大すぎる。家柄の良い萩の秀才で、蘭語や英語、西洋史まで学習していた。調子に乗るなと言うほうが無理なのかもしれない。

おれはずばりと言った。

「二人で欧米へ渡り、一緒に勉強してみないか」

「言葉を換えれば、国禁の『密航』だよな」

「そう。幕府に露見すれば首がとぶ」

「こうして話しているだけでも危険じゃないか。僕を巻きこまないでくれんか。山尾、いったいどういう料簡《りょうけん》なんだ。ちゃんと説明しろ」

対抗意識がつよく、頭でっかちな秀才は何かにつけて論戦をふっかけてくる。

相手もおれのことを昔から嫌っているらしい。海外通の村田蔵六さんが、同郷のおれを引き立ててくれるので嫉《ねた》んでいた。

しかし藩船航行になると、仲の悪いおれたち二人がいつも機関運転をまかされる。

長州の首脳部は、おれと弥吉を揃《そろ》いの一組としてとらえ、海軍力強化を推《お》し進めようとしていた。海外渡航の夢を実現するには、その方針にのっかるしかない。

おれは、師匠筋の桂さんから聞かされた日本の未来像をひっぱりだした。

「弥吉、今が好機なんじゃ。長州の政務を任されている桂さんは、周囲の反対を押しきって武力討幕と開国論を藩是《はんぜ》とした。それだけじゃないで。徳川幕府を倒したあとの国づくりまで考慮されちょる。精神的支柱は京の帝にお任せできるが、日本国の経済的基盤をどこに置くのかと」

「もっと話せ」

弥吉が目を輝かせる。そこから先は、おれなりの持論を展開した。

「いずれは貿易を主軸とした国家体制を構築せねばならんじゃろ。おれも蘭学を少しかじってわかったのだが、西洋の小国にすぎないにもかかわらず、オランダはアジア諸国との不平等な輸出入で莫大《ばくだい》な利益を得ている。くやしいが、それが現実だ。日本は稲穂の国じゃけど、米は湿気に弱くて腐りやすい。西洋人の主食は小麦だから輸出品としては難があるけぇな。なので、しばらくは日本独自の生糸の輸出で外貨を稼ぎ、その資金をもとに日本で工業を興《おこ》す」

「農業ではなく工業か……」

「せまい島国の日本が世界と渡り合うにはそれしかない。まずおれたち二人が藩費留学生として欧米に渡り、工業品や最新の織物機械を日本に持って帰る。そして技術を習得し、近い将来みずからの手で戦艦などを造り出す。それができるのはおれとおまえだけだ」

「つまり工業立国だな」

「そう、それだ。工業によって豊かな日本の未来をかたちづくる」

「おう、気宇壮大じゃな。できる、できるぞ山尾。さきがけて二人でやり遂げよう」

　笑顔の弥吉がおれの手を強く握りしめた。たとえ両者の気性は合わなくても、めざす方向性は同じだった。

　その時、長州きっての洒落者がふらりと葦簀《よしず》張りの茶屋に入ってきた。

「なんだ、聞多か」

「悪いが葦簀のそとで話を聞かせてもらった。庸三、僕も仲間に入れろ。海外渡航は金がかかる。藩主と差しで話ができるのは、小姓をつとめていた僕しかいない」

「おまえの存在などすっかり忘れとった。船酔いばかりしとるし、吐くし、とても船での長旅はできんじゃろうが」

「いや、こうなったら根性でのりきっちゃる。ご重役連との交渉はこの僕にまかせろ。海外留学の資金はかならずひねりだす」

聞多がしゃんと背筋をのばして高言した。船上での腑抜《ふぬ》けぶりとはまったくの別人だった。考えてみれば、渡航に際して最も必要なのは資金なのだ。最初の一歩はそこから始まる。藩侯の寵臣《ちょうしん》を留学生に加えれば、金の調達もうまく運ぶかもしれない。

そばの弥吉が先に同意した。

「いいだろう。喜んで君を仲間に迎え入れる」

「おれも異存はない」

「長州三人組か。これは面白くなってきたぞ」

革の長靴《ちょうか》をはいた聞多が、西洋人のようにキザな所作で両手を広げてみせた。

聞多は姫路行きの予定を変えた。

二日後に三人そろって京都二条の長州藩邸に入った。運悪く、当てにしていた桂さんは五日前に江戸へ戻ってしまっていた。長州の顔となった桂さんは、東奔西走の日々を送っているようだ。

桂さんと入れちがいに、大幹部の周布政之助さんが京都入りした。このおれを正規藩士に昇格させてくれた恩人なので、藩費留学の懇願はおれがすることになった。その前に俊輔に相談しようと思ったが藩邸に姿はなかった。

温顔の京都留守居役にきくと、相棒は桂さんを追って一人で勝手に帰東したという。

面倒くさいが弥吉と話し合うしかなかった。夜半に藩邸の裏庭に呼びだし、打開策を練った。

「海外留学の件だが、どう持ち出せばいいと思う。弥吉、何か案はないか」

「生半可なことを言ったら、理詰めの周布さんにたちまち論破されるぞ。それで何度も痛い目にあったよ」

「だったら熱い言葉で相手の気持ちをゆさぶるしかないじゃろう。急進派の周布さんは派手なことが好きだし。意外に情にもろいところがあるけぇな」

「難しいところだ。『西洋へ行って最新の機械を買ってきます』と言ったとしても、首を縦には振るまい。なにせ欧米の商社は船や機械を高値で売りつけてくる。われら三人を留学させても採算がとれない」

なかば躁状態のおれの脳裏に、うってつけの言葉がひらめいた。

「弥吉、それだよ。高い機械を買ってくるのではなく、海外留学生のおれたちが工学を習熟し、『生きた機械』となって帰国すればいい」

「なるほど、『生きた機械』か」

「血の通った言葉だし、これなら周布さんを落とせる」

「山尾、よくぞ言った」

「よしっ、善は急げだ。これから幹事室に行って話をつけてくる」

いまは何でもできる気がする。おどろくほど心身が活性化している。失敗を恐れず、過去を悔やむこともない。

いつ元の暗い気鬱に襲われるかわからないが、前へ前へと進むことにした。

流れがすべてこちらに向いている。藩の財務をにぎる周布さんに、『西洋諸国の工業を習熟し、おれたちは生きた機械になって帰国します』と言ったとたん、案の定、派手好きな重臣は満面の笑みになったのだ。

すぐさま周布さんは留学資金の調達にのりだしてくれた。そして、その日のうちに長州藩御用商人の大黒屋《だいこくや》を二条藩邸に呼び出した。

おれと弥吉、それに聞多も会談に同席した。

周布さんは、先ほどの言葉がよほど気に入ったらしい。

「かれら長州三人組は欧米にて最新技術を習得し、生きた機械となって日本にもどってきます。なにとぞ留学のご援助をたまわりたい」

そう言って、老齢の御用商人にきっちりと頭を下げた。大黒屋は陶器や生糸の輸出で財を成した豪商だ。周布さんとの縁で長州米の売り買いもとりあつかっている。

昵懇《じっこん》の仲らしく、二人の会話には無駄がなかった。

「お話だけうけたまわりました。なんせ密航は天下の大罪やよって、あてがそそのかしたみたいに思われたら大黒屋がつぶれてしまいます。今夜の会合はなかったことにしておくれやす」

「そのように計らいます」

「ほな、また」

面妖《めんよう》な微笑を残し、京の豪商は奥座敷から出ていった。

会談は不調におわったらしい。密航に加担して店をつぶす馬鹿はいない。その場に取り残されたおれたちは不安げに顔を見合わせた。

弥吉が周布さんに謝罪した。

「山尾が勝手な申し出をしてご迷惑をかけました。もともと僕は暴論だと思っていたんです。海外渡航なんて夢物語だ。松陰先生も失敗して命を落としていますし」

「野村くん、何を言ってるのかね。大黒屋は留学資金をちゃんと出してくれる」

「えっ、そのようなことは一言も……」

「口に出して言うわけがない。だから今夜の会合はなかった。山尾くん、それでいいな」

「……はい」

理解しきれず、おれはにぶい反応しかできなかった。

切れ者の財務官は迅速に話を進めていった。

「君たち三人の留学先はイギリスだ。産業革命が成功して経済成長もいちじるしい。首都ロンドンでは、なんと地下に列車が走っとるげな。造船の技術も世界一だしな」

「周布さん、それはまずいです」

思わずおれは口をはさんだ。

留学先は松陰先生がめざしたアメリカだと勝手に思いこんでいた。

まずいのはそれだけではなかった。昨年の暮れ、品川の英国公使館を焼き討ちした者がこの場に二人もまじっているのだ。

放火犯の志道聞多。

斬り捨て役の山尾庸三。

おれたち二人は、イギリス人からすれば断頭台に送りたい重罪人にちがいなかった。

第四章　幻の奇兵隊

江戸の町がすっかり色あせて見える。

きっと祇園の甘い夜風に全身をなぶられたせいだろう。江戸っ子の荒っぽい言葉づかいや、土埃《ぼこり》の舞う町並みがうっとうしい。

わしもまた他の志士たちと同じように、江戸に見切りをつけていた。しっとりとした古都の雰囲気や、祇園の遊女のはんなりした仕草がひたすら懐かしい。

桂さんの日程が優先され、当地で庸三とは再会できなかった。とても心残りだった。その京都から志道聞多がひょっこりと江戸の桜田藩邸へもどってきた。会えば飲むしかない。暇を持てあましていたわしは、さっそく長州藩の御用宿に誘った。

いつも蕩児《とうじ》きどりの悪友が、なぜか奥座敷の襖《ふすま》をぴたっと閉めた。そして、がらにもなく真剣な表情になった。

「俊輔、飲んでる場合じゃないぞ。いま僕たちは運命の岐路に立ってるんだよ」

悪友の大げさな物言いに、わしは少しばかり腹が立った。酒の誘いを断っていいのは下戸《げこ》の庸三だけだ。

「いまに限ったわけじゃなかろうが。動乱の世では一寸先は闇じゃ。いつどこで命を落とすかわからんし、楽しむときに楽しまにゃやれんでよ」

「そんなことを言ってるんじゃない。少しは真面目《まじめ》に考えろ。じつは秘密裏に海外渡航の話が進んでる。むこうへ行けば五年は帰れない」

「知っちょる。以前、庸三にもそれとなく『一緒に行こう』と誘われたことがある。もちろん首を縦にはふらなかった。わしには日本でやらにゃいけんことがあるけぇな」

「例の下ノ関芸者の身請《みう》けか」

「もちろんそれもあるが本筋はちがう」

「……人斬りかよ」

聞多の言葉には、どこかしら悲しみの色合いがあった。

勤王諸藩は天誅《てんちゅう》を競っている。その実行者は例外なく下級藩士たちだった。人斬りとして名高い岡田以蔵などは土佐の郷士《ごうし》にすぎない。上士階級の聞多は、足軽上がりのわしのことを案じてくれているのかもしれない。

わしは首を横にふり、尊大な口ぶりで言った。

「ごっぽうでかい話なんじゃ。聞多、よう聞けよ。高杉先輩が、またとんでもないことをたくらんじょる。わしは行動を共にするつもりだ」

「いつものことだが、まるで想像がつかんな。英国公使館焼き討ちの責任をとり、高杉さんは世捨て人になったと聞いとるが」

「あれは世をあざむく方便じゃ」

「そんなはずはない。藩主の毛利敬親さまに『十年の暇《いとま》』を願い出て、そのあと髷《まげ》も切って僧形になったそうだ。浮世を離れ、西行法師《さいぎょうほうし》の向こうを張って名も東行《とうぎょう》とあらためた。あれが芝居だとは思えない」

「きっと、その時はそう思ったんじゃろうな。口も筆も立つ先輩は即興詩人だしな。でも直近の考えはまったくちがうで」

「どうちがう。俊輔、言ってみろ」

悪友が目を輝かせた。

おもしろそうな企《くわだ》てに聞多はかならず一枚加わろうとする。『英国公使館焼き討ち』と聞くとまっさきに仲間入りし、『海外留学』の話を耳にすると一緒に渡航したがるのだ。そこに思想や信念なんかみじんもなかった。

派手なお祭り騒ぎに興じる悪友は、わしの同類だと認識している。

「えらいことでよ。このわしもぶったまげた。数千数万の私兵を手元に招き入れ、ご自分が総督となって徳川幕府を叩《たた》きつぶすそうじゃ」

「大きくでたな。さすが高杉さんだ」

「狂っとるでよ。あン人は常識じゃ計れん」

「で、数万の私兵はどこから集める。長州藩士たちは、だれ一人として過激な高杉さんに付いていかんぞ。おまえ以外はな」

予想通りの言い分だ。わしはさっと切り返した。

「いくらでもおる。長州にゃ数十万の農民兵がいると高杉先輩はおっしゃってた。そのほか町人や商人、力士や僧侶など多士済々《たしせいせい》の諸隊じゃ」

「動乱の世に、腰の引けた正規藩士などはいらないと……」

「そうじゃ、純粋種は犬だって弱かろう。ごちゃまぜの雑種のほうが生命力があろうが。すでに高杉先輩は隊名までつけちょる」

「ますますおもしろくなってきたな。で、その諸隊の名は？」

少し間をおき、わしは得意げに言った。

「この耳でじかに聞いたぞ。教えちゃる。ええか、よう聞けよ。かれらは藩の正規兵ではない、奇なる兵隊ということで『奇兵隊』じゃ」

「おう、それは妙案だ。西洋の騎兵隊にも通じるしな。もちろん僕も参加するよ」

その答えをわしは待っていた。

そして、小意地の悪い声調で即答した。

「聞多、悪いがあきらめろや。血筋がよくて高禄《こうろく》をもらっとる長州藩士のおんしゃは奇兵隊には入隊できん。こっちは下積みの奇妙な民ばかりじゃでな」

「くっそーっ、農民上がりの足軽にまんまとはめられたぜ」

「ざまァみろだ。わしゃ高杉先輩の下で働くけぇ、おまえは庸三と共に海を渡れ」

わしは勝ち誇った顔で言った。

座を立った聞多が残念そうに話をうちきった。

「なら、これで二人の秘密会談は終わりだ。なんだかさびしいよ。おまえと一緒だと長旅も楽しくなるのにな。じゃあ、ちょっと野暮用《やぼよう》をすませてくる」

聞多の野暮用は、わしと同じく女がらみと決まっている。やたら腰の軽い悪友は廊下に出て、急ぎ足で桜田藩邸をあとにした。

こんなかたちで同輩や悪友と離れるのはつらい。

だが、いまのわしに海外渡航という考えはまったくなかった。聞多には言わなかったが、高杉先輩の立てた奇策には暗い死の影が漂っていた。

萩にもどる前、軽輩のわしにだけ胸の内を打ち明けてくれた。

帰郷後はすぐさま私兵を集めて藩内で暴動を起こし、長州全体を狂気にかりたて、幕府を挑発して全面戦争になだれこむ。たった一藩で強大な幕府軍だけでなく、日本中の譜代大名たちと戦うのだ。

当然のごとく、その過程で長州は滅ぶ。また長州征伐で戦費を使い果たした幕府も共倒れするだろう。日本はすべて焦土と化し、泰平の惰眠をむさぼっていた日本人はやっとめざめる。そこで初めて新たな国づくりを始めるのだという。

「破壊と再生さ。どうってことはない」

そんな風なことを高杉先輩は言っていた。

恩師を見殺しにした悔恨をきっちり清算するには、本人が砕け散るしかないのかもしれない。

活路など一点もなかった。それほどに無謀な戦略だった。

壮大なる死出の旅ともいえる。

道連れはわし一人でいい。

庸三や聞多を遠ざけたいと切に思った。二人の海外留学の話を聞いてわしは安堵《あんど》した。日本を離れれば、魔神ともいうべき高杉先輩の影響下から逃れられる。そして異国の地で親友たちは生きのびられるだろう。

『そういえば伊藤俊輔という無茶でおもしろいやつがいたな』と、お盆にでも仲間内で思いだしてほしい。

才のないわしはそれだけで満足だった。

二人とちがい、たとえ末席でもわしは吉田松陰一門だ。松陰先生には多大なる恩義がある。日雇い足軽のせがれだったわしを、上士の跡取り息子たちと同等にあつかってくれた。それ一つだけでも師の高潔さがわかる。

刑死の際、年若いわしは何の助力もできなかった。途方に暮れるばかりだった。

そのことを高杉先輩と同様に恥じてきた。

先日、小塚原の刑場で松陰先生の無惨なご遺体を見た。そばにいた庸三は人目もはばからず号泣した。わしは笑ってとりなした。しかしあの時、腹の底から幕府への怒りがわきあがってきたのだ。

恩師の仇《かたき》を討つためなら、どいつもこいつもぶち殺してやると決めた。そして若林への改葬から日をおかず、わしは幕府の密偵らしき者を迷わず刺殺した。

わしの出自は萩の足軽だ。

武家社会のきびしい身分制度の中では最下層に位置する。おまけにまわりの者たちには、言動がすべて打算的だと言われる。その指摘はあたっている。だが、友情の大切さと死に場所だけは充分に心得ているつもりだ。

死出の旅に誘ってくれた高杉先輩の厚情が本当にうれしかった。迷うことなく新たに創設される『奇兵隊』の一兵卒として死ぬまで戦い抜くと決めた。

半びらきになった襖から、痩身の入江九一《いりえくいち》さんが顔をのぞかせた。

「伊藤くん、今夜の慰労の酒宴はどうなった」

「すみません、入江さん。三人の飲み会は流れてしもうたです。聞多は気ままじゃけぇ、友と盃を交わすより女と逢うほうが大事なんじゃろ」

「やはり友誼《ゆうぎ》に生きるのは松陰一門だけか」

「そうであります」

「再会の宴は二人っきりのほうがいいよ」

「では今夜は飲み明かすとして、その前にちょっと話しませんか。獄中談も聞きたいし、どうぞこちらへ」

松下村塾では二年ほど先輩の秀才を奥座敷に招き入れ、上座にすわってもらった。はにかんだような笑顔が懐かしかった。

「みんな奮闘中だね。少し出遅れたが、僕もこれから必死で諸君らを追いかけるよ」

「とにもかくにもご苦労様でした。おかげでわしらは微罪ですんだ」

「気にするな。松下村塾に入門した時から、捨て石になる覚悟はできちょったし」

　入江さんは至誠の男だ。

　松陰先生の薫陶《くんとう》をうけ、どんな難局にも真正面からぶつかっていく。逃げることを嫌い、自分に不利なことでも黙って受け入れる。そのため恩師が立案した『老中謀殺』の罪を一人でかぶり、長いあいだ萩城下の獄舎に入牢していた。

　その後、桂さんたちが藩の実権を奪取し、獄中の入江さんも放免された。そればかりか、足軽身分から正規藩士にとりたてられた。わしから見ても、才能と実行力なら高杉先輩や久坂玄瑞さんを凌《しの》ぐものがあった。

　もう一人、松門には吉田稔麿《よしだとしまろ》という才気煥発《かんぱつ》な若者がいる。わしと同年齢の足軽だが、剣も弁舌も特等だった。何をやらせても上手にこなす。

　松下村塾において、高杉晋作、久坂玄瑞、入江九一、吉田稔麿の四名が『松門四天王』と尊称されていた。今年になって稔麿も準士雇《じゅんさむらいやとい》になり、長州全土の貧民たちを集めて命知らずの突撃隊を創りあげた。これで四人揃って倒幕の表舞台に立てた。

　劣等生のわしなんぞ、塾生の中で数の内にも入っていない。

　しかし、天誅を実行したことで大きく立場が変わった。対座した入江さんもしきりに褒《ほ》め讃《たた》えてくれた。

「見直したよ、伊藤くん。吉田松陰先生の仇ともいうべき密偵を、見事に討ち取ったそうじゃないか。しかもグサリと一突きで」

「いや、あの時は高杉先輩がそばにいてくれたので……」

わしは少し口ごもった。

いまさらあの高槻藩士が潔白だったとは伝えにくい。『人斬り俊輔』の名は故郷にまで届き、その伝聞を入江さんは信じきっていた。

「すごいことを成し遂げてくれたな。命がけの君の天誅にくらべれば、僕の獄中生活なんて語る価値もないよ」

「とにかく生きて出獄できてよかったですちゃ。牢屋暮らしは難儀じゃったですろう。こうして再会できて、高杉先輩もごっぽう喜んじょった」

「高杉め、僕の留守中に派手なことばかりしよって」

「今度会ったら、叱っちゃってください。長州一の暴れ者に苦言を呈《てい》せるのは入江さんだけですけぇね」

どうやら人には相性があるらしい。乱暴者の高杉先輩も、なぜか入江さんの言うことはすなおに聞き入れる。

節をまげない硬骨漢が、真正面からわしを見た。

「そこでだ。伊藤くん、飲んで酔う前に言っておきたいことがある。どう話せばいいものか迷ってしまうが」

「何ですか、急にあらたまって」

「……君を弟と呼びたくなった」

「意味がくみとれません」

「妹のすみ子を嫁にもらってくれんか」

「はァーっ」

意表をつかれ、わしは間抜けな声を発した。

だが、入江さんは大真面目だった。

「それを言うために江戸までやって来たんだ。すみ子と君は幼なじみだし、家格もへだたりがない。できれば、すぐに返事をもらいたい」

返事などできるわけがない。長く入牢していたので、入江さんはわしの女ぐせを知らないらしい。下ノ関の花街にいる梅子との仲も耳に入っていないようだ。

ここで婚儀を断れば、先輩の入江さんに恥をかかすことになる。すみ子は萩で評判の美少女だった。そして下ノ関の梅子とは泣けるほど肌が合う。

世俗まみれのわしは窮地に立たされた。

最低な男だと自覚しているが、わしは芸者も美少女もどっちも欲しかった。


京は葉桜の季節となった。

おれは桂さんの帰京を待った。またすれちがいになることを避け、二条藩邸で半月ほどやりすごした。直接会って助言を得たかった。

腰の軽い聞多は、一所《ひとところ》にじっとしていられない性分だ。「渡英のにぎやかしに俊輔を連れていこうぜ」と言い残し、江戸へもどってしまった。

そんな折、桂さんから連絡が入った。

落ち合い場所は木屋町筋の三条小橋だった。おれは身支度を整えて藩邸を出た。夕暮れ時の高瀬川を平底の屋形舟がすべっていく。

京の罪人らは、この高瀬舟に乗せられて大坂へと下り、そこから鳥も通わぬ海洋の果てに島流しされるという。

吹きくる川風は軽やかだ。

しかし二本差しの刀が重い。とくに周布さんから頂戴した大刀は長すぎた。すぐにずり落ちて鞘尻《さやじり》が地面に当たってしまう。おれは腰帯に左手をあて、ゆっくりと歩いた。

夕闇の下、三条小橋近くの柳の陰に長身の武士が立っていた。

「おくれてすみません……」

駆け寄ると、桂さんがそしらぬ顔で言った。

「僕と目を合わすな。付かず離れずついてこい」

剣の達人はどこに在《あ》っても用心深い。おれはぺこりと頭を下げて後につづいた。

練兵館塾頭の桂小五郎といえば、江戸では知らぬ者はいない。小手打ちの名手で、無敵の剣士だった。講武館で行われた各藩対抗戦では八人抜きの離れわざをみせたという。

しかし、いつもおだやかで礼儀正しい。外見はひ弱にさえ映る。声を荒らげたのを見たことがなかった。けっして強さを表にださないので、よけいに凄《すご》みがあった。

藩の守旧派を黙らせ、一気に実権を奪い取った時も一滴の血も流さなかった。その後は身分の低い若者たちを次々に取り立て、正規藩士と同等の立場に据えた。おれや俊輔も、その中の一人だった。

「山尾くん、体調はどうかね。気鬱《きうつ》だと聞いているが」

「風邪が長びきました」

「練兵館での昇段試験の時も欠席したな。もしかしたら終わりのない剣の修行に飽きたのかい。ずっとひきこもっていたようだが」

「自分の弱さに気づいただけです」

「それは進歩だよ。弱い者はむりに強がってみせる。伊藤くんのようにな」

おれと俊輔の後見人は何もかもお見通しだった。『塙次郎殺し』を二人で成したことも、桂さんはとうの昔に知っている。

おれは相棒の長所を強調した。

「当意即妙が伊藤俊輔の特性ですちゃ。おれも何度か助けられました。それに藩船に乗って大海原を奔《はし》り、京へやってきたので気力がわいてきましたけぇ」

治りきってはいないが、心の病が快方にむかっていることは確かだ。

江戸の喧騒《けんそう》を離れたことは正解だった。千年の都は時がゆったりと流れている。四季の移り変わりが絶妙で心が癒やされた。

だが、そんな悠長なことを言っている場合ではなかった。

前を行く桂さんが、いつになくきびしい声で言った。

「左の小路へ入れ。隠れてろッ」

「じゃけど」

「すぐに片をつける。君がそばにいると動きの邪魔だ」

早くも刀の鍔《つば》に左の親指をかけていた。いつでも抜刀できる体勢だ。柳道の前方を見ると、派手なだんだら染めの羽織をまとった三人組が迫っていた。

「あれは……」

「壬生《みぶ》浪士組、またの名を新撰組《しんせんぐみ》。幕府の手先となった殺し屋集団だ」

「京で噂の凶暴な連中ですね。それならなおのこと傍観できません。ここはおれが防ぎますけぇ、桂さんは二条藩邸へもどってください」

「こまったやつだな」

桂さんの言う通りだった。気鬱がおさまったとはいえ、今のおれには人を叩き斬る攻撃性がない。争闘となれば足手まといになるだけだ。

壬生浪士組の荒っぽさは鳴り響いていた。将軍家茂の上洛に合わせ、江戸で徴募された浪士組は、腕自慢の多摩の農民たちが中心の武装集団だと聞いている。入京後は会津藩預かりとなり、巡回警備と称して京の町をのし歩いていた。

天領育ちのかれらは徳川家への忠誠心がつよい。西国の勤王派を目のかたきにしていた。長州藩士を見つけると、難癖をつけて壬生屯所《とんしょ》へ連行しようとする。長州藩最高幹部の桂さんは、かれらにとって最上の戦利品だろう。

何があっても長州の指導者を守りきらねばならない。

もうおれは人は斬り殺せない。けれども、愛刀をふりまわして斬り死にすることならできる。その間に桂さんが脱出できればいい。

しかし、無敵の剣士の判断はちがっていた。

「山尾くん、手出しするな。そばで見てろ、そのほうがやりやすい」

「じゃが、相手は三人ですよ」

「心配無用だ。五人までなら僕一人でかわせる」

かわすという言葉が、いかにも桂さんらしい。

指示に従わず、おれは一歩前に出た。そのまま柳道をまっすぐ進んでいく。なんとか楯代わりにはなれるだろう。

巡回の壬生浪士組との距離がちぢまった。相手もこちらの風体を見定めた。おれの背後にいる長身の桂さんに目をつけ、三人がさっと横に広がった。真ん中にいる若者が楯となったおれをにらみすえた。

「どけッ、どけ！　市中見廻りだ」

殺戮《さつりく》集団は脅しに慣れていた。圧倒的な迫力だった。一剣をもって都でのし上がろうとする気《き》概《がい》が全身からあふれだしている。

勤王対佐幕！

おたがい、そんな高邁《こうまい》な思想など一瞬で吹き飛んだ。もはや何の関係もない。斬るか斬られるか。そこにあるのは血気盛んな若者の闘争心だけだ。

だが、おれは自衛本能さえ喪失している。

「……やめろ」

それだけ言うのがやっとだった。

すると、おれと同じ年ごろの若者が血走った目で怒鳴《どな》った。

「てめぇも仲間かよ。この野郎、ぶった斬るぞ！」

多摩育ちの不良は言葉より手が早い。ズンッと刀を抜きはなった。

おれも反射的に抜刀した。

こうなれば、ここで斬り合うしかない。しかし勝負勘が鈍っている。桂さんの護衛としては失格だ。心の病は心身をすっかりむしばんでいた。

おれは目の前のこいつに斬られるだろう。棒立ちのままそう思った。

すると、背後の桂さんが落ち着き払った声で言った。

「僕が相手になろう」

「人相書きで見たことあるぜ。長州の桂小五郎だな。そうだよな」

「いや、人ちがいだ」

相手をはぐらかし、さっとおれの前面にでた。そして体を沈めてすばやく横一文字に剣先を払った。機先を制するあざやかな片手斬りだ。不意を突かれた若者が横転した。右スネに刀傷を負った。立ち上がれない。うめきながら地べたを這いずっている。致命傷ではないが戦闘力は無に帰した。

喧嘩《けんか》度胸だけでは正統な剣客に勝てないらしい。死にはしないが、しばらくは杖をついて歩くことになる。

残るは二人。覚醒したおれは獣じみた烈声を発して刀をふりまわした。

「ぐおおーッ、殺《や》っちゃる、殺っちゃるど！」

左辺にいた大柄な壬生浪士を高瀬川へ追いつめた。

一方、練兵館塾頭の剣技は多彩だった。桂さんは鞭《むち》のように切っ先をしならせ、次々と小技をくりだした。あざやかな小手打ちが決まった。必死に剣を突き出していた相手の手から大刀が落下した。二、三本の指先が一緒にパラパラと散らばった。

一人となった大柄な浪士は、背を向けて高瀬川へとびこんだ。

「山尾くん、早く逃げよう」

桂さんがうながした。

横合いを見ると、すでに刀は鞘に納まっている。返り血さえ浴びていなかった。初めから相手を斬り殺す気はなかったようだ。

二人に重軽傷をあたえた剣客は、まるで負け犬のようにその場から逃げだそうとしていた。おれも納刀し、最初の指示を思いだして左辺の小路へ入った。

「逃げる必要はないのでは」

「浪士組の仲間が近くにいたら厄介だ。さ、急ごう」

桂さんが小走りに駆け出した。逃げ足もやたら速かった。おれたちは暗い小路を走り抜け、繁華な先斗町の横道を突っ切った。

視界がさっとひらけた。月は比叡山の上空にあり、鴨の河原には心地好い春風が吹き渡っている。河原に下りた桂さんが、こっちをふり向いた。

「離れるなよ、山尾くん」

おれはぜいぜいと息をきらしながら問いかけた。

「いったいどこへ行かれるのですか」

「秘密基地さ」

めずらしく軽口を叩き、鴨川岸の草地を進んでいく。

争闘の直後なのに息ひとつ乱していない。あらためて凄い人だと思う。俊輔のように恩師を持たないおれは、桂小五郎なる大先達《だいせんだつ》を心の底から憧憬《しょうけい》している。

だが藩の最高位までのぼりつめても、桂さんはけっして自分のことを「先生」とは呼ばせない。

「長州に先生は吉田松陰先生だけ」という決まり事は、桂さんが言いだしたことだった。

けれども、桂さん自身は松陰先生の弟子ではなかった。

もちろん松下村塾に通ったこともない。どちらかというと、松陰先生のほうが桂さんを頼っていたふしがある。年も近く、その学識にも差はない。二人はきっと互いを認め合う心友だったのだとおれは思う。

　夜風にあたり、激しい息切れがやっとおさまった。

「申し訳ありません、ご迷惑をかけました」

「浪士組の一人を防いだだけで充分だよ。君は立派に護衛の役目をはたした」

「桂さんがいなかったら、たぶんおれは殺られちょったです」

「そうだな。理由はよくわからんが、あの場で君は死ぬつもりだったろう。まったく無防備のまま敵前で立ちふさがっていた」

「ええ、闘志が萎《な》えてしもうて」

「つまり気鬱はまだ治っていないということだ」

　桂さんが痛ましそうに言った。

　おれは否定できなかった。

「そうかもしれません。人を斬るより、斬られたほうが楽な感じで」

「重症だな」

「でも、いまは死ななくてよかったと思うちょります。桂さんに救われました」

「恩に着ることはない。相手が三人だから立ち向かっただけだ」

「なら、もし敵が五人以上だったら……」

「決まってるだろ。君を置き去りにしてさっさと逃げたよ」

桂さんが真顔で言った。神道無念流の奥義をきわめた剣客の言葉には重みがあった。桂さんの勝敗の基準はわかりやすい。

戦いにおいては、こうして生き残ることが勝利なのだ。

その意味で、おれもまた苦い勝利を味わった。重軽傷を負った浪士組の連中も敗北者ではない。生きていさえすれば、いつかはその手で吉札をつかむこともある。桂さんが活人剣の持ち主であることがうれしかった。

暗い夜の河原を、桂さんは迷うことなく歩いていく。

どうやら通い慣れた抜け道らしい。そのまま三条大橋の下をくぐった。草地の中に白く細い一本の筋が土手上へ切れ上がっていた。

「山尾くん、ついてきなさい」

桂さんが身をかがめ、細い筋を上がっていく。言われるままにゆるい斜面を登りきると、町屋の明かりが鴨川にそって点々と灯《とも》っていた。

生きているのだと実感した。

悩ましいとさえ思った。わずらわしい事務処理が山積している。海外留学の渡航費を捻出し、横浜にある英国商社とかけあって密航の下準備を整えなければならない。そうしてやっと長い船旅が始まるのだ。

気が重かった。せっかく持ち直した気鬱がぶりかえし、積極性が消えかかっている。何よりも憧れの偉人の前でみせた失態が情けなかった。

守る立場のおれが、逆に助けられた。虚脱状態におちいったおれは、あの場で刀をふりまわしていただけだ。壬生浪士の一人が高瀬川へ逃げこんだが、あれは桂さんの剣技に恐れをなしたからだろう。

おれはふだんの生活の中では平静でいられる。

しかし生死をかけた修羅場《しゅらば》になると、まったく無力化してしまう。筋骨たくましく剣の腕は達者でも、しょせんは気弱な臆病者なのだ。

今夜あらためて、殺し合いが横行する動乱の世で自分が通用しないことを思い知らされた。ならば、どんなに苦しくとも渡英し、遠い異国の地で再出発しなければいけない。

土手の楓《かえで》の樹下で桂さんが歩をとめた。

「どうした、山尾くん。えろう考えこんじょるが」

「……おれはイギリスに行きますけぇ」

「そうしたまえ。村田さんからも聞いてるが、君の冒険心はせまい日本ではおさまらないよ。まったく文化のちがう場所で、一から航海術や最新技術を習得すればいい。資金面については勘定《じょうがた》方の周布さんに僕が話を通しておく」

「おれみたいな者を、なぜそんなに面倒みてくれるんですか」

ずっと疑問に思っていたことを口にした。

桂さんが何でもなさそうに言った。

「別にひいきをしているわけじゃない。君とは地縁も血縁もないしね」

「だったら、どうして……」

「それは、君が松下村塾の塾生ではないからだよ」

思いがけない言葉だった。地縁血縁もなく、松陰先生の弟子筋でもなかったから後援してくれたという。おれには桂さんの真意がつかめなかった。

「わかるように言ってくれませんか」

「長門に周防。長州はこの二国で成り立ってる。僕をふくめ、これまでは長門の者ばかりが上位に立って藩政を仕切ってきた」

「いつも周防の民は置いてきぼりでした。年貢の比率もきびしかった」

「そう、萩城下で育った者はどこかしら高慢だ」

「正直言って高杉さんは苦手です。あまりにも破天荒すぎて」

「他の塾生たちも松陰先生の遺志をつぎ、政治活動を主導するまでになった。これでは防長《ぼうちょう》二国の平衡が保てない。幸い周防出身の村田蔵六さんが帰郷して、わが長州藩の軍事面を統括してくれている」

「信頼できるお人です。たしか桂さんが三顧の礼をつくし、浪人身分の村田さんを長州藩大幹部として迎え入れたとか」

「同郷の君も前途有望だし、これで倒幕戦の準備は整った」

「では、おれの使命は」

子供じみた問いかけに、桂さんは諭《さと》すような口調でこたえた。

「決まってるだろ。とことん生き抜くことだよ」

平易な言葉が、すとんと腑《ふ》に落ちた。出口が見えた気がした。斬り合わず、殺し合わず、ひたすら生きのびることならおれにもできるだろう。

渡航理由の根幹を思いだし、おれはそのまま言葉にした。

「わかりました。先進国で工業を学び、生きた機械になって日本にもどってまいります」

「それでいい。君の使命はそれなんだよ」

「いっぺんに気持ちが楽になった気がします」

「のども渇いたし、一緒に熱い番茶でも飲もうか」

そう言って、桂さんは土手道に面する裏木戸を叩いた。

間口五間ほどの新築家屋だった。住人が来訪者に気づいたらしい。内からコンッとつっかい棒を外す音がした。

木戸をくぐった桂さんが手招きをする。おれもつられて中へ入った。

京の町屋は縦長の造りだ。鴨川寄りの奥座敷には真新しい青畳の匂いが漂っていた。広い八畳間の中央に、美麗な芸妓《げいき》がきちんと正座していた。江戸の芸者のように、これ見よがしに細い襟首をさらしていない。きちんと喉元まで白襟を合わせている。

黒五つ紋の着物が行灯《あんどん》の灯《ひ》に照らされ、思わず見入ってしまうほどだった。

「幾松どす。お見知り置きを」

「あっ……」

瞳の清雅さに胸をうたれた。名のることも忘れ、おれはわけもなく畳の上に平伏した。

「山尾はんどっしゃろ。お顔をあげておくれやすな。お噂は伊藤俊輔はんからも聞いてますえ。酒も女も博打《ばくち》もやらず、百まで生きようとしてはる野暮なお人やと」

「俊輔め、ひどい言いようだ」

「そやけど、こうしてお会いしてみたら」

「どうでしたか」

「ほほっ、伊藤はんのおっしゃるとおりどした」

はんなりした笑顔で、言葉巧みにおれの緊張感をほぐしてくれた。

桂さんが京の名妓を落籍《ひか》したことは知っている。相棒が周旋屋《しゅうせんや》きどりで置屋の女将《おかみ》と渡り合った一件は、二条藩邸でも笑い話として広がっていた。

桂さんは床柱にもたれ、すっかりくつろいでいる。

「松子、番茶をだしてくれ。噂通り山尾くんは酒が一滴も飲めないから」

「馬鹿にしないでください。半合ぐらいなら飲めますちゃ」

幾松さんがさっと席を立ち、かまどの火を入れに前室へとむかった。立ち居ふるまいのすべてが流動的で美しい。そのうしろ姿を目で追う桂さんは、恋情が隠しきれない様子だった。

ちらりとふりかえった幾松さんが、照れたように微笑《ほほえ》んだ。

京の美妓と長州の美剣士。たがいに惹《ひ》かれ合うのは当然の成り行きだ。二人ともあまりにも見栄えがよすぎる。仲間から木石《ぼくせき》とよばれているおれは男女の機微《きび》にうとい。立場を忘れて心底嫉《ねた》ましく思った。

おれの気持ちの揺れを察した桂さんが弁明口調で言った。

「誤解のないように先に言っておくが、ここは妾宅ではない。僕と松子が支え合って暮らす場所なんだ」

「わかってますよ」

憧憬する長州男児の甘いのろけ話など聞きたくもなかった。名高い芸妓を身請けして、すっかり色香に溺れている様《さま》を見るのはつらい。

視線を合わせず、桂さんがさっと話題を転じた。

「先ほどのつづきだが、やはり君は志士よりも冒険家として生きていくべきだ。先進工業国で数年暮らしてみるのも、極東の日本人からすれば大冒険だよ」

「同志たちに合わす顔もありゃせんですが、そうしたいと思うちょります。じゃが、死にものぐるいの倒幕戦を、おれだけが遠い異国で傍観するのも気がひけて」

「心配するな。戦は萩の塾生らにまかせておけばいい」

「しかし……」

「僕がちゃんと手綱《たづな》をさばく。幕府を倒すためなら、徳川御三家の水戸藩とも手を組んだし、いざとなれば顔を見るのも嫌な薩摩の西郷《さいごう》とも同盟を結ぶよ」

桂さんなら、きっとそうするだろう。

人は目先の有利不利ばかりに目をむける。けれども大局観を有する長州の指導者は、最終勝利のためなら地獄の鬼とでも手を握り合うはずだ。

「依然として幕府は巨大な壁ですちゃ。そして残念ながら勤皇諸藩は連携がとれちょらん、いまの長州は孤立無援じゃし」

「山尾くん、勝ち負けは問題ではない。旧弊《きゅうへい》なる徳川世襲政権を打ち倒し、若者が中心の清冽《せいれつ》な新政府を樹立しようとする志《こころざし》が大事なんだよ。西洋では、それを革命と呼ぶ」

「革命ですか」

「いいか。たとえわが長州藩が敗戦し、滅びかけてもけっして帰国するな。君が必要になったときは、かならず僕が日本に呼びもどすから」

「つまり桂さんは死なないってことですよね」

「それが指揮官のつとめさ」

長州の最高指導者は、どんな窮地におちいっても生きのびる自信があるらしい。

共に生きよう。

おれはかたく心に誓った。

わしは昔から金の匂いに敏感だ。別に恥じてはいない。根っからの貧乏育ちなのでしかたないと思う。他人のおこぼれにあずかって日々の暮らしをやりくりしてきたのだ。

だが今回、地獄耳のわしが入手した情報は中身がでかい。

一人頭千両！

噂の出どころは藩の上層部なので信憑性《しんぴょうせい》は高い。これを見逃す手はなかった。わしは品川の定宿に連泊している遊び仲間を訪ねて事情をきくことにした。

長州人が出入りする御用宿なので案内はこわずに二階に上がった。寝所の襖をひらくと、思った通り聞多がふとんの中に遊妓を連れこんでいた。

「おう、俊輔か」

悪びれる様子もなく、蕩児がむっくりと起き上がった。ねぼけまなこの遊妓は、丸裸のままのろのろと寝所から出ていった。

「聞多、いつまで寝とるんじゃ。もう正午だぞ」

「昨晩は品川芸者を総揚げにして大酒を飲んだ。酒池肉林さ。こっちは一人だし、性も根も使い果たしたでよ」

「ちょっと待て。もしかしたら……」

わしは直感した。長州きっての道楽者は、すでに千両を手に入れているのかもしれない。

「どうした。目が血走っとるぞ」

「これが落ちついていられるかよ。教えろ、大散財の金はどこから入手した。もしうまい話なら、わしにも一枚かませてくれんか」

「いまさら何を言ってる。朋友のおまえには真っ先に教えたはずだ」

「まさか、あの海外留学の……」

「そうだよ。英国への藩費留学生には五年間で一千両じゃ。まず支度金としてそれぞれに二百両が渡された」

「くそっ、なぜそれを先に言わない」

わしはキリキリッと歯がみした。

だが、苦労知らずの聞多は貧乏人のつらさがわかっていなかった。

「ゆっくり時間をかけて説明しようとしたら、おまえは豪気な顔つきで『志士として日本に残る』とか言って、きっぱりと断っただろ」

「そうじゃった」

「あのとき僕は、おまえの心情を知って見直した。自分を恥じたぐらいだ」

見たところ、恥じた様子などかけらもなかった。

寝間着の帯はほどけ、髷《まげ》も乱れてだらしない。外出時には洒落者《しゃれもの》で通っているが、妓楼での聞多はまことに浅薄な遊び人だった。

恥も外聞もなくわしは頭を下げた。

「すまんかった。たしかに自分に酔うちょった。この場で前言は撤回する。聞多、わしも一緒にイギリスに連れて行ってくれぇや」

「どういうことだよ。高杉さんと行動を共にするんじゃなかったのか。あれだけ立派なことを言っておいて、金に転ぶのか。第一、おまえには向学心がない。はるばる英国に留学していったい何を学ぶつもりなんだ」

「意地の悪いことを言うなや。まだ間に合うじゃろう。いまのわしには千両、いや二百両の金がどうしても必要なんじゃ」

「渡航費用の会計は金にきれいな山尾庸三にすべて任せてある。山尾もおまえと一緒に海外留学したいと思っていたらしいがな」

「しくじった」

悔やんでも悔やみきれない。金の匂いに敏感なわしとしたことが、千両を手中にする機会を二度までもドブに捨ててしまったのだ。

千両が自分のものになるのなら親でも殺す。

本気でそう思った。

「聞多、どうにかしてくれぇや」

「もう遅いかもしれんな。留学生は僕と山尾と野村弥吉に決定した。今ごろ山尾は横浜にむかっているはずだ。そこで英国領事館員とかけあって密航の調整をし、話が決まればマセソン商会の支配人に留学費三千両を支払うらしい」

「いや四千両だ。一人ぐらい増えてもいいだろ」

前金として二百両がすぐにも欲しかった。気があせり、わしは地団駄をふんだ。

聞多が笑って注意した。

「おい、落ちつけ。二階の床が抜け落ちるぞ」

「落ちついていられるかよ。気があせって吐きそうになっちょる。早く商会の住所を言え。これから横浜まで走って走って走り抜いちゃる」

「どこまで愉快なやつなんだ。まったくおまえって男は」

そばの文箱《ふばこ》から小筆をとりだし、聞多がさらさらと住所を記した。

墨でにじんだ懐紙《かいし》をかっさらい、わしは急いで階段を駆け下りた。品川は東海道の要所なので、町内の各所に伝馬がつながれている。多摩川岸までなら馬で行ける。そこから先は自力で走破するしかない。

表通りにでたわしは、裾《すそ》をからげて走り出す。

千両箱が発する黄金の匂いに導かれ、やっと手がかりをつかむことができた。高揚感につつまれ、全身が汗ばんで足どりも軽い。

後ろ指をさされてもかまわない。四方を見渡してみれば、だれしもが金にしがみついて生きている。そう考えれば、わしはいたって凡庸《ぼんよう》な男なのかもしれなかった。

同輩の庸三のほうがずっとおかしい。女や酒を遠ざけ、さほど金銭にも執着せず、ひたすら慎ましく暮らしている。

九段坂で塙次郎を討ったあとは、苦悩が深まっていっそう清廉《せいれん》な日々を送っているようだ。粗衣粗食に甘んじ、あれほど打ちこんでいた剣術も放棄した。人の道を説く禅寺の高僧でも、ここまで徹底してはいないだろう。

同輩が躍動するのは海洋にいるときだけだ。

神戸への試験航行では、測量方として目を見張るような活躍をしたらしい。それがイギリス留学の決定打になったようだ。

「走れ！」

わしは声に出して自分を叱咤《しった》激励した。

今朝からずっと走りっぱなしなのに疲れを感じない。二百両というまとまった金があれば、愛する女を廓《くるわ》から救い出せるのだ。

下ノ関の遊里に身を置く梅子の身請け料は四十両。さらに転居費用や生活費に年十両。他の支出を合わせたとしても充分におつりがくる。

わしに仕送りするため、梅子は新たに十年の年季奉公を決めていた。

ならば、こんどはわしが行きたくもない外国へ渡る番だ。帰国するまでに数年はかかるが、梅子は辛抱強く待っていてくれるだろう。

高杉先輩には悪いが、今回だけは友情よりも恋情を優先することに決めた。松陰先生に殉じ、いさぎよく戦死するのは後まわしだ。創設される『奇兵隊』には帰国後に入隊し、帳尻を合わせるつもりだった。

折悪《おりあ》しく大粒の雨が降ってきた。

「やれんのう、またかよ」

本降りとなった雨の中、わしは裸足《はだし》で走りつづけた。

第五章　将軍の首

前途は明るいはずなのに苛立《いらだ》ちだけがつのる。

志士と称する者たちは、そろって金と女にだらしなかった。すぐに公金に手をつける。そして妓楼《ぎろう》に連泊して散財するのだ。遊びぐせが抜けない聞多などは、わずか半月で二百両の支度金を使い果たしてしまった。

それどころか、さらに五十両の借金までこしらえた。

留学生らの会計をあずかるおれは、資金繰りに走りまわっていた。

英国領事館員との密談はうまくいったが、マセソン商会との入金問題は解決のめどが立たなかった。

渡航費の支払い期日が迫っていた。

藩の幹部連は京にいる。東海道を行き来して相談する時間の余裕がない。江戸在住の村田蔵六さんの知恵をかりるため、おれはしかたなく飯田町の練兵館に舞いもどった。

私物を取りに書生部屋の戸をあけた。相棒の俊輔が大の字になって眠りこけていた。よほど疲れているらしい。落ち武者のごとく髷《まげ》がほどけ、口端《くちはし》からよだれをたらしている。

相棒の両肩をゆすった。

「起きろ、俊輔」

はっと目覚めた相棒が、おれの手をつよく握りしめた。

「……よかった。やっと会えた」

「なぜ、ここに」

「昨日はおんしゃの行方を捜して横浜中を走りまわっちょった。ここで待っとりゃ姿をあらわすと思うてもどってきた。会えてよかった」

「そんなに喜ばれても気色が悪い。手を離せや」

「離せん。いまはおんしゃだけが頼りだ」

寝穢《いぎたな》い顔で相棒がむっくりと起き上がった。

こんな表情をする時は金の無心に決まっている。おれは笑ってうなずいた。

「言ってみろ。おれにできることなら力を貸すけぇ」

「わしもイギリスへ行きたいんじゃ」

「いまごろになって何を言う。その件なら前にもしたで。俊輔、渡英の話はまっさきにおまえに話したろうが。それをおまえがきっぱり断った」

「あの時は、判断をまちがえた」

「それに聞多の誘いにも乗らなかったと聞いちょる」

「それもまちがえた」

がっくりと相棒がうなだれた。

すっかり気落ちしている。いつもの野生児めいた生彩がない。感情がすぐに表にでるので気持ちが透けて見える。

「留学生の支度金の話だろ」

「なぜわかる」

「だれにでもわかる。おまえの顔に『金が欲しい』と書かれとる。じゃが、もう遅い。藩の下した決定は変えられんからな」

「周知のようにわしゃ勉学ぎらいだ。でものう、イギリスへ渡ったら猛勉強するで。教養とやらを身につけて長州藩の、いや日本の指導者になっちゃる。それに留学生の枠が一人ふえても大した変わりはないじゃろう」

「一人ふえれば千両ふえる。いまとなっては無理だよ」

「私事《わたくしごと》だが芸者の梅子が不憫《ふびん》でならんのじゃ。二百両あればあいつを苦界《くがい》から救いだせる。情にあついおんしゃならわかってくれるじゃろ」

相棒は嘘泣きまでしはじめた。

泣き落としだとわかっていたが、突き放すことはできない。

『苦界』という言葉が胸に突き刺さった。たしかに女たちが肉体を切り売りする廓《くるわ》は、悲哀に満ちた苦しい世界にちがいなかった。ましてや梅子さんには惚《ほ》れぬいた情夫がいる。金のためとはいえ、夜ごと他の男と枕を交わすのはつらすぎるだろう。

おれの性格を知り抜いている俊輔が、さらに追い打ちをかけてきた。

「男として恥ずかしいかぎりじゃが、わしの志士活動は梅子に支えられちょる。今年で晴れて年季明けなのに、わしへの仕送りのため、新たに妓楼主に十年の年季奉公を申し出たそうじゃ。庸三、なんとかならんかのう」

切々と涙まじりに懇願された。

借金まみれの相棒より、この場で追い詰められているのはおれのほうだった。無理筋だとわかっていながら折れるしかなかった。

「梅子さんとは面識もあるしのう、他人事《ひとごと》とは思えんな。少し時間をくれ。むずかしい段取りじゃけど、なんとか考えてみるけぇ」

「たのむぞ、庸三。恩に着るけぇ」

芝居がかった仕草で両手を合わせた。田舎の三文役者めいたくさい演技だった。

根負けしたおれは苦笑するしかなかった。

「もうええちゃ。これからおれは村田蔵六さんの所に相談に行く。聞多や弥吉の金づかいが荒くてな、支度金や渡航費が足らなくなったんじゃ」

「あの二人はまったくどねぇもならん。とくに洒落者《しゃれもの》の聞多のお座敷遊びは高杉先輩直伝じゃ。まったく手がつけられんでよ」

自分のことを棚に上げ、相棒が顔をしかめて同調した。

おれは部屋の私物を片づけながら言った。

「村田さんのお知恵をかりて、おまえの処遇も再検討してもらう」

「おう、そうしてくれ。周防の大先輩じゃしのう」

「俊輔、いちおう旅支度だけはしちょけ。それと、その物干し竿《ざお》みたいな長刀はイギリスにゃ持っていけんぞ。生麦《なまむぎ》付近で大名行列を騎馬で横切った英国人を、供回りの薩摩藩士が斬殺して以来、切れ味するどい日本刀は禁物じゃけぇな」

「おんしゃの言うとおりにする」

「桜田藩邸で待っちょけ。聞多をまじえて話を進めよう」

それだけ言い置いて部屋を出た。

また一つ厄介ごとが増えた。俊輔は良いやつだが、聞多と同じで節操がない。この二人がそろって渡英に加わったら、かならずや面倒が起こるだろう。外国への秘密留学が土壇場で中止になる恐れがあった。

頭痛がしはじめた。やはり埃《ほこり》まみれの江戸の風はおれには合わないらしい。ずるずる長居をすると、心の病がぶりかえすかもしれなかった。

裏木戸を抜け、そのまま内堀通りへ歩をむけた。半蔵門を左辺に見て進み、新道一番丁の角地にある鳩居堂の門をくぐった。

本日は休講らしい。生徒たちの姿はなく、広間は閑散としている。

村田さんがあらわれ、いつもどおり笑顔で応対してくれた。

「山尾くん、また二島村の姪御《めいご》さんから可愛い手紙が届いちょるで」

受けとった手紙の宛名はひらがなで書かれていた。

幼い聾唖《ろうあ》の姪っ子は人とうまく話せない。

けれども両親に教えられ、文字で自分の気持ちを伝えることができる。そして季節ごとに故郷からの便りが寄せられる。単身で江戸暮らしを続けているおれにとって、それは心の安らぎをあたえてくれていた。

一方、おれが姪っ子にしてやれることは、折り紙用の薄く四角い和紙を送ることぐらいだった。それにくらべ、盲目の父を持つ塙次郎の『盲唖《もうあ》学校創立』という志《こころざし》は尊かった。愚昧《ぐまい》なおれは、凶刃《きょうじん》をふりかざして弱者救済の芽を摘んでしまったのだ。

いくら悔いても、とりかえしはつかない。日本最高峰の知識人を刺殺してしまった。じっさいに手を下したのは相棒の伊藤俊輔だが、真っ先に護衛の者を殺《あや》めたのは、まぎれもなくこのおれだった。

あの時、九段坂でおれの前に立ちふさがった若侍が、加藤甲次郎《かとうこうじろう》という前途有望な幕臣だったということは最近知った。被害者がわかり、おれの気持ちは落ちこむばかりだ。

村田さんが懐《ふところ》に手を入れた。

「それと今月分の生活費も渡しておこう」

「いや、けっこうです。英国留学が本決まりとなり、藩から二百両の支度金が支給されましたけえ。お手数をかけますが、この手持ちの金を加えて国許《くにもと》の親父どのに送り返していただけませんか。外国から生きて帰れる保証もありゃせんですし」

六十両をさしだすと、村田さんが苦笑した。

「いまさら親孝行でもないじゃろうが。まったく融通のきかん男だな。日本を離れる前に、思い残すことがないように品川宿で金をばらまいて遊びまくれ」

「それができるぐらいなら……」

「そう、気鬱《きうつ》にはならんだろうな。とにかく会えてよかった。明朝、わたしは京へ出立する。桂さんへの伝言があるなら聞いておこう」

「なにかと出費が多くて、他の留学生たちが支度金を使い果たしてしまいました。留学費をあずかる金庫番としては大失態であります」

「そんなことじゃろうと思うとった。まぁ、かまやせんが」

村田蔵六さんの太い眉毛がたのもしい。同郷の蘭学者はいつも若者たちに甘い。どこまでも太っ腹だった。

この際、おれは臆面もなく大先達《だいせんだつ》に甘えることにした。

「それとまだ不手際がございまして。渡航費用の三千両が横浜に届かず、マセソン商会への支払いが滞《とどこお》っちょります。まことに申し訳ありません」

「それは難儀じゃのう。ならばわたしが金主の大黒屋の番頭に直接会って話をつけてくる。秘密留学の裏金じゃから、相手も出し惜しみしとるんじゃろうよ。密航が露見すれば大黒屋も首がとぶし」

利にさとい商人らはおしなべて開国論者だ。

世界の富を独占する西洋諸国と交易すれば、莫大《ばくだい》な利益が極東の日本へも転がりこんでくる。しぶとく鎖国をつづける徳川家に見切りをつけ、倒幕をめざす新興勢力に肩入れするのも当然の成り行きと言えるだろう。それに『尊王攘夷《そんのうじょうい》』が金看板の長州は、桂さんの根回しによってひそかに開国論を主導していた。

あまりにも厚かましいので、おれは声をひそめて言った。

「それともう一つ。伊藤俊輔が英国へ同行したいと申しております」

「俊輔め、こんな時になって何を言いだすんじゃ」

「ご存じのようにきわめて彼は有能です。それは桂さんも認めておられる。最近は武勇の面でも頭角をあらわしてきちょります。先日は幕府の密偵を退治しましたし」

「わたしは卑劣な暗殺など認めちゃおらん」

にべもない返事がもどってきた。

村田さんの眉間《みけん》には深い縦じわが刻まれていた。最新の西洋軍学を習得している傑物は、恨みつらみで妄動する輩《やから》が大嫌いらしい。

きびしい一面を思い知らされ、おれは口ごもった。

「………軽はずみなことを申し上げました」

「もちろん松陰先生を偲《しの》ぶ気持ちは大切だが、復讐《ふくしゅう》はいかんぞ。それでは憎しみの連鎖は断ち切れず、人間としての発展は永遠にないじゃろう」

村田さんがきびしい目でおれを見た。

言葉に詰まった。まぎれもなくおれも相棒も卑劣な暗殺者なのだ。しかも品川の英国公使館焼き討ちには聞多も加わっていた。どこから見ても、渡英する日本人として最もふさわしくない三人だった。

押し黙っているおれを案じたらしい。

さっと眉間の縦じわが消え、村田さんが声をやわらげた。

「それはそれとして、君が推薦するならわたしも伊藤俊輔の渡航を受け入れる。こりゃえらいことになったでよ。留学費が倍増するな」

「すみません。いつもご迷惑ばかりかけて」

「いや、考えてみれば彼の使い道はいくらでもある」

「お聞かせください」

「野村弥吉と君が留学生に選抜されたのは、航海術と語学力、それに機械工学の知識をそなえていたからだよ。渡英したら、その分野を習熟してもどってきてほしい。また志道聞多には天性の外交力がある。そして伊藤俊輔は臨機応変だ。それぞれの個性にあわせ、ちゃんと役割分担を決めて学習に励めばいい」

洋学者の話は、いつも論理的で無駄がない。

そこまで深く考えてはいなかったが、おれたち留学生がいちばん力を発揮できる場は村田さんの指摘どおりだろう。

「おれは造船をやろうと思うちょります。海を制する者が世界を制するちゅう言葉もありますけぇ。黒竜江探索を終えてから、そう考えるようになりました。国防も工業もそこから始まるのではと」

「目の付けどころがいい。少し見ぬ間に日焼けして顔色もよくなったな」

「潮焼けですちゃ。藩の試験航行で神戸まで船を走らせました。気分がいっぺんに良うなったが、江戸に舞いもどったら急に疲れが出てしもうて」

「山尾くん。気鬱を治す方策は環境を変えるのが一番だが、ほかにも手はあるぞ」

「ご教授ください」

「女が効く」

「はア……」

謹厳な洋学者の口から、『女』という言葉がでるとは思ってもいなかった。

咳払《せきばら》いを一つしてから、村田さんがおもむろに語りだした。

「人と人は言葉を交わして親密になり、やがて心をひらく。たがいに自分の悩みを打ち明けることもあるじゃろう。それと同じように、男女は肌と肌で触れ合うことで一体化し、しだいに気持ちが通い合う」

「ええ。よくわかります」

「他の者とちがって、君は酒も女もやらんので気鬱を発散する場がないのでは」

「酒は苦手ですが、こう見えても故郷の二島村にちゃんと許嫁《いいなずけ》のおなごがおりますけぇ。イギリスから帰国したら嫁にします」

もちろん、そんな女などいるわけがない。

おれは恩人の前で初めて嘘をついた。村田さんだけでなく、仲間たちもおれのことを融通のきかない朴念仁《ぼくねんじん》だと思いこんでいる。

それはちがう。ただ熱い視線の先にいるのが他の連中とは異なっていた。

自分の気質を、だれにも明かすつもりはない。

そして心のひずみの真因はたぶんそこにある。


襖《ふすま》がひらいた。

執務部屋に入ってきたのは、江戸詰めの若い長州藩士だった。桜田藩邸内でも目立たぬ存在で、ほとんど話したこともない。経歴すら知らなかった。

わしは小首をかしげて言った。

「たしか遠藤《えんどう》くんじゃったよな」

「はい、遠藤謹助《きんすけ》であります。以前、正月に一度だけ立ち話をしたことがございます。少しお時間をいただけますか。伊藤さんのご支援をたまわりたいのですが」

「では手短かに。大事な用があってのう、すぐにも出かけねばならん」

大事な用とは悪友との酒盛りだ。これから品川の妓楼に出向き、気の合う聞多と一緒にお座敷遊びに興じるつもりだった。

やっとわしにも金運がまわってきた。

まとめ役の庸三がすべてうまく取り計らってくれた。村田さんにかけあって、わしも留学生の一員にすべりこむことができた。

支度金の二百両も、まんまと手中にした。

たちまち悪い遊びぐせに火がついた。金を手にしたとたん、梅子の身請《みう》け話も忘却した。ここ数日、庸三の目を盗んで足しげく妓楼へ通うようになった。

もう抜け出せない。自分の気持ちに正直なわしは、みずから肥溜《こえだ》めにずっぽりと足を突っこんだのだ。

居住まいを正して謹助がのべた。

「英国留学の話を耳にいたしました。かねてより私は大英帝国の金融政策に興味を持っておりまして、できるものなら伊藤さんたちとご一緒したいと思っています」

「もう遅いよ」

庸三から先日言われたせりふを、わしはそのまま口にした。

なんと、謹助がわしと同じ言葉を返してきた。

「留学生の枠が、あと一人増えても変わりはないでしょう」

「無理だ。一人増えれば千両の出費になる」

「えっ、そんな大金が必要だったのですか。まったく知らなかった。それならとても無理だ。ただの学問好きな私ごときが応募したとて損得勘定が合いそうもない」

金の亡者のわしとちがって、どうやら謹助は若者らしい知識欲にかられて渡英を志したようだ。その純正なまなざしに、ふっと心を動かされた。

「そんなにイギリスに留学したいのか」

「はい。日本の金融も世界標準にならなければ、植民地化された他のアジア諸国の二の舞になってしまう。まずは流通する貨幣の価値を同一にしなければ、貿易の面でも日本の金銀は外国へ流出してしまいます」

立派な言い分だった。わが日本は、金銀だけでなく銅の生産量も世界有数の産出量を誇っている。西洋人は昔から『黄金の国』と呼んでいるらしい。

だが、いまは長話に興じる気などなかった。

早く遊里へ行きたいわしは、例によって安請け合いした。

「君の意見はもっともだ。結果はどうなるかわからんが、会計係の山尾庸三に君の志はしっかりと伝えておく。しばし朗報を待っとれ」

「ありがとうございます。とても対応がすばやいですね。あざやかな抜き打ちみたいじゃ。さすが『人斬り俊輔』と呼ばれるだけはあります」

縁の薄い若者が真顔でおもねった。渡英をめざす彼にとって、いまのところたよれる相手はわしのほかにはいないのだ。

「遠藤くん、その呼び名は禁句じゃぞ。西洋の文明国では切れ味するどい日本刀は毛嫌いされちょるんじゃ。とにかく旅支度だけはしちょけ」

立場が入れ替わると、人は同じような会話をくりかえすようだ。ほんの気まぐれだが、わしは謹助の願いを叶《かな》えてやろうと思った。

外出の折、桜田藩邸内の厩《うまや》で顔見知りの伝令にでくわした。馬で長駆《ちょうく》してきたらしい。痛めた腰をさすりながら書状をさしだした。

「伊藤さん宛の密書です。たしかに渡しましたよ」

「おう、たしかに受け取ったでよ」

密書の裏を見ると、東行と記されてある。

まずいと思った。

わしは顔をしかめた。高杉先輩から緊急連絡があると、ろくなことはない。かならず災厄に巻きこまれてしまう。

酒盛りを前にして浮かれていたわしは、背に冷や水を浴びせられた気分だ。その場で書面に目を通す。案の定、京の都はとんでもない事態になっていた。

時候の挨拶《あいさつ》などいっさいなく、手紙の一行目に本題が書かれてあった。

将軍家茂謀殺！

想像を超える檄文《げきぶん》だった。

襲う場所は京の関白鷹司《たかつかさ》邸の表通りと指定されている。そして当然のように、わしも襲撃者の一員として名を連ねていた。

徳川家茂は全国の武士を束ねる頭領だ。やっと士分になれたわしから見れば、最高位に君臨する人物だった。

そもそも将軍を殺すという発想が凄《すご》すぎる。桜田門外で水戸志士らに討たれた井伊直弼は、彦根三十五万石の地方藩主にすぎない。いわば徳川御三家の水戸家が、傲慢な家来を無礼討ちしたような図式だ。

だが、僧形の脱藩浪人が天下の征夷大将軍を襲うのは前代未聞だろう。

わしはあきれかえった。どう見ても正気の沙汰《さた》ではない。もはや笑うしかなかった。いったい高杉先輩の頭の中はどんな風になっているのだろうか。

そばにへたりこんでいた伝令が荒い息と共に言った。

「伊藤さま、えろう笑《わろ》うちょられますな。そねぇに面白いことが書かれちょるんですか」

「ああ、最高に笑える」

「読んでくださいよ」

「無理じゃ、密書だからな」

わしは書状を懐にしまいこみ、桜田藩邸をあとにした。

遊興気分がふっとび、足どりも重くなった。

第十四代将軍の謀殺は大混乱を引き起こすだろう。その衝撃波は『桜田門外の変』とはくらべものにならない。すぐさま幕府軍が大挙して長州に攻め寄せ、日本中が戦渦の大波にのみこまれてしまう。

そして、高杉先輩はそれを狙っているのだ。

身分にかかわらず長州人は戦闘的だった。愛する郷土や田畑を守るためなら、長州全土で農民兵らが決起する。その受け皿として『奇兵隊』を創設し、十数万の私兵が高杉先輩の下に集結するだろう。

もしかすると、無謀というより鬼神めいた奇策なのかもしれない。

もはや海外留学どころではなかった。

急に決まった英国渡航の件を、京にいる高杉先輩にはまだ伝えていない。でも地獄耳の魔王はとっくにご存じのはずだ。それでも暴挙に誘えば、伊藤俊輔なるお調子者は簡単に付いてくると信じきっている。

道は二つ。手にした檄文を破り捨ててイギリスへ行くか、それとも上京して将軍暗殺に加担するかの究極の選択だった。

幸運と破滅。

わしは迷わず破滅をえらび、自分の未来をすっぱりとあきらめた。

ここで先輩との縁を切ったら、かならず後悔する。このあと、どれほどの幸運にめぐり合おうとも何一つ喜びは見出《みいだ》せないだろう。

夕刻、品川宿の妓楼の二階で悪友の聞多と話し合った。

聞多がさっそく食いついてきた。

「日本動乱かよ。こりゃ英国留学よりずっと面白そうだ。僕も襲撃隊に参加して将軍家茂の首をあげるぞ」

「おんしゃは選にもれた。襲撃隊員の中に志道聞多の名はない」

「きっと高杉さんが書き忘れたんだよ」

聞多がすねて唇をとがらせた。

わしは高杉先輩の気持ちを代弁した。

「ちがう。檄文に記された者たちは、わしを含めて下級武士ばかりじゃ。あとは他国の脱藩浪士や尊攘派の連中だ。上士のおんしゃを外したのは、英国へ行って学問に励めという先輩の配慮じゃろう」

「山尾や野村はどうなんだ」

「庸三や弥吉も外れとる。二人とも勉学ができるからな。先輩は長州藩士らの英国留学が必要だと感じているんだろう。わしの場合は急に渡英が決まったので、京にいる先輩はこっちの状況を知らんのじゃ。いや、知っておられるかもしれんが」

「ならば、ちゃんと返書を送って断ればいい。高杉さんも上海留学の経験があるし、英国へむかうおまえを無理に死地には誘わないだろ」

「いや、わしは襲撃隊に加わると決めた」

「山尾があれほど尽力して、やっと留学生になれたのに」

「すまん、すべて白紙にもどしてくれ。そして、わしの代わりに英国留学には優秀な遠藤謹助くんを推薦する」

聞多が目をしばたたく。それから早口で異議を唱えた。

「無茶だ。臨機応変がおまえの持ち味だが、今回はひどすぎるぞ。英国には行かないと断ったのに、支度金に目がくらんで英国へ行きたいと泣きついてきた。なのにまた白紙にもどすと言う。襲撃隊に加わったら、そこがおまえの死に場所だ。やめろ、やめろッ」

「なんと言われようと今回は気持ちが変わらんでよ。昔からわしは、高杉先輩の後ろを金魚のクソみたいに付いてまわってた。良い思いもさんざんさせてもろうたし」

「馬鹿か、おまえは。使い走りや尻ぬぐいばかりさせられとったのに」

「他人にはそう映ったかもしれんが、わしゃ楽しかった」

本音だった。思い返しても、人にほめられることなんか一度もしたことがない。喧嘩《けんか》や女遊び、先輩と一緒に悪さをする時がいちばん愉快だった。

大それた『将軍殺し』も、高杉先輩にとってはそうした悪さの一つにすぎないのだろう。わしも同行し、派手に暴れまわって共に死にたいと思った。

自己陶酔は長くは続かない。

めずらしく聞多が声を荒らげた。

「いい気になるなよ、俊輔。おまえは朝言ったことが夕方には逆転する。一本気な山尾とは大ちがいだ。急坂を転がり落ちる小石みたいに裏から表、表から裏にひっくり返る。だが男として一つ大切なことを忘れてないか」

「さっぱり見当がつかん」

「おまえは自分に酔ってる。新妻を残して死ぬつもりなのか」

「何のことやら……」

「いったん入江さんと決めた婚儀は変えられんぞ。妹のすみ子さんが三日後に江戸へやって来る。まさか婚約を破棄するのではあるまいな。そんなことを言ったら、その場で入江さんはおまえを斬り捨て、ご自分も自害なさる」

「しもうた！」

わしは完全に忘れ去っていた。

生真面目《きまじめ》な入江さんの申し出を断りきれず、曖昧《あいまい》な態度をとってしまった。相手はそれを承諾だと思いこみ、妹を江戸へ呼び寄せることにしたのだろう。

もはや取り返しのつかない事態だった。梅子の件も片づいていないのに、萩から新妻がやって来るのだ。どちらも捨てがたい。できることなら両方欲しい。

はたしてそんなことが可能だろうか。

欲深いわしはできると判断した。前例はくさるほどあった。将軍や大名たちは正妻のほかに幾人も愛妾をはべらしているではないか。

混乱したわしは殿様気分で言った。

「聞多、安心せぇ。三日後にすみ子さんと祝言を挙げる。よって襲撃隊への参加は見送ることにした。わしゃ新婚の妻を泣かせるようなことはせんでよ」

「ほら、また裏から表にひっくり返った」

悪友が手を拍《う》って喜んだ。

これですべて丸くおさまる。だが、きっと一本気な庸三は怒るだろうと思った。

おれは、がらにもなく大金を追いかけている。一ヶ月間ずっとだ。

いまの世の中、手元に金がないと一つ先の宿場にもたどりつけない。それはどの時代であっても同じなのかもしれなかった。百年前だろうが、百年先だろうが、人はみな金銭にしばられて生きているのだ。

五千両の金が必要だった。

おれが藩費留学生として伊藤俊輔を推薦したら、その俊輔がさらに遠藤謹助なる若者を推薦してきたのだ。五人合わせると五千両。それだけの大金を工面する能力などおれにはない。

横浜港が見渡せる旅籠《はたご》の二階座敷で、謹助がうやうやしく推薦状をさしだした。

「なにとぞ私めも秘密渡英の一員に」

「事情はよくわかったが、推薦人の俊輔はなぜ横浜まで同行しないんだ」

不審に思って訊《き》くと、謹助が困った顔をした。

「山尾さん、それは無理ですちゃ」

「なぜだ。人の一生を決める場にちゃんと立ち会うべきじゃないのか」

「たぶん、伊藤さんはもっと大事な席があったのだと思います」

「何か隠しとるじゃろ。俊輔に口止めされとるな。もしそうなら、おれは貴様と一緒の船には乗れん。さっさと江戸の藩邸へ帰ってくれ」

両肩をちぢめていた謹助が、ひょいと顔をあげた。

「じつは桜田藩邸で仮祝言がありまして……」

「そうだったのか。めでたい話じゃないか。人付き合いのいい俊輔は、式場に友人として同席しちょるんじゃろう」

「まぁ、それに近いです」

「で、だれの婚礼だ」

問いかけると、謹助がまたうつむいてしまった。世知にうといおれも、さすがに状況が読みとれた。

「わかった。婿は伊藤俊輔本人だろ」

「そうです」

「嫁の名は梅子じゃな」

「ちがいます」

「えっ、どうなっちょる」

「すみ子です。入江すみ子とかおっしゃってました」

「入江九一さんの妹じゃないか！」

思わず怒鳴り声になってしまった。

謹助が目を合わせないまま、つとめて低い声で言った。

「そうであります。この話を聞いたら、たぶん山尾さんが激怒するだろうから、それをちゃんとなだめたら留学生の一員に加えてやると伊藤さんが申されて。こちらにうかがう前に藩邸の玄関先で花嫁にお目にかかりましたが、お噂以上の美少女でした」

「……俊輔に見事にいっぱい食わされた」

腹が立ってたまらない。同時に頭が痛くなった。相棒が発した『苦界』という言葉に胸をつかれ、二百両の支度金を前渡しした。てっきり下ノ関の梅子さんを身請けし、妻にするために江戸へ呼び寄せたのだと勘ちがいしてしまった。

謹助の言葉が真実ならば、相棒は重婚することになる。

あるいは芸者上がりの梅子さんを妾《めかけ》として囲うことも想起された。芸者の落籍も大金が必要だが、新妻をめとる婚礼もけっこう金がかかる。手渡した二百両はきっと霧消しているはずだ。

一人でも手を焼くのに、二人の女を同時に迎え入れる。

許されざる悪行だが、見方をかえればすばらしく度量が広い。怒りを通り越し、俊輔の色欲にあきれはてた。そうした大胆さがあるからこそ、平然と暗殺をくりかえせるのかもしれない。

おれの怒りがおさまるのを待って、謹助が本来の英才ぶりを発揮した。

「留学生として名のりをあげたからには、私も手ぶらで横浜へ来たわけではありません。渡航費の資金調達について秘策を持って参じました」

「言ってみろ。おれは金への執着心が足りんので、資金集めが下手だしな」

「江戸藩邸勤務の私はずっと出納簿《すいとうぼ》をつけてきました。じつは藩邸内の金蔵には、アメリカの商社から大砲を買い入れるために蓄えた一万両が眠っております」

横浜で金策しなくても、大金は自分の足元に転がっていたのだ。

だが、それはけっして手がだせない公金だった。

「待て。まさかその一万両をわれらで奪うというのか」

「もちろん金蔵破りなんてしませんよ。アメリカから大砲が届くまで数ヶ月かかります。その間を有効利用すればいいんです。一万両を担保として、長州藩御用商人の大黒屋から八千両ほど融通してもらえば、私の渡航費ぐらいは捻出できるでしょう」

「一人増えても五千両だし、留学費用は三千両もあまるな。推薦状にも記されていたが、君は金融の天才じゃな。英国秘密留学生として歓迎するでよ」

おれがさしだした右手を、謹助がぐっと強く握ってきた。

突然目の前にあらわれた若者が、具体的な解決策を示してくれた。その救いの神を見いだしたのは周旋屋《しゅうせんや》の伊藤俊輔なのだ。

欲まみれの相棒だが、緊急の際にはだれよりも役に立つ男だった。こうなったら五人そろって万里の波濤《はとう》をこえ、大英帝国へのりこむしかない。

翌日から、勘定に明るい遠藤謹助を交渉の場に同席させた。

物事が一気に進んでいった。ちゃんとした担保さえあれば、商人はいくらでも金を出す。滞っていた金の流れがいっぺんになめらかになった。

洋学者の村田蔵六さんが話を持ちこみ、最高幹部の桂小五郎さんが折衝し、最終的には藩の財務をあずかる周布さんが保証人になった。

長州の三賢人の後援で、ついに金蔵はひらいたのだ。

さすがに八千両は無理だったが、大黒屋は六千両の金を用意してくれた。ジャーディン・マセソン商会の支配人に、約定どおり五千両を支払った。渡航費のほかに、イギリスでの五人の生活全般をまかなう金もふくまれていた。

万が一に備え、余剰金の千両は緊急帰国の際に使うことにした。だが、それを狙う不届き者もいる。

浪費家の聞多と俊輔は金の匂いに敏感だ。二人はさらに百両の支度金を要求してきた。おれは頑として応じなかった。百両だせば、また百両とせがむのは目に見えている。女遊びは泥沼だ。いったんおぼえたら歯止めがきかない。

長州藩御用宿の小部屋で、聞多が味噌汁をすすりながら言った。

「高杉さんを先頭にして、みんなでここから御殿山へ出立したよな。僕はふところに焼き玉を二個も入れてた。わずか五ヶ月前だが、英国公使館焼き討ちが大昔の出来事のように思えるぜ」

「あの時は、本家本元の英国へ留学するとは考えてもいなかったしな」

一緒に晩飯を食っていたおれは苦笑した。

運命のねじれかたが、あまりにもきつすぎる。人はだれも自分の未来を予測できないのだ。五人の留学生のうち、三人までが焼き討ちに加わった重罪人だった。

聞多が思いだし笑いをした。

「花嫁のすみ子さんはとても背が高くてな、ちびの花婿を見下してた。祝言の時もずっとすみ子さんは不機嫌だったよ。式がおわったら急に体調が悪くなって、その日のうちに兄の九一さんに連れられて萩へもどってしまった。俊輔のやつ、初夜を楽しみにしとったのに肩すかしを食らったんだ。いい気味だ」

「それを聞いて、おれも少しは気が晴れたよ」

「なんとか僕がとりつくろったが、もう少しで破談になるところだった」

「そのほうが、すみ子さんも幸せだったかもしれんで。俊輔は最高に面白いやつじゃが、女好きの度が過ぎちょる。貴様もよう似とるが」

「耳が痛いな。まァ、あの二人は長続きせん」

美しく誇り高いすみ子さんにとって、貧相な下級武士は好ましくなかったのだろう。桜田藩邸で働く女中たちからも夫の悪い噂を耳にしたようだ。

俊輔の新婚生活は挙式の前から破綻していた。

おれの同情心は下ノ関にいる梅子さんにむけられている。哀れでならなかった。ほれた男は正真正銘のろくでなしなのだ。貢いだ金は遊興費として使われ、気がつけば妾の立場に甘んじなければならない。

神代の昔から、この世は男の都合の良いようにできている。

女は貞節を守り、親の決めた相手のもとへ嫁ぐしか生活の場はなかった。否応《いやおう》もない。男にたよらなければ、生きていけない仕組みがきっちりとできあがっているのだ。中には貧しさゆえに、口べらしとして遊里へ身売りされる女童らもいた。

廓の年季奉公は十年と決まっている。勤め上げたころには心身はひどく傷ついているだろう。おれはそんな女の姿を見るのは絶対に嫌だった。だが他の連中は、金が入ると足しげく遊里に通っていた。

もしかすると、おれのほうが男として異常なのかもしれない。

独身のおれも縁談が持ちこまれる年ごろになった。けれども、今のところ雑事に追われつづけ、妻を迎え入れる余裕などまったくなかった。

飯を食い終わった聞多が、深い吐息をもらした。

「見ての通り非常に困ってる。山尾、少しでいいから用立ててくれんか」

「やはりそうくるか。一緒に飯を食おうと言いだすから、おかしいと思うちょった」

「出港が間近に迫っとる。支払いの期限もな。このまま妓楼の借財を踏み倒して遠い異国へは行けんだろ。長州男児の名折れとなる」

予想通りの出方だ。

その答えを、おれはちゃんと用意していた。

「わかった。会計係として了承するよ。遠藤謹助が金蔵からひねりだした余剰金のうち、貴様と俊輔にはそれぞれ五十両ほど渡そう」

「ありがたい。一生恩に着る」

「ただし条件がある。ここで金を渡せば翌日には影もかたちもなくなるじゃろう。貴様の場合は、おれが妓楼に同行して借金をすべて清算するけぇな」

「なら、俊輔は……」

「言わぬが花じゃ。では明晩また会おう。金は用意しとくから」

下戸《げこ》のおれが席を立つと、さっそく聞多が階下に声をかけた。

「女将《おかみ》、茶碗酒を持ってきてくれ。融通のきかん男のせいで今夜はやけ酒だ」

道楽者の嘆きを背に、おれはゆっくりと階段を下りていった。

第六章　夕陽の波止場

やっと頭が働きだした。

薄目で室内を見まわす。目ざめた場所が、桜田藩邸の個室であることに安堵《あんど》した。直前の夢の中で、わしは将軍家茂を警固する猛者《もさ》たちに斬り殺された。身を裂かれる激痛もちゃんと感じた。

京へ断りの手紙を送ったが、『将軍謀殺』はどうなったのだろうか。

それが気がかりだった。

夜になっても眠れず、このところずっと気分が落ちこんでいた。どんなに遠くにいても、高杉先輩に支配されているのだと実感した。

気鬱《きうつ》に陥《おちい》った庸三の気持ちが少しわかった気がする。いくつもの悩みが重なると、人は強迫観念を自分で紡《つむ》ぎだすらしい。

美しい新妻に嫌われ、萩の実家へ帰られたことも痛手だった。

これまでわしは芸者や遊女とばかり接してきた。

身持ちのかたい武家娘のあつかいかたを知らなかった。挙式の前に、幼なじみのすみ子と二人きりになった。軽い気持ちで彼女の袂《たもと》の中へ手をさしいれた。そして脇から乳房をまさぐろうとした。

お座敷遊びでは定番の所作だが、生娘《きむすめ》のすみ子は仰天《ぎょうてん》したようだ。「ぎゃっ」と叫び、その場で失神した。

やはりわしは最低だ。

初動でしくじった。いつもの悪い癖がでた。あと半日だけがまんすれば、堂々と初夜の床で新妻と結ばれることができたのに。

何とか式だけは挙げたが、この先夫婦としてやっていくのは無理だろう。やはりわしには献身的な芸者の梅子が合っている。なにも飾ることなく、寝床で笑ってじゃれ合うことができる。

「伊藤さん、桂先生が到着なさいましたよ。すぐに起きて玄関でお出迎えを」

襖《ふすま》ごしに遠藤謹助が呼びかけてきた。最近ではすっかり推薦人であるわしの腰巾着《こしぎんちゃく》になっている。

これまでわしは人の上に一度も立ったことがない。ひょんな成り行きで、初めて使い走りをさせる後輩ができた。そのことが無性に嬉しかった。

「すまん、いま目ざめたばかりなんじゃ。衣服を着替えなきゃならんし、桂さんが奥座敷に入られたら、もう一度呼びにきてくれ」

「はい。そのようにいたします」

謹助がはっきりと返事をした。

とても従順だ。新参者の留学候補生はちゃんと気配りもできていた。わしはいそいで袴《はかま》を着け、身支度を整えた。

ほどなくスッと襖がひらいた。そこに立っていたのは小柄な遠藤謹助ではなく、長身の桂小五郎さんだった。

「伊藤くん、この部屋で話そう。そのほうが他の者の耳に入らなくてすむ」

いつもどおり冷静な声だった。

何か内密の話があるようだ。わしはこっくりとうなずいた。

「わしゃええですよ。座布団もありませんが」

「かまわんさ」

三畳のせまい個室で対座した。

「で、お話とは」

「結論を先に言うと、『徳川家茂襲撃』は中止になった。それを江戸にいる同志たちに伝えに来たんだ。君も決死隊に名を連ねていたしね」

「えっ、どういうことですか」

「ま、そういうことなんだ」

まるで禅問答みたいな会話になった。

わしは混乱するばかりだった。しかし、長州藩最高幹部の桂さんは気にもとめず、目の前で泰然とかまえている。

睡眠が足らず、まったく全体像がつかみきれない。わしは寝ぼけまなこを右手の甲でこすりながら問いかけた。

「すみません。おっしゃることが、ようわからんのですが。まさか今回の決起を桂さんもご存じだったということでしょうか」

「あえて黙認していた」

「そうじゃったんですか」

わしは大きく吐息した。

長州の指導者が、この暴挙を知っていることに懸念をおぼえた。高杉先輩独自の計画だと思いこんでいたが、その後ろにはいつも練達の桂さんがいる。直情な先輩とちがい、裏表がありすぎて到底ついていけない。

桂さんが顔色をかえずに言った。

「じつは同志の中から裏切り者が出てね。あえなく計画は頓挫《とんざ》した。他藩の浪士らを引き入れたのがまちがいだった。怒った高杉くんは長州へ帰ったよ」

わしにとっては朗報だった。先輩が遠ざかれば厄災もまた遠ざかる。しかし、あの風雲児がこのまま黙っているとは思えない。

「将軍家茂を討たないなら、この後どねぇするんですか」

「次善の策がある。じつは孝明帝の下した『外国船打ち払い』の勅令を幕府が受け入れ、諸大名へ通達されたんだよ。その期日は五月十日」

「なるほど。では高杉先輩が急きょ長州へもどったのは……」

「決まってるだろ。慎重な他藩に先がけ、下ノ関の海峡をわがもの顔で通過する外国船に、沿岸から砲弾の雨を降らせて打ち砕く」

一瞬、桂さんが高揚した声調になった。無理もない。戦う相手は軟弱な幕府兵ではなく、最新兵器を有する西洋列強の船団なのだ。

わしはくぐもった声で言った。

「大丈夫ですかいのう。やつらの艦砲射撃は破壊力がすごいと聞いちょりますが」

すると予想外の返事がもどってきた。

「いや、一石二鳥だ。外国船打ち払いを真っ先に実行すれば、西洋嫌いの孝明帝は長州を賞賛するだろう。また相手がわに反撃された場合は、それは将軍家茂の命令だったと申し立て、全責任を幕府に押しつけることができる」

「そねぇなお考えじゃったとは……」

感嘆するほかはない。

たぶん斬りこみが直前で中止となったのはそのためだろう。いまは病弱な将軍家茂に生きていてもらったほうが得策なのだ。やさしげな見た目とちがい、武力討幕を第一義とする桂さんは、恐ろしいほど謀略に長《た》けていた。

他の者は高杉先輩の言動が理解不能だという。だが御両人の従僕をつとめてきたわしから見れば、桂さんのほうがずっと怪人物だった。

考え方が日本人離れしていた。小さなことにこだわらず、いつも物事を高みから鳥瞰《ちょうかん》している。

そして熟慮の末に最も大胆な決定を下すのだ。

しかし、今回はどうなのか。

将軍を殺すよりも外国船を撃沈するほうが危険度は高い。日本海に面する長州の萩城など、西洋艦隊の一斉砲撃で跡形もなく砕け散るだろう。

わしは進言せずにはおれなかった。

「桂さん、そりゃいばりくさった西洋の船団を打ち払うのは痛快じゃけど、あとでとんでもない事になりゃせんですか」

「たぶん、復讐戦《ふくしゅうせん》として欧米諸国の連合艦隊が再度長州へ襲来するだろうな」

「それを長州一藩で迎え撃つのですか。ごっぽう豪気じゃが、とても勝てませんよ」

「海戦では勝てないが、陸戦では負けもしない。地元の利さ。西洋の連合艦隊にとって、極東にある日本はあまりに遠すぎて、武器弾薬などの補給路が確保できないしな」

桂さんが平然とこたえた。

そうはいっても、きっと下ノ関の港町は砲弾の雨で木っ端《こば》みじんになるだろう。多くの住民が死傷し、塀で囲まれた廓《くるわ》の中で梅子が焼け死ぬ場面が目に浮かぶ。

これまでわしは、長州を存亡の危機にさらすのは高杉先輩だと思いこんでいた。

しかし、本当の危険人物は桂小五郎という優男《やさおとこ》だったらしい。立場は他藩渉外役にすぎないが、藩主毛利敬親公の正式な名代として勤王諸藩を歴訪していた。

現在、長州の代表者はまぎれもなく桂さんなのだ。これまで高杉先輩が引き起こした過激な行動の裏には、いつも桂さんの影がちらついていた。

わしは不安げな口調になった。

「ということは、英国留学も取り止《や》めとなりますね。戦争をしかけられた相手が、わしら長州藩士五人を受け入れるわけがない」

「いや、なんとかなる。砲撃を開始する五月十日以前にイギリスにむけて出港しなさい。まとめ役の山尾くんにも知らせておきたいのだが」

「庸三は横浜のマセソン商会へおもむいて、最後の交渉をしちょります。江戸へ戻ってくるのはいつになるかわかりません」

「しかたないな。ではこの書類は君に渡しておく。大事に保管しておくように」

桂さんが、わしの目の前に藩の公文書をひろげた。

それは藩主の花押《かおう》がある留学許可証だった。英国へ派遣される藩士の名前が順番に記されていた。山尾庸三、野村弥吉、志道聞多につづき、わしの名前も四番目に載っていた。そして遠藤謹助の名もちゃんと末尾にあった。

これで長州五人組が勢ぞろいした。

「おう、わしら五人は英国に行けるんですね」

「行けるとも。知ってのとおり長州の藩是《はんぜ》は武力討幕と開国だ。一見矛盾しているようだが、日本が西洋列強に植民地化されないためには、その方策しかない。死んでも戦うぞという強い意志を相手がわに示し、その一方で西洋の最新技術を導入して国力を高める。君たち五人にかける期待は大きい」

「死ぬ気でがんばりますちゃ」

「死んでは何もできんよ。たとえ卑怯者《ひきょうもの》と言われても、とことん生き抜いて成果をあげてくれたまえ」

死に直進する高杉先輩とちがい、桂さんは生きることを何よりも重んじていた。

「お言葉、しっかりと胸に刻んじょきます」

「この一ヶ月が勝負時だ。今夕にも急ぎ長州に帰郷せねばならない。僕たちは下ノ関で欧米諸国と一戦交《まじ》える。勝てないだろうが負けもせん。長州人はなぜか戦《いくさ》好きだしね。とにかく君たちが無事に英国へ出港できることを祈ってるよ」

軽く一礼し、桂さんはそそくさと個室から出ていった。

一見やさしそうな怪人物は、いったい長州をどこへ導こうとしているのだろうか。無学なわしにはまったく見当もつかなかった。


潮の香が清冽《せいれつ》だった。

海はどこも同じではない。おれの故郷の周防灘にながれる匂いはとてもやわらかだ。しかし、万里の大海を渡ってきた横浜の潮風は冷たく冴《さ》え返っていた。

おれと俊輔は完成間近の東波止場《ひがしはとば》をならんで歩いていた。

横浜開港以来、外国商船が来港するようになった。西洋の大型船が接岸できるように幕府は工事をいそいでいる。西洋風の堅牢な大埠頭《だいふとう》は九割がたできあがっていた。

東波止場から眺める夕陽はすばらしかった。

「俊輔、絶景だろ。この赤い夕陽を見せたくて連れてきた」

だが、相棒の目には何も映っていないようだった。

先日、桂さんから頂戴した留学許可証はおれの懐《ふところ》にある。「英国における生活面では君が指揮をとれ」とまで言われていた。外国暮らしはとかく金がかかる。堅物《かたぶつ》のおれを金庫番に据え、遊興癖のある連中を野放しにはしない腹らしい。

かたくるしい口調で俊輔が言った。

「まずは、たび重なる非礼をあやまっておきたい。すまんかった」

「横浜まで謝罪にきたわけじゃなかろうが。これから五年も異国で一緒に暮らすのだから、言いたいことがあったら包み隠さず話してくれぇや」

「おんしゃがずっと仏頂づらをしちょるから、怒っとるんじゃと思うてな」

「これは、おれの地顔だ」

「そうじゃったな。伝えなきゃならん話はいろいろあるが、梅子の落籍が先送りになったことはわしの不徳のいたすところだ。急に入江さんの妹との婚儀が決まり、支度金の大半を婚礼費用に使ってしもうた。いやぁ、まいったでよ」

おれの顔色をうかがっていた相棒が本来の調子をとりもどした。たぶん聞多から五十両の上乗せ金がでると聞き、いそいでやって来たのだろう。

「心配いらん。梅子さんの身請《みう》けの一件は解決した」

「どういうことじゃ。わしは一銭も金を出しとらんが」

「長州藩付きの飛脚に頼んで、梅子さんの身請け金四十両を、下ノ関稲荷町《いなりちょう》のいろは楼に送金した。もちろんおまえの名でな。あと十両は梅子さんの独立資金として別途に送っておいた」

「チッ、なんちゅうことじゃ。その五十両を当てにしとったのに」

俊輔が舌打ちした。どうやら、まだ日本で遊び足りないようだ。

おれは突っぱねた。

「これで梅子さんは苦界《くがい》から脱したわけだ。なんの文句もなかろうが。それと洋行のための衣服や物品などはちゃんと用意するけぇ心配いらん」

ふてくされた面相で俊輔が嫌味を言った。

「イギリスにゃ行けんかもしれんぞ」

「何の話だ」

「じつは昨日、桂さんが江戸桜田藩邸にやって来た。緊急の用件があってな」

「国許《くにもと》で事件でも起こったのか」

「いや、これから大事件が起こる。ついに攘夷戦《じょういせん》じゃ。わが長州藩は孝明天皇の勅令を受け、五月十日に下ノ関の海峡を通る外国船を打ち払う。その船団の中にゃイギリス船もまじっちょるかもしれん」

「長州がイギリスと開戦を……」

息が詰まった。

心につよい衝撃をうけ、呼吸困難の症状がでた。こんな土壇場になって、渡航の夢が吹き消されようとしていた。

長州一藩で西洋列強に立ち向かうなど、無謀というより自殺行為だ。アジア侵攻をたくらむ狡《こう》猾《かつ》な白人らに口実をあたえてしまう。長州だけでなく幕府もろとも破砕され、最悪の場合は列島が植民地化されるだろう。

俊輔の話はつづいた。

「そうなりゃ英国留学なんぞできるわけがなかろうが。マセソン商会に渡した五千両の渡航費を取り返すことが先決じゃ。金の使い道はいくらでもあるでよ」

この期《ご》におよんで、まだ相棒は精力的だった。どこまでも金と女に執着していた。

どうにか息を整え、おれは再確認した。

「契約解除の困難さは、長州藩渉外役の桂さんがいちばんよく知っておられる。俊輔、桂さんがおっしゃったことをそのまま脚色なしで言ってみろ」

「……たしかこう言われた。『砲撃を開始する五月十日以前に君たちはイギリスにむけて出港しなさい』と」

「こりゃまずいぞ」

おれは天を仰いだ。昨日マセソン商会のケズウィック支配人と話し合い、出港日は五月十八日に決定していた。

同月十日に長州が『外国船打ち払い』を実行すれば、その緊急情報は船便だと三日で横浜に届くだろう。その瞬間、これまでの努力はすべて立ち消え、渡した五千両も没収されてしまう。

いつの間にか日は暮れ落ち、東波止場にはうっすらと夕闇がおりてきた。根深い疲労に浸されたおれは、肩を落として来た道を引き返した。

「頭がぼぅーっとして思案がまとまらん。投宿先のさくら屋にもどって話し合おう。夜には野村弥吉がやってくるしな」

「幹部候補生の弥吉とは長崎の廓で一緒に遊んだことがある。やつは酒豪で女好きじゃ。さくら屋は若い遊妓《ゆうぎ》を置いちょるのか」

「おまえにゃ勝てんよ」

皮肉ではなく、どんな時でも快楽を追う相棒がうらやましかった。

俊輔は二百石取りの上士の子息とも親しく付き合える。そこが偉いと思う。船頭上がりのおれは、萩の秀才と言われる野村弥吉への対抗心がどうしても捨てきれなかった。

めざす方向は同じだが、出発点がちがいすぎた。家柄のいい相手は百歩も前から先に走り出している。

いまのおれはそんな風にしか考えられない。

つくづく女々しいと自嘲するばかりだ。

波音を背に台町の坂道を登っていくと商家の明かりが見えた。道の両側には腰かけ茶屋が建ちならび、坂上にはいくつもの洋館がそびえている。

ちょうど坂道を下りてきた西洋人とすれちがった。

「庸三。やはり異人さんは図体がでかいのう」

「小柄な人もおるで。それに全員の目が青いわけじゃない」

「言うことがちがう。さすがオロシャ帰りの冒険家じゃ。わしゃ横浜に初めて来たが、どの家も新築ばかりで品川宿よりずっと勢いがあるでよ」

「ほんの十年前まで、ここは戸数百ばかりの漁村だったらしいがな」

だが、この地で日米和親条約が締結されたことで状況が一変したのだ。

横浜は東海道から一筋外れているのが幸いした。外国人を恐れる住民たちとのもめごとを避けるため、幕府はここを開港地にえらんだ。

「それにしても、えらい繁盛《はんじょう》ぶりじゃのう。こうして大勢の西洋人たちも道を行き来しとるが、住人らはみんな笑顔で応対しちょる」

「共存共栄だよ。博識の桂さんが推《お》し進める開国論はまちがっとらん。日本人は内向的じゃが、知識欲があるからきっと西洋人ともうまくやれるじゃろう。マセソン商会の人たちも日本人のほとんどが文字を読め、暗算までできることに驚いとった。先進国のイギリスですら国民の半分は識字できないらしい」

「ほぅ、日本人は思いのほか優秀なんじゃな。おんしゃと話しとると、わしも賢《かしこ》うなるでよ。この調子じゃと横浜はますます人口が増えるな」

「そうだな。三日ごとに町並みに新しい商館が建っちょるしのう」

海岸縁の高台に外国人居留地ができあがり、利にさとい外国の商人たちがやってきている。競うように、江戸日本橋に大店《おおだな》をかまえる豪商たちも次々と横浜に出店した。

新興地の横浜は、早くも国際都市の様相をみせはじめていた。

俊輔を連れてさくら屋にもどると、玄関先で宿の女中が話しかけてきた。

「お連れさんが来て、二階の梅の間でお待ちですよ」

「そうか。だったら先に二人分の酒の支度をしてくれ。それとは別に夕餉《ゆうげ》の膳を一人前」

おれが注文すると、横にいた俊輔が口をはさんだ。

「まったく下戸《げこ》とは付き合いきれんでよ。飯ばっかり食って何がおもしろいのか」

「米が一番うまいでよ。おれから見れば、酒と女にうつつをぬかす連中の気持ちがわからん。どっこいどっこいじゃろう」

こうして冗談を言い合える相棒は、おれにとっては貴重な存在だ。

最終場面で俊輔の同行が決まり、じつはおれがいちばん喜んでいた。いつも道化役をかってでる苦労人はかけがえのない心友だった。

二階へ上がり、梅の間の襖をひらいた。

座敷の縁で窓外をながめていた弥吉がふりむいた。顔がすすけて、まだ旅装もといていなかった。いったん萩にもどって父親に渡英の了解をとり、いそいで横浜へやってきたようだ。

「おう、伊藤くんも一緒なのか」

「何しちょるんじゃ。日も落ちたし、もう何も見えんだろ」

俊輔にからかわれた弥吉が、すまし顔で切り返した。

「横浜の波の音に耳をかたむけていた」

「やれんでよ。萩の秀才は心眼を持っちょるげな」

おれは二人のかけ合いに割って入った。

「仲のいいのは知っとるが、緊急時なのでじゃれ合うのはあとにしてくれんか。俊輔、いまの状況をちゃんと弥吉に説明してやれ」

無駄話に興じているひまはない。対応をまちがうと、五人の英国留学は中止になる公算が高い。出港期日を早めるため、マセソン商会と渡り合うには、わずかでも英語ができる弥吉の助力が必要だった。

口調をあらためた俊輔が、おれたちの置かれた窮地を手短かに話した。

聞き終えた弥吉が大きく吐息した。

「絶体絶命だな。せっかくここまでこぎつけたのに……」

思うとおりの道を歩んできた秀才は、すっかり途方に暮れていた。

難局を前にして、まとめ役のおれまでが弱気な態度はみせられない。前途に暗雲はたちこめているが、要は出港期日を十日ほど早めればすむことなのだ。

「弥吉、そねぇに落ちこむことないで。いったん船が外洋へ出てしまえば、『長州暴発』の情報は連中の耳に届きゃせんじゃろ。おれたちがイギリスに着いたころには、停戦合意ができているかもしれんし」

「君の話はいつも大まかすぎるよ。細部を詰めなきゃ前には進めない。半年後の話などしてもしかたないだろ」

「おれは解決策を探ってるだけだ。悲観論など聞きたくもない」

「だったら現実に目をむけよう。大事なのは、いかにしてマセソン商会を丸めこむかだ。山尾、ぎりぎりの出港期日はいつなんだよ」

例によって弥吉が細部を詰めにきた。二人で向き合うと、いつも論争に発展してしまう。おれは昂《たか》ぶる感情を抑え、事務的に言った。

「五月十八日が出港日だ。だが十日には下ノ関の砲台は火を吹く。じゃから五月十日」

「それは無理だろ。予定より八日も早めるなんて相手がわは受け入れんぞ」

「そのとおりだな。いや待てよ、『外国船打ち払い』の報告が横浜まで届くのに最短で三日はかかる。とすれば五月十二日の深夜が最終期限だ。だからマセソン商会からの譲歩を引き出すため、最初に五月五日にしてくれと頼みこみ、両者の落としどころとして十二日に決定すれば無事に出港できる」

おれと弥吉の論戦を聞いていた相棒が高調子に言った。

「よしっ、それで決まりだ。さァ今夜は三人で飲んで食って前祝いといこう」

「そうだな」

前祝いの気分ではなかったが、おれは俊輔の言葉に同調した。こうして宿の二階で波音を聞いているど、なぜかすべてがうまく運ぶような気がしてきた。

最後にぴたりと帳尻が合った。

マセソン商会のケズウィック支配人が、こちらの言い分を聞き入れてくれたのだ。出港期日の交渉の場に、語学に堪能な村田蔵六さんが立ち会ってくれたのが大きかった。

わしは気運が盛り上がるのを実感した。

人の生死は周囲の状況で決定づけられる。日本に残れば、わしはかならず早死にするだろう。英国へ渡れば死はどんどん遠ざかる。こうして出港が決まったことで、少なくとも留学期間の五年は長生きできる。

これまで幾度となく窮地を脱してきた。今回もうまく運べば、洋行帰りの進歩的な知識人として持てはやされ、要職につけるかもしれない。

度をこえた楽観論こそ、わしの唯一の取り柄だった。

五月十二日の出港当日。わしら五人の送別会が横浜の料亭でひらかれた。主催者は大黒屋を仕切る番頭の佐藤貞次郎《さとうさだじろう》さんだ。元小田原藩士の彼は、時代の風を読んで商人に転身した異色の人物だった。

笑みを絶やさず、さりげなく英会話もこなした。海外通の佐藤さんが窓口になってくれたおかげで、渡英が叶《かな》ったといっても過言ではない。

秘密渡航なので派手に騒げない。

事が露見すれば出席者全員が厳罰に処される。留学生五人のほかに、村田蔵六さんも招かれていた。七人は小さな奥座敷にこもって静かに酒を飲んだ。

いつもどおり、庸三だけが仏頂づらで黙々と飯を食っていた。

少し酔ったわしは、隣にいる同輩の茶碗に酒を注いだ。

「やめろ、俊輔。酒をかけた飯など食えん。これが最後の飯かもしれんのに」

「一緒にまぜて食え。酒も米ででけちょる。日本で最後のいたずらじゃ」

宴席にどっと笑声があがった。くそまじめな庸三も、たまにはわしに調子を合わせてくれる。

みんなが注視する中で特製の酒茶漬けをたいらげてみせた。

座の雰囲気がなごんだ。

大先達《だいせんだつ》の村田さんが、すわったまま送辞を述べだした。

「諸君、気楽に聞き流してくれたまえ。五人がこれからむかうイギリスは、いわば百年先の日本だ。つまり、大海原を渡る船はすごい勢いで時間をも渡るわけだ。そこで目にするものはとてつもない世界じゃろうな。ロンドンでは鉄道が何百里も地下道を走り、火の見櫓《やぐら》より高い石造りの建物が林立しとるげな」

「村田さん。話の腰を折って悪いけど、それじゃと日本は永遠に大英帝国に追いつけん。気楽にゃ聞き流せんでよ。わしら留学生はどねぇすればええんですか」

酔った勢いで、わしは博学の村田さんに疑問をぶつけた。

「伊藤くん、何も不安を抱くことはない。わたしの知るかぎり、治水と治安は日本のほうがすぐれとる。遅れてるのは化学と工業だけだ。だから、良いところだけを見習って、最新技術を習熟してほしい。とくに君には国家運営に必要な政治学を学んできてもらいたい。他の諸君もそれぞれ得意の分野で奮励努力してくれたまえ」

村田さんは誠実に答えてくれた。

それから主催者の佐藤さんが立ち上がり、予定表を手に話しだした。

「もう一度確認しておきます。送別会が終わったら私めの自宅へ行ってお着替えを。そのあとマセソン商会へおもむき、停泊中のチェルスウィック号に乗りこむ。出港したら上海経由でインド洋へと進み、地球を半周して英国に到着する予定です。何か疑問点はありますか」

そばの庸三が赤い顔で挙手した。早くも酒がまわったらしい。

「ロンドンまでは、どのくらいの月日がかかりますか」

「天候によりますが、ざっと四ヶ月から五ヶ月ぐらいだと思います。地域の寒暖差が激しいので体調管理はしっかりとなさってください。大げさではなく、わが国土の繁栄はみなさまが背負っておられる。お貸ししたお金は長州様ではなく、日本の未来への投資なのです。では武運長久を祈っております。グッドラック」

どの職種でも英傑はいるものだ。

わしは大黒屋の番頭の心意気に圧倒された。身は商人であっても、佐藤さんの凜然《りんぜん》たる士魂がひしひしと伝わってきた。

早めに宴を終え、料亭の玄関先で村田さんと別れた。

同郷の庸三は落涙して別れを惜しんでいた。塙次郎を殺《あや》めたあの夜以来、同輩はなにかにつけて涙をこぼすようになっている。わしはといえば、『百年先の日本』という言葉に胸をはずませていた。ガキのころから好奇心がつよく、見聞きするあらゆるものに直接ふれて知恵をつけてきたのだ。

じつは佐藤さんに質問したかったことが一つある。

それは先進国のイギリスにも娼館があるのかどうかという切実な問題点だ。女なしで五年も暮らすなんて考えただけでもゾッとする。

料亭の近くにある佐藤邸は新築の洋館だった。

わしらは居間の椅子にすわった。紅茶とビスケットがふるまわれた。

佐藤さんから清《しん》国の中継地について注意をうけた。

「横浜と同じく、上海は清の開港地の一つです。東洋から伝わった茶葉は、ティータイムと申して英国で大人気なのです。輸入する大量の茶葉の交換商品として、英国は阿片《あへん》をひそかに輸出しております。もしかすると阿片中毒にして、中国人の闘志を削《そ》ぐねらいがあるのかもしれませんね。あなたがたも、当地でけっして阿片には手をださないように」

聞多が机から身をのりだして言った。

「国家ぐるみで阿片を輸出するとは大英帝国の名がすたる。酒や煙草《たばこ》は嗜好品《しこうひん》としてゆるされるが阿片は絶対にいかんぞ。日本も水ぎわで阻止せねば」

「噂に高い遊び人も、たまには真っ当なことをおっしゃいますな」

わしが茶々を入れると、聞多がふくれっつらになった。

ティータイムのあと全員が水夫姿に着替えた。しかし鏡に映ったわが身は珍妙だった。服装に髷《まげ》が似合っていなかった。

同輩の庸三が断定口調で言った。

「みんな何を迷っちょるんじゃ。おれは髷《まげ》を切るぞ。俊輔、ばっさりやってくれ」

「おう、まかせちょけ」

小刀を使って髻《もとどり》を切り離した。

すると庸三は、未練げもなく刀まで床に投げすてた。

「大刀も捨てよう。いまからおれたちは文明人なんじゃ」

同輩の決意をみて、わしはやっと思い至った。

いまの山尾庸三は、命をおろそかにする武士というものをなによりも嫌っているのだ。そして髷を切った水夫姿がだれよりも似合っていた。小柄で貧相なわしとちがい、彫りの深い顔立ちの相棒は、遠目に見れば西洋人とも映る。

「これでええ、みんな文明人じゃ」

庸三の意気込みにのせられ、わしも人の血を吸った長刀を放り捨てた。

全員が黙々と髷を落とした。

それから身一つのざん切り頭でマセソン商会の宿舎へむかった。なんとしても今夜中に出港しなければならない。危ない綱渡りだった。明朝になれば、外国船打ち払いの一報が横浜へ届く恐れがあった。

宿舎裏は船着き場になっていた。わしら五人は夜陰にまぎれ、岸壁に横づけされている小さな外国船にのりこんだ。

チェルスウィック号が錨《いかり》をあげた。

スパンッと帆をはらませて波間にすべりでる。留学生たちの口から「ううっ」と呻《うめ》き声がもれた。みんなが必死に涙をこらえていた。

無理もない。行って戻れぬ旅路かもしれなかった。

日本の国禁を犯した五人を守ってくれるのは、皮肉にも英国人たちだった。その上さらに、わしと庸三と聞多は英国公使館焼き討ちの下手人なのだ。運命の縄は細くて絶妙によじれている。

明日のことなどだれにもわからない。

感極まったわれら長州五人組は、遠ざかる祖国にむかってくりかえし絶叫した。

「さらばーッ、さらばーッ！」

西洋人の言うところの神はたしかにいる。

それもとびっきり悪ふざけの神様が……。

第七章　万里の波濤

おれは海に逃避した。いまはそう感じている。

曇り空の下、チェルスウィック号は東シナ海の荒波にもまれていた。おれは甲板《かんぱん》に立って潮風をあびる。心身がごしごしと洗われ、まとわりついていた気鬱《きうつ》がおもしろいように剝《は》がれ落ちていった。

船酔いした他の留学生たちは船倉で横たわっている。だれ一人として船上に出てくる者などいなかった。かれらはおれのように海と一体にはなれないらしい。目的があって、やむをえず船に乗っているのだ。

ひたすら体が軽い。

昨晩、たえず腰に差してきた重い両刀を投げすてた。その瞬間、両足がスッと宙に浮いた気がした。武士の魂ともいえる刀はそれほどにおれを抑えつけていた。

これまで後生大事にたずさえてきた刀など、しょせんは人斬り包丁にすぎない。

そのせいで気が昂《たか》ぶり、塙次郎を殺してしまった。襲撃現場で側杖《そばづえ》を食って亡くなった加藤甲次郎も、不運の一言ではすまされない。年月と共に記憶は薄れても、あの若者の断末魔の形相《ぎょうそう》を一生忘れることはないだろう。

けっして罪悪感は消えないが、それによって自分が果たすべき使命を見失ってはならない。イギリスに着いたら、生まれ変わったつもりで勉学に励もう。そうすることが大学者と愛弟子《まなでし》に示せるせめてもの哀悼《あいとう》だ。

おれは少しだけ積極的な考えができるようになっていた。それもまた大いなる海の慈愛なのかもしれない。

水夫姿の俊輔が、のそのそと甲板に上がってきた。

「やっぱり庸三は海の男じゃのう。ほかの者たちとはまるで足腰がちがうでよ。こねぇに船が揺れとってもびくともせん」

「大丈夫か、俊輔。顔が真っ青じゃが」

「なんの、わしゃどこでも臨機応変じゃでな。その場その場でどねぇでもできる。こんな荒波など半日で慣れ……あぐぐっ」

言ったそばから激しく嘔吐《おうと》した。

昔から俊輔は落ち着きがない。海上にあっても暗い船倉でじっとしていられないらしい。甲板上でふらつき、いまにも船べりから落下しそうだった。

おれは相棒の左腕をしっかりと握った。

「ロンドンは遥《はる》か遠い。船倉にもどって体を休めちょけ」

「すまん。じつを言うと、もう日本に帰りたくなってきた。劣等生のわしゃ渡英しても学びたいものが何もないけぇな」

「村田さんが送別会で言うたろうが。おまえは政治学を志《こころざ》せと」

「ずっと動物的な直感だけで生きてきたんじゃ。読めもせん英語の本を手にして、一から勉強するなんてわしの性に合わんでよ。それに……」

俊輔が口ごもった。

おれは笑顔でうながした。

「二人の仲だ。思ってることを言え」

「日本の、そう日本の女が恋しい」

「気持ちはわかる。萩にはすみ子さん、下ノ関には梅子さんがおるけぇな」

「そうなんじゃ。出国前に手紙を出した。『英国で猛勉強し、偉い男になって帰国するから、待っていてくれ』と」

「どちらの女に」

「同じ文面の手紙を、すみ子と梅子の両方に出した」

「無茶するのう」

俊輔のやることはいつも人の道を外れている。

しかし、どこかしら滑稽《こっけい》で憎みきれない。それにしても、こんなうわついた気持ちで五年も海外生活が送れるとは思えなかった。

風が強まり、雨まで降ってきた。上空に目をやると、巨大な黒雲が南の空からぐんぐんと迫っていた。

その夜、おれたちは暴風雨に見舞われた。

チェルスウィック号は木の葉のように波間でもてあそばれた。小汽船が転覆しなかったのは、気まぐれな西洋の神様のおかげだと俊輔が言っていた。たしかにおれたちは日本の領域を離れ、西洋列強の支配地域に足を踏み入れていた。

五月十七日に上海へ入港した。

同地の支店長が波止場まで出迎えに来てくれた。赤毛で赤ら顔の大男だ。一瞬、日本のマセソン商会支配人と同一人物かと思った。

半分は当たっていた。上海支店長は、ケズウィックさんの実兄だったのだ。気性も似ていて面倒見がよかった。

上海の租界で初めてフランス料理をごちそうになった。同席した通訳の話によると、「イギリス料理はくそまずいから」とのことだ。

だが、フランス料理もやたら獣臭くて食いきれなかった。

世馴《よな》れた支店長は商売女まで紹介しようと言ってくれた。これから四ヶ月も女っ気なしの船旅がつづくのだ。俊輔と聞多は乗り気だったが、おれと弥吉と謹助が反対した。

ケズウィック支店長が両手を広げて何事かをのべた。

同席の若い中国人が通訳した。

「何を遠慮してる。外国人居留地の租界では、清国の警察権はおよびませんよ。ちゃんと金さえ払えば商売女を買っても罰せられない。ここではすべてゆるされます」

怒りを抑え、おれは俊輔ゆずりの作り笑顔でていねいに伝えた。

「私たち留学生は、勉強するために英国へ渡ります。ありがたい申し出ですが、女遊びはいたしません」

そばにいる二人の遊び人も、このときだけは神妙な面持《おもも》ちだった。

日本に置き換えてみれば状況はよくわかる。開港地の横浜で婦女子らが不良外国人に暴行されても罪に問われないということだ。

争いごとを避けようとする東洋人の美徳は、西洋人にはまったく通用しない。

かれらは外交は力だと認識している。現に幕府も西洋列強の砲艦外交に屈し、横浜をふくめて五港を開いた。上海留学から帰った高杉さんが過激志士に変貌したのは、日本の行く末を不安視してのことだったのだ。

そして、いまのおれたちの不安は別にある。五月十日に実行されたはずの『外国船打ち払い』は、その後どうなったのだろうか。

食事後のティータイムで、俊輔が恐る恐る質問した。

「ケズウィックさん、日本から何か新しい情報は届いていませんか。どうか包み隠さずに教えてください」

若い中国人が、両者のあいだに入って訳した。

「いいえ、何もありませんよ」

「そうですか。安心いたしました」

おれたち五人は胸をなでおろした。

だが老練な商人が片目をパチッと閉じて微笑《ほほえ》んだ。それがウィンクという西洋の仕草だということは知っている。今度も通訳の手を借りた。

「そういえば、こんなことがありました。七日前に下ノ関の海峡を通っていた欧米の船団が、長州から砲撃をあびたそうです。でも被害を受けたのはオランダとフランス、そしてアメリカの商船でした。イギリスはまったく無傷です。ご心配なく」

留学生全員が押し黙った。

出されたフランス料理の味が妙に苦い。胃がもたれる。おれは毒殺されるのではないかと疑った。雰囲気を察した赤毛の支店長が、赤ら顔をくしゃくしゃにして笑った。若い中国人も一緒になって笑い、仕草もまじえて通訳した。

「みなさん、毒なんか入ってませんよ。ほら、私もこうして一緒に食べたじゃないですか。契約を厳守するのがイギリス商人の誇りです。あなたたちをかならず無事に英国へ送りとどけます。神に誓って」

「よろしくお願いします」

おれたちは深々と頭をさげた。西洋の大いなる神ではなく、今は赤ら顔のケズウィックさんを信じるしかなかった。

彼が用意してくれたのは三本マストの中古の帆走郵便船だった。

岸壁で対面した老船長の話だと、ロンドンに直行するには汽船よりも速いという。だがペガサス号は三百トン足らずの小型船なので、五人一緒には便乗できないらしい。

潮焼けした船長が、二人までだと二本指を突きだした。

「わしがイギリスに一番乗りじゃ。お先に御免」

いつも先走る俊輔がいそいで乗り移った。

「それなら僕も」

悪友の聞多もあわてて船にとびのった。長い船旅なので、話の合う俊輔と一緒にいたかったのだろう。

「ちっ、先んじられたな」

弥吉が下品な舌打ちをした。萩の秀才はなんでも一等になりたがる。

ぐっと腕組みをした謹助は、遠ざかる帆船を黙って見ていた。おれたちは波止場に取り残された。置いてきぼりをくらった三人は、次の船がくるのを待つしかなかった。

吐息がでるほど無為に日を送った。

その後、ロンドン行きの船が手配されたのは十日後だった。波止場に横づけされたホワイト・アッダー号を見て謹助が小躍《こおど》りした。

「山尾さん、残り物に福ですね！」

「そうじゃな。船体もきれいだし、先発したペガサス号の二倍はあるでよ」

しっかり見くらべるまでもなくペガサス号は老朽船で、ホワイト・アッダー号は新造船だった。

横帆装置が付いたクリッパー船なので、ロンドンには先に着くだろうとケズウィックさんも言っていた。

おれたち三人組は意気揚々とクリッパー船に乗りこんだ。

あてがわれた船室は船の後尾にあった。そのためずっと揺れが激しく、航行の途中でせまいベッドから何度も転げ落ちた。しかし船員たちが英語圏の人々だったので、語学の習得にはとても役立った。

航海術の習得も任務の一つだ。おれは帆の上げ下ろしや、海図の読み方などをボアース船長に教わった。そうした中で、日常会話ぐらいは英語でこなせるようになった。

あれほど苦しんでいた不眠や嘔吐感は嘘みたいに消え去っている。村田さんが言っていたように、暮らしの環境が変われば心の病も劇的に良くなるようだ。

その一方、謹助は気の毒なほど船酔いに悩まされつづけた。夜も眠れず、食べては吐きの連続だった。ついには血のまじった胃液まで嘔吐した。しだいに体力を失い、アフリカの喜望峰を過ぎたころには半病人になっていた。

おれが背負っていた不眠と吐き気を、同室の謹助がぜんぶ肩代わりしてくれている。おれとは逆に、環境の変化を心身が拒絶しているかのようだ。

「ロンドンに着くまでは死ねません」

向学心に燃える謹助は、歯を食いしばって耐えていた。

島国育ちの若者は荒ぶる海に翻弄《ほんろう》されていた。船頭上がりのおれとちがって、体のつくりが細かった。どれほどがんばっても、心身が充実していなければ青雲の志は果たせない。最後まで異国でふんばれるのは、たぶん相性の悪いおれと弥吉の二人だろう。

この世に地獄があるとすれば此所《ここ》だ。

重ねてきた悪行のツケを支払うときがやってきたらしい。それは激しい空腹と終わりのない重労働だった。まさに十倍返しの辛苦とも感じる。

わしはペガサス号の暗い船倉で朽ち果てるだろうと思った。

「なんちゅうことじゃ、こりゃ神も仏もありゃせんでよ。のう、聞多」

「……そして貴様は疫病神だ」

「そっちが勝手についてきたんじゃろうが」

「僕たちは失敗した。まぁいいさ。死なばもろともだ」

同船した聞多はしきりに強がってみせた。だが、そのまなざしはうつろだった。長州一の洒落《しゃれ》者《もの》はすっかり消耗していた。

先走って乗船したのがまずかった。翌朝から、おれたち二人は老船長に下級船員としてこき使われ、甲板掃除や便所掃除の作業を無理強いされた。少しでも怠けると、思いっきり尻を蹴《け》っとばされる。他の船員たちも全員ガラが悪く、なにかにつけて拳《こぶし》でなぐりつけてくる。

素手では西洋の大男らに勝てない。わしは長剣を捨てたことを後悔した。刀さえあれば連中をぶった斬ることもできたのに。

食事もひどい。一日一食。一切れのパンと一片の塩漬け肉、それに腐りかけのキャベツのスープが犬のようにあたえられた。

乗船の折、わしと聞多は水夫の古着を身につけていた。金品も船に乗り移る際に庸三にあずけてしまっている。つまりは最低の無賃船客だった。どこにあっても無一文では厚遇されない。虫けら同然だ。それで船賃がわりに下級水夫としてあつかわれたのだ。

いくら自分たちは留学生で、上級船客だと日本語でうったえても通用しなかった。極東の島国の言語など何の役にも立たない。英語で筆談できる弥吉が同船していないので、どうすることもできなかった。

日本語が通じるのは日本国内だけ。

世界はさまざまな言語で成り立っていることを痛いほど思い知った。

こんなことなら、高杉先輩に従って下ノ関の攘夷《じょうい》戦に加わったほうがよっぽどましだった。横柄な外国人どもを砲撃して痛い目に遭《あ》わせてやれたのに。

そんな想像をして憂《う》さを晴らすしかなかった。

一つだけ良かったことがある。辛苦を共にした聞多と深い絆《きずな》ができたのだ。それまでは遊び仲間だったが、つらい長旅の中で生涯の友となった。

九月二十三日、ついに地獄の船倉生活から解放される日がやってきた。

ペガサス号がロンドン港に到着したのだ。東洋人とおぼしき三人組が波止場でしきりに手をふっている。

わしは甲板上で奇声をあげた。

「オーッ、たまげたのう。見てみぃや、庸三がおるで！　それに弥吉も謹助もそろうちょる。どねぇしたんちゅうんじゃ」

そばの聞多が右手を天に突き上げて吼《ほ》えた。

「万里の波濤《はとう》を乗り切ったぞ！」

「そう、後追いのやつらが先にのう」

あとから上海を出港したはずの三人組は、わしらよりも早くロンドンに着いていた。

もう、そんなことはどうでもよかった。

これで大英帝国に長州五人組が勢ぞろいしたのだ。わしはたちまち地獄の日々を忘れ、まだ何も成していないのに達成感にひたった。

留学金に目がくらんだとはいえ、最悪の状況下で百三十日かけて地球を半周した。長く苦しい体験はわしを根本からきたえ直してくれた。今後どのような難事に出くわしても、悠々と突破できるだろう。

ふらつく足どりで波止場に下りた。

ぶざまなわしらの姿を見て、先着した三人組が大笑いした。

「はっはは、なんちゅう格好じゃ。二人とも骨と皮ばかりで、まるで羽をむしられたニワトリじゃないか」

苦労知らずの弥吉が心から愉快げに言った。

無礼を怒るよりも、日本人の仲間に会えた嬉しさがまさった。なによりも言葉が通じることが本当にありがたかった。

「弥吉、おんしゃがペガサス号の船長へ渡した書状のせいでひどい目にあったぞ。まるで奴隷《どれい》あつかいじゃった。『海軍を視察に行く』と書くべきところを、『船の扱い方を教えてください』と英語で書いたろうが」

「いや、僕はちゃんとＮａｖｉｇａｔｉｏｎと書いた」

弥吉が強気で返答した。

すると、横にいた庸三が即座に誤りを正した。

「おまえのほうがまちがっとるぞ、弥吉。海軍は英語表記ではＮａｖｙじゃ。Ｎａｖｉｇａｔｉｏｎは操船という意味合いだ」

わしは目を丸くした。

「なんじゃ、それは。庸三、おんしゃ英語がわかるのか」

「海や船に関する言葉だけな」

「くそっ、わしら二人は朝から晩まで便所掃除ばかりさせられとったのに」

生真面目《きまじめ》な同輩はいつの間にか英語を習得していた。

たぶん四ヶ月の航海の間に、イギリス人乗組員から本場の英語を教わったのだろう。残念ながらわしが船中でおぼえたのは、日本人のように平手でなぐるより、西洋人のごとく拳でなぐったほうが喧嘩《けんか》で勝つということだけだ。

どの船に乗るかで人の運命は激変するらしい。ロンドン一番乗りの功をあせったわしと聞多は、結局貧乏くじを引いたのだ。

ホワイト・アッダー号船長のボアースさんに引き連れられ、わしら五人はマセソン商会のロンドン本社へ挨拶《あいさつ》に行った。

イギリスでの身元引受人は、ヒュー・マセソン氏だ。その名のとおり、彼は創業者の甥《おい》っ子で、マセソン商会を仕切る総支配人だった。

一目で良い人だとわかった。

銀髪の英国紳士は、アジア人に対する偏見をみじんもみせなかった。弥吉が通訳をかって出て、これからの身のふりかたを英語で話し合った。

「わが英国はあなたたち五人を歓迎いたします。水夫の格好では労働者とまちがわれるので、入浴して長旅の汚れを洗い流されてはいかがでしょうか。紳士服もこちらで用意いたしますから」

「ありがとうございます」

マセソン氏の申し出をうけいれ、五人は順番に浴室へ入った。

わしも温かいシャワーを全身に浴びた。こびりついた大航海の苦労がときほぐされていく。日本にはいくつも温泉宿があるが、英国の小ぶりな浴槽でもありがたかった。

浴室からでると、中年の散髪屋がハサミを片手に待ちかまえていた。伸び放題の髪を刈られ、頭部だけでも偽英国紳士風になった。

マセソン氏の歓迎ぶりは徹底していた。洋服の仕立て屋まで呼び寄せ、五人それぞれの身長に合わせて採寸した。そして数日後には五着の背広が仕上がった。そのまま写真館へ連れていかれ、五人揃っての集合写真を撮ることになった。

見栄えのいい庸三が前列に立ち、背の低い四人は小椅子にすわらされた。

どうやらマセソン氏は、彫りの深い顔立ちの庸三が指導者《リーダー》だと思いこんでいる風だ。従者顔のわしは、庸三の脇にまわされて左半身の姿勢《ポーズ》をとった。わしら五人のロンドン上陸は、こうして歴史上の事実としてきっちりと写真で切りとられたのだ。

英国の食卓に並ぶのは茹《ゆ》でたジャガイモばかりだ。そのかわり満腹感だけは充分に得られる。とにかくペガサス号で味わった空腹感からは解放された。

食後、わしと庸三は広間に残って今後の留学生活について語り合った。

「一時は奴隷に売られると思うちょったが、こんな厚遇をうけるとはな。人種に関わりなく、どの国にも良いお人はいるもんじゃ。庸三、おんしゃはイギリスで工業を学ぶというが、方針は立っちょるんか」

「留学期間を考え、五年分の予定表をつくった」

「あいかわらずじゃのう。わしなんか明日のことも見当がつかんのに」

「朝言ったことが夜にはくつがえる。翌朝になればまたひっくりかえる。それがおまえの生き方じゃ。おれにゃうらやましく思えるが、聞多はあきれかえってた」

血盟を誓った同輩の前では何でも話せる。

わしは自分の弱みをさらけだした。

「はっきり言うが、わしにゃ五年間の留学は無理じゃ。禁欲生活には限界があるでよ。じつは昨晩、単身でロンドンの魔窟《まくつ》と呼ばれている娼館を探訪した」

「おまえはすごいやつじゃのう。本物の勇者だ」

「そこでわかったことが一つある」

「いったい何を発見した」

「白人女とはまったく肌が合わん。すべてにおいて日本女性が最高じゃ」

「俊輔、まさかそれだけの理由で留学を途中で切りあげるのか」

誠実な同輩はしきりに首をひねり、なんとか理解しようとつとめていた。

「わしからすりゃ充分すぎる帰国理由じゃ。藩のお偉がたにゃ報告できんけど」

「おれの常識からは外れちょるが、どうしても日本に帰りたくなった時は反対せん。緊急帰国の準備金はちゃんとおれの手元にあるけぇ心配するな」

「すまん。それを当てにしとる」

「初めからわかっちょる。長い付き合いの中で、おまえが話があると持ちかけてくる時は、いつだって金の無心じゃからのう」

金庫番の同輩は姉のようにおっとりと笑いながらした。

その翌日、マセソン氏が下宿先を紹介してくれた。庸三と聞多はガワー街のクーパー家に行き、わしと弥吉と謹助はウィリアムソンさん一家と暮らすことになった。前回の乗船の失敗にこりて、英語で日常会話ができる庸三と弥吉を両家にふりわけた。

ロンドンの街は、世界初の地下鉄開業で盛り上がっていた。

地下に蒸気機関車を走らせるという発想がいかにも未来的だった。村田蔵六さんが言っていた『百年先の日本』を見たいと思った。

わしら五人は開通したばかりの地下鉄を見学に出かけた。

石造りの駅から地下に下りた。折良く蒸気機関車が構内に走りこんできた。それと一緒にトンネルから真っ黒い煙が大量に噴出した。

「なんじゃ、こりゃ。煙攻めかよ」

育ちのいい弥吉が顔をしかめて後ずさった。息もできなかった。わしらは咳《せ》きこみながら逃げるように地上へ駆けあがった。

「やはり石炭を燃やして走る蒸気機関車は地上を走るべきですね。西洋人は暮らしの便利さをはきちがえています。この状況では英国民は喉と肺をやられてしまう」

いつも几帳面《きちょうめん》な謹助が正論をのべた。

わしは同感した。

「そうじゃな。たしかに庸三がめざす『工業立国』も大事じゃが、むやみに直進すれば、きっと未来の日本は新しい動力源の影響で煤煙《ばいえん》だらけになるでよ」

「なにごともバランスが大事だよ。西洋文明の長所はしっかり取り入れ、その一方、日本独自の美意識を失ってはいかん」

弥吉が英語まじりで一席ぶった。話の流れからして、『バランス』とはたぶん『調和』を意味するのだとわしは察した。郷に入れば郷に従え。面倒だが、しっかりと語学を習得するほかはないと覚悟を定めた。

英語の初歩はロンドン大学の在学生に習った。猛勉強し、どうにか二ヶ月ほどで全員が英字新聞を読めるまでになった。そしてマセソン氏の推薦により、ロンドン大学ユニバーシティ・コレッジはわしら五人を留学生として受け入れてくれた。

ヴィクトリア王朝期の大英帝国は絶頂期を迎えているらしい。

自由貿易は巨万の富をイギリスにもたらし、産業革命もうまく運んでいた。国全体に余裕があった。そのため極東の島国からやってきた五人のサムライに、しっかりと英国文化を伝授する気運があふれていた。

わしと聞多は政治と外交を専攻した。庸三と弥吉はそれぞれ工学と鉄道の授業を選んだ。謹助も初志貫徹して金融について学びだした。

勉強嫌いのわしにとって、ロンドン大学の高度な講義は苦痛だった。下級水夫としてこき使われていたほうがましだとさえ思った。根幹の英語が未熟なので、授業内容がほとんど理解できなかった。五人の成績順は英語力にまさる者が上位になった。

当然、わしはびりっけつだった。なにをやっても後《おく》れをとってしまう。和算のできる庸三は、英国人学生の中にまじっても数学では一位の成績をとった。

わしの学習意欲はしぼむばかりだ。

それにしてもイギリスは寒すぎる。北海道へ渡ったことのある庸三の話によると、ロンドンの冬は箱館《はこだて》よりもずっと極寒らしい。稲穂の実る温順な日本が、どれほど暮らしやすい国だったかを再認識した。

年明けの二月九日、ロンドン・タイムズを一読したわしは愕然《がくぜん》とした。

「こりゃ一大事じゃ！」

欧米連合艦隊が日本の長州へ攻め入り、上陸作戦を展開すると記事に書かれてあった。復讐戦《ふくしゅうせん》という大文字の見出しが目に痛かった。

昨年の五月十日、長州藩は『外国船打ち払い』の勅令を遵守《じゅんしゅ》し、下ノ関の海峡を通過する外国商船に砲弾を撃ち放った。被弾したのはフランスやアメリカの船団だったが、同年七月に薩摩藩もイギリス船に砲撃したので、欧米諸国も見過ごすことはできなくなったのだろう。

わしらはガワー街のクーパー邸に集まり、五人で協議をかさねた。

最年長の聞多が真っ先に持論をのべた。

「近代兵器と戦艦を有する連合艦隊が襲来すれば、わが長州藩は壊滅するだろう。戦力の差は明らかだ。僕は座視できないね。こうなれば一日も早く本土に帰り、攘夷の無謀さを伝えるべきだ。いまなら間に合う」

わしも同調した。

「のうのうと外国暮らしをしとる場合じゃないでよ。長州存亡の、いや日本滅亡の危機だ。いったん留学を打ち切って帰国し、わしらの故郷が焦土と化す前に両国に働きかけ、和睦に導くように説得せにゃならん」

「まさしく正論だな」

弥吉と謹助がうなずいた。

長州という足場が崩壊すれば、英国では五人そろって不法移民に成り下がってしまう。帰国して出直すしか方策はないのだ。

だが頑固者の庸三は、けっして首を縦にはふらなかった。

「おれは帰らんでよ。イギリスにきてまだ半年しか経《た》っちょらん。本格的に工学や政治論を学ぶのはこれからじゃないか。物事を途中で投げ出すのはおれの気性には合わん。たとえ長州藩が、いや武家政権が滅んだとしても、その後の日本のことを考えれば、ここ英国でしっかり学んだことを五年後に持ち帰るほうが理にかなっちょる」

金庫番が在留論を持ち出したので協議は紛糾《ふんきゅう》した。

帰国論の四人がいくら説得しても庸三は聞き入れなかった。わしとちがって一本気な性格なので、こうと決めたら気持ちはゆらがない。

もしやと思って言ってみた。

「庸三、なんか態度がおかしいでよ。出国の際、だれか大事な人に言われたのではないのか。長州で何が起ころうとも五年間は帰国するなと」

「いや、それは……」

一瞬、同輩が口ごもった。

わしは深追いしなかった。彼が憧憬《しょうけい》している先達は一人しかいない。長州藩最高幹部の桂さんだ。不可思議な近代感覚に綾どられた桂小五郎なる長州男児は、わしから見れば途方もない怪人物だった。それこそ百年先の未来から飛来したのではないかとさえ思える。

けれども、庸三にとっては最上の理想像なのだろう。

なので、話を大きく転じた。

「よしっ、ではこうしよう。洋行帰りのわしらが帰郷すれば、攘夷派からも親幕派からも命を狙われる。長州五人組が全滅すれば、せっかく得た知識や海外情報がとだえてしまうじゃろう。とくに最先端の学問は貴重だしな。それを失うのはもったいない。わしと聞多が学んだ政治や外交こそ今回は役に立つ。じゃから帰国者はその二名。残る三名は時機がくるまで英国でそれぞれの専門分野を極めてくれぇや」

病弱な謹助が泣き出した。

「まことに無念です。こんな体じゃ長州に帰っても戦《いくさ》では役に立たん。いや、帰りの長い船旅の途中で倒れてしまうじゃろうし」

「謹助、それなら君はここに残るんじゃな。弥吉はどうなんだ」

「僕も英国に残って勉学にはげむことにする。数年後にかならず帰国し、江戸と京をつなぐ『鉄道』を日本に設置してみせるけぇ」

「よし、これで決まった。庸三、おんしゃは望みどおり工学を学んだのちに帰国し、日本の重工業を一から興《おこ》してくれ」

仕切り役のわしを、悪友の聞多が小突《こづ》いた。

「おい、あまり調子にのるなよ。まるでイギリスの首相みたいじゃないか。とにかく僕と俊輔は長州へ帰って和平工作にのりだすよ。そこで諸君たちにお願いがある。もし調整に失敗して交戦となれば……」

会計係の庸三が初めてうなずいた。

「わかっちょる。緊急帰国費用のほかに軍資金がいるのだろ。五人の持ち金のうちから六割を渡す。大砲は無理だが、新式連発銃なら三十挺《ちょう》は買えるはずだ」

「山尾、ちょっと待て。持ち金を分けるなら五分の二の四割だろ」

小憎らしいほど冷静な声で弥吉がたしなめた。

いらぬことを言いだす弥吉にわしは腹が立った。

「大英帝国から手ぶらじゃ帰れん。われらのリーダー山尾庸三の好意をありがたく受け入れ、六割の軍資金をたずさえて長州に凱旋《がいせん》するでよ。諸君、グッドラック！」

背広姿のわしは聞きおぼえのある英語をまじえ、自由貿易を推進する英国首相のごとく小粋《こいき》なポーズをとった。


劣等生の俊輔が、悪友の聞多と共に緊急帰国した。

笑って語り合える相棒が姿を消し、おれは深い喪失感にとらわれた。せっかく高杉さんの呪縛から逃れたのに、俊輔は再び深い暗殺の森に舞いもどったのだ。

残留組の三人でロンドン市内の美術館や博物館を見学したが、まったく盛り上がらない。おれと同じで、弥吉も謹助も人を楽しませる術《すべ》を持ち合わせていなかった。

俊輔が座を仕切ると笑いが起こる。

話があちこちに飛んで展開が早い。言葉がはずみだす。そうした話術は天性のものだ。英国首相のものまねも堂に入っていた。村田さんが言うように、伊藤俊輔は政治家にむいているのかもしれない。

「こんな時に俊輔がいたらなァ……」

行きづまったとき、思わず口にでる言葉はそれだった。

留学生の担任教官は、化学教授のウィリアムソンさんだ。親日家の彼は浮世絵のコレクターで、日本の歴史や文化についても知りたがっていた。

夏期休講の前日、おれはウィリアムソン教授の研究室に呼び出された。時折英会話をまじえ、ゆっくりと一問一答方式で筆談した。

「ミスター・ヤマオ。お聞きします。サムライとは何者ですか？」

「お答えします。ハガクレという書物によると、サムライの本分は真っ先に死ぬことだと記されています。でも私はそうだとは思いません」

「ほう、とても哲学的ですね。では次の質問。あなたがイギリスにやって来た一番の理由は何ですか？」

「生きるためです」

「それもまた哲学的ですね。ユニバーシティ・コレッジへの入学志願書には工学部で勉強したいと書かれてあります。それはあなたが生きる事につながっているのですか?」

「まったくつながっていません。生きるのは自分のためです。イギリスで工学を教わるのは、日本人留学生としての私の義務です」

筆談のペンをとめ、ウィリアムソン教授が英語で話しかけてきた。

「ミスター・ヤマオ。あなたはおもしろい人ですね」

「そんなことを言われたのは初めてです。私はつまらない人間です」

「日本人はみんなシャイですね。もっと自分に誇りを持つべきですよ」

「日本にもいろんな人がいます。私の友人のシュンスケ・イトウは、とても外向的でおもしろい人間です」

「まさか、あの無口な若者が外向的ですって!」

「はい。彼は英語がうまく話せないので、そう見えたのだと思います。彼はもう日本に帰ってしまいました」

とても残念でさびしいという思いを、おれは身ぶり手ぶりで伝えた。

気持ちが伝わったらしい。初老の教授が大きくうなずいた。椅子から立ち上がり、中腰になってハグされた。香水の匂いがやたら甘かった。

夏休みの期間、おれは大学の図書館に通ってイギリスの福祉政策について調べた。

たぶん、それは心の奥底に秘めている罪悪感から逃れるためだと思う。二年前に自分が主導した無謀な天誅《てんちゅう》を、おれはまだひきずっていた。

あの事件の前日、塙次郎さんが行った特別講義の主題は『弱者救済』だった。

授業の中で『福祉政策』という言葉を初めて耳にした。福祉という概念をほとんどの日本人は知らない。おれもその一人だった。

そのとき聞き流した大学者の言葉が、いまごろになって鮮明によみがえってきた。

『イギリスは産業革命を成しとげ、その潤沢な資金を貧民らにほどこしております。これを福祉政策と申します。また西欧諸国では、目や耳に障害のある人々を救うため盲啞《もうあ》学校を創設。およばずながら私も、わが国で障害者のための学校づくりをめざす所存にて』

思い返すたび胸が痛む。もしおれがイギリスにやって来た理由が本当にあるとすれば、それは日本の大学者の遺志を継ぐためではないのか。漠然とそんな風に感じた。

弱者救済と障害者らの学校づくりは、しっかりとつながっている。塙次郎さんの実父は盲目であり、おれの姪《めい》っ子も聾啞者《ろうあしゃ》だ。いつもそばで見ていたので、『盲啞学校創立』の切実さが誰よりもわかる。

志なかばで横死した大学者の無念は、実行犯のおれがいちばんよく体感している。日本において障害者救済を実現できるのは、相手を殺《あや》めたおれしかいない。

一ヶ月かけて調べたが、障害者政策の研究書は少なくてその歴史も浅かった。

盲人教育は、わずか七年前にデンマークで義務化されて国営の学校が建てられた。翌年にドイツでも盲目や聾唖児童らの八年間教育が実施されたばかりだった。どの先進国も、やはり弱者や障害者への支援はいちばん後回しになるらしい。

これなら昔から座頭制度の整った日本のほうが、ずっとすぐれた福祉国家なのではないかと思ったりもした。

座頭の「座」とは西洋のギルドのことだ。日本の盲人団体は、幕府から独占的な職種をあたえられていた。言葉が通じるかれらは按摩《あんま》や鍼灸《しんきゅう》などで経済的に自立した暮らしが送れる仕組みが出来ている。

一方、聾唖者たちは捨て置かれている。諸藩においても互助組織がなく、難聴の子供たちは文字を習得する機会にめぐまれない。そのため筆談で意思疎通もできず、盲人らのように独自の生活手段を持てなかった。

故郷にいる姪の行く末を思うと哀れでならなかった。帰国後に公務としてなすべきは工業の新興だが、私的な目標は盲唖学校の創立に定めた。

『贖罪《しょくざい》……』

イギリスのキリスト教徒らが多用するこの言葉は、いまのおれの心情にぴったりとあてはまった。無実の人を殺めた罪は消えないが、その人の善行を引き継ぐことで安らぎを得たかった。

ひとりよがりの考えだった。

もちろん犯したあやまちは帳消しにはできない。しかし心の病が最終的に癒《い》えるのは、塙次郎さんにかわって日本に盲唖学校を建てた時だろう。

渡英二年目の初冬、おれはロンドンのマセソン本社を訪れた。毎月小切手で渡される生活費を受け取るためだが、なぜか控え室で二時間も待たされた。

やっとOKが出て応接室に入った。

待っていたヒュー・マセソン氏は沈痛な面持ちだった。銀髪をかきわけ、マセソン氏がゆっくりとわかりやすい英語で言った。

「悲しいお知らせがあります。こうして私が話すより、日本から届いた報告書を読んだほうがいいですよね。どうしますか」

「はい。会話より文章のほうが理解しやすいです」

つたない英語でこたえ、おれは報告書を受けとった。

マセソン氏が念押しした。

「よろしいですか。読み終わっても、けっして絶望しないように。これは横浜支店のケズウィック支配人が書いたものです。伝聞がまじっていますので、どこまで真実かはわかりません。だから気をしっかりもって」

「わかりました」

おれは感情をおさえて会釈した。

帆走郵便船は八ノットの平均速力で走れる。それでも横浜からロンドンまで四ヶ月はかかる。つまり報告書の文面に載っているのは本年度八月までの日本の情勢だ。前もって注意をうけていたのに、五ページにわたる記述はおれを絶望の淵《ふち》に叩《たた》きこんだ。

商取引先の長州藩について客観的に書かれていた。マセソン商会の情報収集能力は高い。日本の政情にどこよりも精通していた。

文面によると、今年の七月に長州軍一千が京へ攻め入り、『王宮のミカド』を誘拐しようとした。都を守っていた幕府軍二万は、これを撃退して長州軍は全滅。さらに幕府は長州征伐の軍勢十万人を集め、長州へ進軍中だという。翌八月には、欧米連合艦隊が下ノ関を砲撃して勝利し、上陸作戦を開始したとも記されていた。

さらに末尾には、ケズウィックさんの個人的感想としてこう書かれてあった。

長州軍は兵力が足らず苦戦しているが、その敢闘精神はすばらしい。なぜなら戦闘員は正規兵だけではなく、長州内の農民や漁民、それに女子供までが石つぶてを投げて抵抗をつづけているからだ。誇り高いかれらは死ぬまで戦うことをやめない。このように勇敢な民族を、われわれ西洋人が武力によって従わせることはできないだろう。

涙がとまらなかった。

英国に残留している自分を恥じた。

長州人はすべて、おれが嫌っている武士の末裔《まつえい》なのだ。かつて関ヶ原の戦いで敗者となった毛利氏は領国のほとんどを没収され、本州の西端へと追いやられた。多くの家臣たちは禄《ろく》を失ったが、それでも防長二国にちらばって農民や漁民として生き抜いてきた。

二百六十数年の長きにわたって、武力討幕が全員の悲願だった。わが山尾家もその一員だ。それを成すためなら、藩そのものが滅んでもかまわなかったのだ。

他郷の者は、それを『長州の狂気』と呼んでいる。おれもこれまでの自分をかえりみて、その通りだと思う。

わずか一千の寡兵《かへい》で都に突入し、玉座奪取を図った長州人らは二万の幕府軍と戦って全滅した。千対二万。勝てるわけがなかった。犬死に等しくても、かれらは積年の思いを遂げたのだ。

その中には多くの友人知人がまじっていたはずだ。もしかすると、日本に帰国したばかりの俊輔や聞多も戦死したかもしれない。たぶん暴れ者の高杉晋作さんは、真っ先に敵陣へ斬りこんで憤死したにちがいない。

憧憬する桂小五郎さんの身の上が案じられた。無敵の剣士だが、敵の銃弾はさけきれない。どんな強者も不死身ではないのだ。

それを思うと泣けてくる。

長州は崖っぷちに追いつめられた。徳川幕府に従う諸国大名の『長州征伐』の大軍を、たった一藩で迎え撃とうとしている。

それだけではない。報告書の文面にもあるように、欧米連合艦隊が下ノ関に襲来した。西洋列強の艦砲射撃をうけ、きっと下ノ関の港町は壊滅しただろう。それでも長州はひるまない。女子供までが死にものぐるいで戦っている。

長州の狂気は頂点にまで達した。

そして、ついには全世界を相手にして絶望的な戦いに身を投じたのだ。

「すまん……」

おれは読み終えた報告書を机に置いて窓辺に立った。そして、遥かな長州の空へ涙ながらに両手を合わせた。

第八章　グラスゴーの歌

こうして生きているのが不思議なぐらいだ。

わしは崖っぷちまで追いつめられていた。あたりには敵影が満ちている。仲間のほとんどが先をきそって死んでしまった。

イギリスから一緒に帰国した聞多も無事ではいられなかった。

豪胆な聞多は単身で萩城へと乗りこみ、藩主と直談判《じかだんぱん》した。しきりに開国論をぶち、英国艦隊との和平案を真顔で述べたらしい。

襖《ふすま》ごしに聞き耳を立てていた藩の重臣たちは、怒り狂ったにちがいない。小姓上がりの聞多が西洋かぶれの佞姦《ねいかん》と映ったろう。

日をおかず、暗殺指令が発せられたと思われる。山口政事堂からの帰途、聞多は藩内の攘夷《じょうい》派の連中に襲われてめった斬りにされた。血まみれの死体は上湯田《かみゆだ》の自邸に運ばれたというが、まだ葬儀は行われていないようだ。

当然、英国から一緒に帰郷したわしも刺客らの標的とされている。身の危険を感じ、すぐさま山口盆地から遁走《とんそう》した。

「俊輔さん、どねぇしたん。えろう考えこんじょるけど」

手枕で寝ころんでいると、帰宅した梅子が心配そうに声をかけてきた。

彼女には何も状況を話していない。一月《ひとつき》前に下ノ関の隣町の長府《ちょうふ》に家を借り、梅子と二人でひっそりと身をひそめていた。

半身を起こし、わしは畳の上にあぐらをかいた。

「遠い異国から帰ってきてえろう疲れちょる。もうどこへも行きとうないでよ」

「あんたの笑顔が大好きじゃけど、真剣な顔も悪うないちゃ。きっとイギリスでも目の青いおなごをいっぱい泣かせたやろうね」

「泣いたのはわしじゃ。おまえに逢《あ》いとうなって半年で帰ってきた」

「また、うちを嬉しがらせて」

「嘘《うそ》なんか言わん」

本心だった。

梅子の肌がひたすら恋しかった。公式の帰国理由は欧米連合艦隊の長州攻撃だが、わしにとっては梅子の存在のほうが大きかった。激烈な艦砲射撃が始まる前に、なんとしても港町から避難させたかったのだ。

買ってきた茶菓子を二人で食べた。

煎茶をちびちび飲みながら梅子が言った。

「こねぇに幸せじゃと、萩のすみ子さんに申しわけないね。お兄さんが京で亡くなり、亭主のあんたもこうしてうちと一緒におりんさるし」

「兄の入江九一さんの訃報《ふほう》は手紙で萩に伝えたが、ごっぽう寝ざめが悪うてな。わしの心の弱さから祝言まで挙げてしもうて、おまえにもすみ子にもすまんと思うちょる」

「うちゃ別れられんけぇ。妾《めかけ》のままでええ。あんたも武士に出世したし、やはりお育ちの良いすみ子さんがお似合いじゃがね」

男にとって梅子は都合のいい女だ。物わかりがよすぎる。

幼いころに下ノ関の置屋に売られ、あきらめぐせが身に染みついている。男にだまされても泣き顔をみせなかった。わしみたいなろくでなしには格好の女だった。

だからこそ武家娘と別れ、三味線芸者を正妻に迎えると決心した。

勝手な理屈だが、男は一人の女しか幸せにできないことにやっと気づいた。正妻のすみ子は誇り高い。品性の劣るわしと暮らしても不幸が重なるだけだろう。

「それにしても、みんな死んでしもうたな……」

「俊輔さん、あんたは生きちょるよ」

「わしゃ昔から運がええからな」

力なく苦笑した。こうして惚《ほ》れた女とぼんやり暮らしていると、やはり他人の死が遠く感じられる。

働き者の梅子が台所に行って茶碗を洗いはじめた。

わしはまた寝ころんで追想にふけった。

玉座奪還のため京へ進発した長州軍は血泥にまみれた。ほぼ全滅状態だった。一千人の長州男児らが二十倍の敵軍と戦い、一歩も退《ひ》くことなく王城の地で倒れ伏した。

伝令として国許《くにもと》へ帰還した長州兵は十数名にすぎない。

戦場視察のため軍監として京へおもむいた桂小五郎さんは、会津《あいづ》軍との激戦にまきこまれて生死不明だった。英国にいる庸三が知ったら嘆き悲しむだろう。

戦死者の中には、指揮官久坂玄瑞や参謀入江九一の名前もあった。その一月前には、わしと同い年の吉田稔麿が京の池田屋《いけだや》で新撰組と激闘を演じて斬り死にしている。

松門四天王のうち、三人までが二ヶ月間で憤死したのだ。

三人とも二十代の若さだった。

総大将として長州軍をひきいた久坂さんは二十五歳だ。伝令の品川弥二郎《しながわやじろう》の話によれば、あと一歩のところまで禁裏に迫ったらしい。捨て身の長州軍は、多勢の幕府兵を蹴散《けち》らして蛤御門《はまぐりごもん》にまで到達した。

禁裏の天皇を奉じ、長州へ西下する戦略は成功しかけたのだ。

だが長州の政権奪取を嫌った西郷が、薩摩鉄砲隊をひきいて出動してきた。

突撃隊長の来島又兵衛さんが狙い撃たれた。馬上の来翁は転げ落ち、長州兵たちもばたばたと撃ち殺された。他の長州部隊も退くことを知らなかった。白刃《はくじん》をきらめかせて数十倍の幕府軍へ突撃をくりかえし、洛中の各所で斬り死にしていった。

長州軍の若き指揮官も右足に鉄砲傷を負った。そして、弾丸が飛び交うなかで二名の伝令に最後の指令を発した。

「万策尽きた。もはや、これまでだ。僕たちの死にざまを高杉に伝えてくれ。われらは負けたわけじゃない、ただ死に行くのみだと」

入江九一と品川弥二郎にそう言い残し、久坂さんは鷹司邸内で同門の寺島忠三郎《てらしまちゅうさぶろう》と刺しちがえて自刃した。

参謀の入江さんは生きて帰還する気など毛頭なかった。みずから囮《おとり》役となり、鷹司邸の塀上に傲然《ごうぜん》と姿をさらした。

「来いやーッ」と叫び、その声は弥二郎の耳にも届いた。そして敵兵の投げた手槍《てやり》が顔面に突き刺さり、壮烈な戦死を遂げたという。

敵将の首級をねらう越前兵《えちぜんへい》らが表門近くに殺到する中、弥二郎はからくも裏木戸から脱出できたと述べていた。

「伊藤さん、俺らは負けやせん。長州最後の切り札が、まだ一枚残っちょる」

伝令の弥二郎が涙まじりに言ったとき、わしも真顔でうなずいた。

「おう、松門筆頭の高杉晋作は戦神《いくさがみ》じゃけぇな」

だが当の高杉先輩は藩命に逆らった罪で、出陣前に萩の野山獄に投じられていた。

そのことが生死を分けたのだ。わしの場合も日本への帰国があと半月早かったら、松陰門下生として戦場へ出立し、京洛で命を落としていただろう。

長州の不運はつづき、翌月には欧米連合艦隊が下ノ関に襲来した。艦砲射撃によって沿岸の砲台は吹きとばされた。一時的だが海兵も上陸した。かれらの主目的は侵略ではなく、巨額な賠償金の要求だった。

西洋の神だけでなく、日本の神仏も人を試すのがお好みらしい。

そこで口達者な聞多が知恵を働かせた。

「この難局を解決できるのは、度胸のすわった高杉晋作しかおりません。さらには同門の伊藤俊輔も英語が堪能なので、米英との交渉には通訳として役立ちましょう」

寵臣《ちょうしん》だった聞多は藩主を説き伏せ、まんまと高杉先輩を出獄させた。

萩の塾生の中で、最終的に生き残った活動家は高杉先輩とわしだけだ。喧嘩《けんか》や女遊びに明け暮れていた二人が、存亡の危機に立つ長州を救う役目を背負わされたのだ。

わしは、出獄した高杉先輩と一年半ぶりに再会した。

やつれた様子はなく、生気に満ちていた。親しい仲間たちが京で討ち死にしたというのに、みじんも感傷的な表情をみせなかった。

「俊輔、ついに僕たちの出番だな。残った二人で暴れまわってやろうぜ」

どこまでも強気だった。

そのことがわしは無性にうれしかった。破天荒な先輩と一緒なら、たとえ地獄とやらでも笑って同行できる。ふと気がつけば、松陰門下生の末席を汚していたわしは、なんと二番手にまでくりあがっていた。

なぜだか妙に居心地がよい。

和平交渉役に任じられた先輩は、連合艦隊のクーパー提督と激しく渡り合った。何ひとつ譲《ゆず》らなかった。わしと聞多が通訳として会談に立ち会った。相手がわの通訳アーネスト・サトウ氏は日本語も達者だった。ほとんど彼が両者間の激論を訳した。

高杉先輩は不敵な笑みを浮かべ、脅迫してくる赤ら顔のクーパー提督を手玉にとった。

上海遊学の経験もあり、居丈高な白人への対抗策を会得していた。

「見てのとおり、長州人は死を恐れていない。最後の一人になるまで戦いつづける。俺はそれを伝えに来た。貴殿らが賠償金が欲しいと望むなら、『外国船打ち払い』を命じた徳川幕府へ脅しをかければいい。臆病なショウグンは頭を下げて金をだすだろうから」

わしの目から見て、それは和平交渉というより、ならず者同士の悪だくみに近かった。

結局、すべての責任は将軍にあるということで妥結した。莫大《ばくだい》な賠償金も幕府が支払う羽目になった。高杉先輩特有の詭弁《きべん》により、長州は一坪の土地も割譲せず、一両の金も支払わなかった。

一件落着と思われた。

しかし西洋人に膝を屈したと誤解され、藩内の攘夷派の怒りをかった。そのせいで聞多は数人の刺客たちに斬りきざまれたのだ。

二日前、雲隠れしていたわしに連絡が入った。

九州へ逃亡している高杉先輩からの密書だった。

密書が届くと、ろくなことが起こらない。またも無理難題を言ってきた。今回の指令はとても実行できそうになかった。大物の政敵や卑劣な密偵ならまだしも、先輩が殺そうとしているのは同志だった。

　標的の名は赤根武人《あかねたけと》。

　これまで共に討幕運動に身を捧げてきた高潔な志士なのだ。文面には罪状すら記されていなかった。これは、もはや天誅《てんちゅう》ではなくて私的な殺人指令だ。

　どうすべきだろうか。同志暗殺。そこにどんな整合性があるというのか。わしは一晩考え抜いて結論に達した。

　殺すしかない。

　なぜならわしは場数を踏んだ練達の刺客なのだ。この手はすでに他者の血で穢《けが》れている。それによって十分の地位を得たともいえる。藩費留学生として渡英できたのも褒賞《ほうしょう》の一つだろう。

　これまで『天誅』の名の下に複数の人間を刺殺してきた。殺すべき者を殺さず、殺さなくていい人物の命を奪った気がする。

　そのことで同輩の庸三のように悩んだことはない。ほぼ無感情だった。だが、いまとなればそれも怪しくなってきた。もしかすると、殺しをくりかえして上書きすることで、罪の意識を薄めてきたのかもしれなかった。

「どねぇしたん、俊輔さん。また考えこんじょる。あんたらしゅうないよ」

　部屋にもどってきた梅子に注意された。

「あ、すまん」

「武士になると気苦労が多いじゃろうし。もしつらいンなら、うちがまたお座敷に出てもええんよ。あんたは家でのんびりと」

「そうはいかん。こう見えても英国帰りの紳士じゃからな。女性にはやさしゅうする」

「うん、あんたほど甲斐性《かいしょう》のある男はおらんしね。うちみたいな三味線芸者を大金を積んで身請《みう》けしてくれて」

わしは視線をそらした。四十両の身請け金を『伊藤俊輔』の名で置屋へ送ったのは、じつは留学生の会計をあずかる庸三だった。

梅子がなんでもなさそうに話をつづけた。

「あんたと一緒に稲荷町《いなりちょう》を歩いちょったとき、下駄屋の前でご挨拶《あいさつ》しただけなのに、渡英の直前に山尾さんからお手紙をもろうたんよ」

「えっ、庸三から。なんと書いてあった」

「俊輔はかならず無事に帰国させる。だから身を持ちくずさず、ちゃんと待っておきなさいと。まるであんたの姉みたいなお人じゃね」

「はっはは、姉か。当たっちょるで」

笑ってごまかしたが、脇汗がとまらない。どうやら梅子は、身請け金の出どころを感づいているようだった。

立ち上がった梅子が、風呂場の裏手へとまわった。

「一番風呂に入りんさい。すぐに湯をわかすけぇ」

わしは快活に返事した。

「おう、待っちょるど」

「お風呂のあとは、夕餉《ゆうげ》の膳をかこんで二人で一緒に飲もうや。今朝、長府の良い地酒が手に入ったんよ」

「梅子、悪いけど用事があるんじゃ。たぶん今夜は帰るのが遅うなるけぇ、おまえは先に寝ちょけ。もし話が長びいて泊まりこみになったときは、高杉さんに連絡を入れろ」

「……どねぇな風に」

「一足お先に。とでも手紙に書いとけ。それで通じるけぇ」

生きて帰れるかどうかわからない。

長府城下の小さな料亭に赤根さんを呼び出し、その帰路に背後から突き殺すつもりだった。急所を突き刺せば人は死ぬ。簡単なことだ。そのことは二度にわたる謀殺で身についていた。

しかし、才人の赤根さんが気づいて先手を打ってくる可能性がある。

気配りのできる彼は隊士たちに信頼されていた。親赤根派の連中に一声かければ、わしを待ち伏せして討ちとることは容易だった。

料亭中清《なかせい》の二階座敷で赤根さんと会った。長身で顔の彫りも深い。その容姿は指導者としてふさわしい。周防大島の農村医のせがれで志士歴も長かった。

若くして上京し、儒学者梅田雲浜《うめだうんぴん》に師事して筆頭弟子になったという。

『安政の大獄』の折も大活躍した。師・雲浜が幕吏らに捕縛される直前、関係者の書類などをすばやく焼却して罪科が他に及ばないようにした。その後、長州へ舞いもどって松下村塾にも顔を出すようになった。

松陰先生の直弟子《じきでし》ではなく、秀《ひい》でた聴講生という立場だった。

いつしか高杉先輩と行動を共にして奇兵隊創設にも参加した。もし出自が周防の農民でなかったら主将の座にすわっていただろう。

わしが長府にまで逃れてきたのは、じつは赤根さんを頼ったからだ。現在の彼の地位は『奇兵隊総督』だ。束ねる隊士数は八百人余だが、長州内では萩の正規藩士につぐ兵力だった。

奇兵隊の中には攘夷派の者たちもいるが、赤根さんがわしの身を守ってくれていた。

総督赤根武人は、いわばわしの命の恩人だった。

今夜、その恩を仇《あだ》で返す。

相手を油断させるため、帯刀していた太刀を少し離れた壁ぎわに立てかけた。悪心を隠し、わしは例によって作り笑いを浮かべた。

「赤根さん、いつ見ても好男子ですな。中清の女中らがうっとり見とれちょったでよ」

「伊藤くん、いつもながらのなめらかな弁舌だな。まずは一献《いっこん》」

「頂戴いたします」

盃《さかずき》につがれた酒を飲みほした。

赤根さんはすっかりくつろいでいた。ずっと西洋への憧れがあるらしく、しきりに渡英した者たちへの賞賛を口にした。

「すごいよ、君たち五人は。日本人として初めてロンドン大学で学んだのだからな。とくに山尾くんは僕と同じ周防育ちだし、うらやましいかぎりだ」

「ええ。生真面目《きまじめ》な庸三は造船を学びたいちゅうことでイギリスに残りました。つまり劣等生のわしと聞多が、勉強をほっぽりだして帰国したんですちゃ」

「下ノ関での和平交渉では、通訳の役割をきちんと果たしたのだから立派なものだよ。いずれ僕も渡米したいと思ってる。なにせアメリカ大陸はでかいからな」

赤根さんが目を輝かせて言った。

やはり海辺で育った者たちは、海外雄飛の思い入れが人一倍つよいらしい。山尾庸三と同じく、赤根武人なる男もまた根っから冒険家なのだと思った。

わしは少しおもねるような口調になった。

「イギリスと同じ英語圏だし、その時は一緒に行きましょうや」

しぜんに話が弾む。

こうして親しく二人で語らっていると、自分の任務を忘れそうになる。

以前にもこんな場面があった。高槻藩士の宇野八郎を騙《だま》し討ちした際も、根津遊廓《ゆうかく》の二階座敷で親友のごとく歓談した。結局は殺したが、少なくとも奴には『幕府の密偵』という嫌疑がかけられていた。

赤根さんを葬りたいという高杉先輩の気持ちが少しはわかる。

すぐに飽きて、他人にあげた玩具がまた欲しくなったのだろう。つまらない玩具同様の奇兵隊こそ、長州藩を牛耳る俗論党を打ち倒す最終兵器なのだ。

初代奇兵隊総督の高杉さんは、わがままで他者への思いやりがない。せっかく自分が創設した奇兵隊を、面倒くさいという理由だけで赤根さんに譲ってしまった。そのせいで、いざ決起という段になって手兵が一人もいなかった。

先輩の話によると、赤根さんは奇兵隊の存続だけを熟考しているらしい。

藩の俗論党政権に叛旗《はんき》をひるがえす気は毛頭ないようだ。当然のことだと思う。奇兵隊員の大半はその日暮らしだ。農家の二男三男が食いぶちを求めて集まったのだ。赤根さんは大勢の無駄飯食いを抱えていた。しかも藩からは解散命令まで出ていた。

解散を先のばしするため、知恵者の赤根さんは奇兵隊を長府へと移動させた。長州支藩の一つである長府藩には、都落ちした三条実美《さんじょうさねとみ》卿らが寄寓している。そうした長州寄りの公卿たちの警固役として奇兵隊は駐屯することになった。

さっと盃を膳に置き、赤根さんが正面からわしを見た。

それから世間話のように軽やかな口調で言った。

「伊藤くん、刺す気だろ。それで僕をここへ呼び出した。ちがうかね」

「何言うちょるんですか。行き場のないわしを救うてくれた恩人に刃《やいば》を向けるなんて」

「君の本性は知ってる。手練《てだ》れの殺し屋だ」

「それは根も葉もない噂ですちゃ」

「江戸の桜田藩邸で幕府の密偵を刺し殺すのを、ちゃんと拝見したよ」

否定しても無駄だった。二年前、わしが行った卑劣な殺害現場を見られていたのだ。

赤根さんは憎たらしいほど落ち着きはらっていた。

「あの時と同じで、指令者は高杉くんだね。数日前、奇兵隊の全権を初代総督の自分に返せと手紙で言ってきた。もちろん断った。彼が指揮をとれば、八百名の隊士らは使い捨てられてしまうからね。現総督の僕には諸隊の者たちを生かす義務がある」

「同感です。わしもいまは諸隊の小隊長で、三十人ほど大男らを抱えちょりますし」

「巨漢ぞろいの長州力士隊か。まったく手に負えんよ。訓練の行き届いた奇兵隊最強の小隊だからな。僕を殺す気になればいつでも実行できる」

「そうですね」

「じっさい萩の塾生たちの絆《きずな》の強さにうんざりしてるんだ。いつだって死ぬか生きるかの決断を迫ってくる。伊藤くん、ここで決めてくれんか」

「少し考えさせてください」

帰国の折、庸三から軍資金を渡された。

わしは連射のできるゲベール銃を三十挺《ちょう》ほど買いこんだ。それを若い隊士らに渡し、連発銃の使い方を教えたのだ。銃一挺は三十人の歩兵に匹敵する。

つまり三十人の力士隊をひきいるわしは、千人近い大隊の指揮官ともいえた。

高杉先輩の密書には、『赤根を葬れ』と記されていた。

ならば、それに従おう。

「赤根さん、あんたの言うことはすべて正しいで。じゃけどわしゃ高杉先輩の指令にゃ逆らったことがない。腐れ縁かもしれん。だから今夜中に屯所《とんしょ》から脱走しんさい。先輩はあんたがめざわりなだけなんじゃ」

「なるほど。では、ちょっと失礼して厠《かわや》に」

赤根さんは一礼して階下へ下りていった。そして、そのまま姿をくらました。

総督脱走。

それによって志士としての輝かしい経歴は葬り去られた。わしにしてみても、なまぬるい殺人未遂は後味が悪かった。

やはり殺しておくべきだった。

二日後、高杉先輩が長府の奇兵隊駐屯所へ馬でのりこんできた。下馬するなり、大声でわしの名を呼んだ。

「俊輔ーッ、出てこい！」

すごい剣幕だった。

あわてて玄関先へ向かうと、先輩が両頬《りょうほお》のあばたを朱に染めて怒り狂っていた。

「貴様、赤根を逃がしたろうが。なぜ息の根をとめなかった」

周囲に隊士たちがいるのに、先輩は平然と『総督殺し』を口にだした。

極秘事項を指令者みずからが暴露した。さすがにわしも腹が立った。英国帰りの中堅幹部を、殺し屋として使う無神経さがゆるせなかった。

「赤根さんは危険を察知して逃げだしよった。そんなことが起こるとはだれも予想できん。先輩、言うちょきますが、これでもわしは力士隊の小隊長じゃ。配下の前で怒鳴《どな》られたら示しがつかん。文句があるんなら軍議の席で言うてください」

「……わかった。そうしよう」

従僕がわりに使ってきた後輩に初めて反論され、高杉先輩は少しうろたえていた。

それに奇兵隊の連中は、身勝手な初代総督に反感を抱いている。大勢の者たちが自分たちと同じ農民上がりの現総督に同調していた。逃亡者のわしが隊士らに受け入れられたのも、かれらと同類だったからだ。

長州藩上士の高杉先輩は、あきらかによそ者だった。

すると騒ぎを聞きつけた奇兵隊の軍監が、手槍《てやり》を小脇にして立ちあらわれた。

名は山県狂介《やまがたきょうすけ》。松陰一門と自称しているが、身分は足軽以下の中間《ちゅうげん》だった。わしとは幼なじみで、仲は良くも悪くもなかった。

癒《い》やしがたい劣等感がその顔に刻まれていた。赤根さんとちがって志士歴はまったくない。松下村塾には、二度ばかり顔を出しただけの無名の男だ。だが、いまの奇兵隊を実質的に仕切っているのは狂介だった。

その名のとおり暗く狂気じみた面相で言った。

「おひさしぶりです、高杉さん」

「おう、山県か」

「軍議の席は整っちょります。諸隊の小隊長ら十三名が隊士たちの代表として出席いたしますので、よろしくご指導ください」

「逃げだした赤根には奇兵隊総督の資格がない。これからは創設者の僕が指揮をとる」

「高杉さん、あまり大声で騒がないほうがいいですよ。ご存じのように奇兵隊は手に負えない荒くれ者ばかりですから」

そう言って、狂介が上目づかいに凄《すご》みをきかせた。

奇兵隊は庶民諸隊で構成されている。僧侶隊や神官隊、そして近在の農民八十名が組織したエレキ隊という奇抜なものまで交《ま》じっていた。自然発生的に育った奇兵隊は、すでに創設者の思惑の外にあった。

軍議は先輩の思うとおりには運ばなかった。

諸隊の代表者たち全員が、反高杉で固められていた。奇兵隊が支藩の長府で決起し、萩の長州本家へ攻め入るという作戦は絵空事とみなされたのだ。

わしも無理だと思った。対幕戦で疲弊しているが、まだ長州藩は萩に三千人の将兵がいる。また瀬戸内の三田尻《みたじり》港には長州海軍の戦艦が三隻も停泊中だった。

装備も兵数もこちらが格段に劣る。奇兵隊は烏合《うごう》の衆だ。戦艦から一発砲弾を食らえば、全員が逃げ散ってしまうだろう。

激昂《げっこう》した高杉先輩は、ついに言ってはならない禁句を吐き出した。

「おまえたちは腰抜けだ。そもそも総督赤根武人など、帯刀もゆるされぬ周防の農民じゃないか。

どこに志士としての誇りがある。僕は毛利家恩顧《おんこ》の家臣だぞ。命を投げだす覚悟もないのに、武士きどりで奇兵隊を名のるなんて恥ずかしいかぎりだ」

その場にいたわしは、これで終わったと思った。身分制を持ち出し、こんなところで自身の優位を唱えても逆効果だ。

狂介が小隊長らの決を採《と》った。十三人のうち十二人までが反対票を入れた。

決起に賛同したのは、わしが指揮する長州力士隊だけだった。相撲取りの一団ということではなく、力自慢の若者たちを選抜した精鋭部隊だ。連中はわしが英国から持ち帰ったゲベール銃も操作できる。現時点ではまぎれもなく日本で最強の兵士たちだろう。

武士きどりのわしは命を投げだす覚悟だった。悲壮感などない。いつだって高杉先輩が思いつくことは破天荒で、とてつもなく面白いのだ。

力士隊三十。萩の正規藩士三千。

身分も兵数も差がありすぎる。百倍の敵に喧嘩をふっかけるなど前代未聞の快事だろう。そこを勝ち抜き、つづいて討幕戦でも勝利する。

たった三十人の命知らずの若者が、腐りきった現状を打破して未来を切りひらくのだ。もし日本の神仏が奇跡を起こせるなら、この場面しかないと思った。

そして奇跡は起こった。

英国に残留したおれたち三人は鬱々《うつうつ》と月日をやりすごしている。

長州が危機に陥《おちい》っていることを知り、三人ともに自責の念にかられていた。謹助などは部屋にとじこもり、大学の講義にも顔を出さなくなった。すっかり心身の平衡を失っている。その症状は数年前のおれと似ていた。

ユニバーシティ・コレッジに通うおれと弥吉も気が重かった。担当教官のウィリアムソン教授は熱心すぎる。勉学だけでなく、英国紳士としてのふるまいをきびしく教えこまれたのだ。

とくに酒のたしなみかたは、下戸《げこ》のおれには苦痛でしかなかった。

スコッチ・ウィスキーはアルコール度が高すぎる。グラスで一口飲むだけで気が遠くなった。酒豪と称する弥吉も、ストレートで五杯飲んだところでぶっ倒れた。体格のよい英国人にくらべ、小柄なおれたちはおしなべて酒に弱いようだ。

「サムライは剣の達人なのに、アルコールには勝てないようですね」

ウィリアムソン教授は愉快げに笑っていた。

俊輔らが帰国した翌年、思いがけなく故国の同胞と出会った。薩摩藩の留学生たちがユニバーシティ・コレッジに次々と編入してきたのだ。長州藩に遅れまいとして、二十名ほどの藩費留学生をロンドンへ派遣したらしい。

日本では長州と薩摩は仲が悪かった。同じ勤王派だが両藩は主導権争いに明け暮れていた。けれども、異国の地であれば話は別だ。これまでの遺恨を捨て、すぐに親好を結んだ。たがいに手を握り合わなければ、とても英国では暮らせない。

それに両方とも国禁を犯した密航者だ。いわば本物の同志だった。

キャンパス内のベンチで英字新聞を読んでいると、日本人ばなれした容貌の留学生に声をかけられた。

「もしかすっと長州の山尾庸三さァじゃなかと。俺《おい》は薩摩からきた五代友厚《ごだいともあつ》でごわす。どうぞお見知りおきを」

「おう、五代くんか。君の噂は薩摩藩大目付の町田久成《まちだひさなり》さんから聞いちょるで。英国女性がふりかえるほどの美男じゃと。本物はそれ以上だな」

「こりゃ出だしから一本とられもしたな。おいも聞いておりもす。山尾さァは『至誠の長州男児』だと」

「なに言うちょるんかい。どうせ皮肉まじりじゃろうが」

「そいから、もう一人の野村弥吉どんは『のむらん』でごわんど」

日本人同士なのに、おたがい訛《なま》りがきつすぎる。

おれは首をひねった。

「ようわからん。どげな意味じゃ」

「先日、ロンドンの酒場で一緒に飲みもした。えろう酔うて騒いで酒乱のごとある。されば野村の酒乱。よって薩摩の者《もん》は野村どんを『のむらん』と申しておりもす」

「はっはは、よう言うてくれた。あいつのから み酒にゃおれも手を焼いちょったけぇ。とにかくみんな仲良うやろう」

おれはひさしぶりに腹の底から笑った。

顔の出来はちがうが、五代さんは俊輔と同じく諧謔《かいぎゃく》精神の持ち主だった。

こうして間近で語り合えばうちとけることもできる。産業革命を成しとげた英国に追いつくには、せまい日本で角突き合ってはいられない。開国政策をとる長薩が提携し、旧弊《きゅうへい》な幕府を倒して新政権を樹立せねばならないと感じた。

同じ感想を五代さんがもらした。

「本来、薩摩と長州は討幕の同志でありもはんか」

「また歴史を顧《かえり》みれば、関ヶ原の戦いでは同じ西軍じゃしな」

「そういえば、三年前に遊学先の上海で高杉晋作さァに声をかけられ、留学生同士で仲良うなった。ほんなこつ面白かお人で、英国領事館の前で阿片《あへん》をスパスパ吸いなはったとです。阿片戦争をひきおこしたイギリス人への当てつけじゃと大いばりでごわした」

「高杉さんのやりそうなことだ」

「あン人が基準で、長州人はすべて大酒飲みの暴れ者と思うとったが、山尾さァは修験者《しゅげんじゃ》のごとある。なんもかんも節制して勉学に打ちこんでおられもすな。それにしてん辞書も持たず英字新聞を読めるとは」

「買いかぶりじゃで。こうして二年近くイギリスにおりゃ、新聞ぐらいだれでも読めるようになるいね。われながらつまらん男なんじゃ」

謙遜《けんそん》ではなかった。感情を抑えて生きていくことに慣れてしまっていた。心の奥底にひそむ欲望をむきだしにするのが怖かった。好男子と一緒にいると、よけいに巻き貝のように内向きに閉じこもろうとしてしまう。

しかし、快活な五代さんとは初対面からうちとけることができた。

「こりゃいかんぜよ、そろそろ講義が始まりもす。よかったら、こんど薩摩留学生の宿舎へ遊びにきやんせ」

薩摩の好漢は一礼し、校舎内へと入っていった。

その日の夕刻。ガワー街のクーパー家にもどると、玄関先に遠藤謹助が立っていた。

「どうしたんじゃ、ぶるぶる震えて」

「山尾さん、私を本国に帰してください」

「謹助、とにかく部屋へあがれ」

扉の鍵をあけ、一階奥の自室まで連れていった。

憔悴《しょうすい》しきった謹助は部屋の隅のベッドに倒れこんだ。そしてあえぐように言った。

「もう、もたんです」

「なにを言うちょる。留学期間は五年と決まっとろうが。世界経済のなんたるかを学ぶため渡英したんじゃろう。気を強く持ってあと三年ほど辛抱せぇや」

「ロンドンは寒すぎますよ。今年の冬は生きて越せそうもありません。伊藤さんたちは半年で帰国したじゃないですか。私も帰りたい」

もっともな言い分だ。心身がこれほど衰えては途中帰国させるしかない。

だが、日本行きの船を雇うには大金が必要だった。

留学生の準備金は、俊輔らの帰国費用で六割も削りとられている。残った三人が、このあと三年英国で在留するのにぎりぎりの金額だった。

やつれはてた謹助に帰国を嘆願され、おれはうなずくしかなかった。

「わかったよ。明日にもヒュー・マセソン氏にたのんで船を手配してもらう。英国留学は大事な使命だが、命あっての物種だしな」

「たすかります。で、野村さんの承諾は……」

「弥吉には相談しない。あいつは人の言うことにかならず反論する。それを知っちょるから、おれに先に話を通しに来たんじゃろうが」

「実はそうなんです。いつもご迷惑ばかりかけてすみません。自分から渡英を志願したのに、こんなことになってしもうて……」

涙ぐんだ謹助が、すがるようにおれの手を握った。

母国語の通じない異国に在って、強すぎる向学心に押しつぶされたようだ。

「心の病にゃ勝てん。環境を変えて折り合いをつけるしかないけぇな。そのことはおれがいちばんよくわかっちょる。帰国したら、得意の金融分野で存分に力を発揮せぇや」

留学生活の先行きを案じながら、おれは衰弱した朋友をはげました。

病状が悪化する前に、運よく横浜行きの帆走郵便船をつかまえることができた。

遠藤謹助は辛《かろ》うじて途中帰国した。苛酷《かこく》な船旅だ。すぐに船酔いする謹助が生きて日本までたどりつけるかどうか心配だった。

結局、英国在留の長州人はおれと弥吉の二人だけになった。しかも準備金のほとんどが三人の緊急帰国で費《つい》やされてしまっていた。

謹助を見送ったあと、港の埠頭《ふとう》で弥吉に責められた。

「山尾、貴様を金庫番にしたのはまちがいだった。どこまでお人好しなんだ。五年間留学の規約を破った者たちに大金を渡すなんて。本気で勉学に励んでいる僕たち二人に残された金は全額の一割にも満たない。あと三年間、学費を納めることもできやしない」

「すまん、おまえの言うとおりじゃ」

「あやまってすむ問題じゃない。ペナルティを受けるべきだ」

英語まじりで迫られた。

マセソン商会との契約では、五年後に帰国するときは船賃無料となっている。しかし、緊急帰国の場合はこちら持ちだった。五等分されるはずの滞在費を、金庫番のおれは情に流されて勝手に使用してしまった。

「たしかにおれの判断基準はいつだって甘すぎる。この場で存念を言ってくれ、弥吉。おまえの望みどおりにするけぇ」

「庸三、どう切りつめても二人分の学費を支払うことはできないだろ。この際、一人だけでもちゃんと大学を卒業すべきだ」

「わかった。ペナルティとして残りの金はぜんぶおまえに渡す。そのかわり、絶対に『鉄道施設』の技術を日本へ持って帰れよ」

あっさり受け入れると、弥吉が急に声の張りをなくした。

「おい、勘違いするなよ。僕は論議をつくそうとしてるだけだ。何も残金を独りじめしようなんて思っていない」

「面倒くさいやつだな。とにかく残金はおまえに渡す」

「言ってるだろ、本筋は金の問題じゃないと。いつだってそうじゃないか。貴様の善人づらを、これから三年も見るのが耐えられんのだ」

いつものように口論が始まった。相性の悪い二人が、こうして異国で取り残されたのも試練の一つだろう。さびしがり屋で大酒飲みの弥吉は、何度もおれをイギリスの居酒屋に誘った。下戸のおれは一度も同行したことがない。

非はおれにある。相手は親しくなろうとしてきたのだ。だが、酒ぐせの悪い弥吉と無駄な時間を共有したくなかった。

「受け取れ」

「いや、ぜったいに受け取らん」

波止場で押し問答がつづき、なかば喧嘩別れとなってしまった。

一月後。基礎工学の習得を終えたおれは、ウィリアムソン教授の推薦を受けてグラスゴー大学の夜間学級で学ぶことになった。

幸い学費は無料だった。そのかわり昼間は地元のネピア造船所で見習い工として働かなければならない。それもまたおれにとっては好都合だ。英国での造船技術の習得はめざしていた分野なのだ。だが、グラスゴーへおもむく旅費がなかった。留学生用の準備金は野村弥吉に渡してしまっている。やつに頭を下げるなんておれにはできない。

恥をしのんで英国在住の知人に借金するしかない。おれは薩摩藩留学生の宿舎を訪れ、大目付の町田久成さんに窮状を明かした。

相性の悪い弥吉と話すよりずっと楽だった。頭を下げる必要もなかった。逆にバタくさい魚料理までごちそうされた。それが薩摩の気風なのか、交渉は即断即決だった。

「わかりました。藩費は流用できないので、われら留学生全員が一ポンドずつ餞別《せんべつ》としてお渡しします。いちおう私が立て替えておきます。二十ポンドあれば旅費のほか、グラスゴーでの暮らしの足しになるでしょう」と言ってくれた。

議論好きで頑迷な長州人より、明快な薩摩っぽのほうが話が通じる。いつの日になるかわからないが、かならず恩義を返そうと思った。

晩秋、おれはグラスゴーへと向かった。

鉄道の旅だ。大英帝国の首都ロンドンには、ロンドン駅がなかった。地方から線路をのばしてきたいくつもの私鉄が、次々と街外れにターミナル駅を造った結果だった。

おれはテームズ河の右岸にあるフェンチャーチ・ストリート駅から乗車した。そこだと車窓からロンドン塔が一望できるのだ。

車窓から吹きこむ風が心地好い。

「おう、こりゃ快適じゃのう」

蒸気機関車が郊外に走り出ると風景が一変した。たしかにロンドンは未来都市だが、田園地帯の眺望は故郷の周防と変わりはなかった。客車内に流れこむ風も煤煙《ばいえん》まみれではなく、気持ちが透きとおるほど清涼だった。

イギリスの鉄道網はこみいっている。二度ばかり列車を乗りかえ、一昼夜かかってどうにかスコットランドのグラスゴーに到着した。そこからウィリアムソン教授に渡されたメモを見て、徒歩で寄宿先のブラウン家にたどりついた。

イギリスでは良い人ばかりにめぐり合う。

遠く極東から来た若者を、英国紳士たちはあたたかく迎え入れてくれた。

かれらから見ると、日本人はきわめて清潔で礼儀正しい民族らしい。どんな時でも笑顔で応対する。それは俊輔の得意な作り笑いだが、『謎の微笑《ほほえ》み』として好印象をあたえているようだ。

貿易商のブラウン一家にも歓迎された。彼の妻と二人の娘が笑顔で出迎えてくれた。そして、いちばん陽当たりのよい二階の洋室がおれにあてがわれた。

晩飯の前、茶色い瞳のブラウンさんが英語で言った。

「ようこそ、わが家に。苦手な食べ物を教えておいてください。もちろん宗教上の理由でもかまいません」

「私は何でも食べます。でもお酒は飲めません。宗教上の理由ではなく」

「それはとても残念ですね。あなたと二人で毎晩スコッチ・ウィスキーを飲んで、一緒に歌うつもりだったのに」

ブラウンさんは本当に残念そうな表情をした。

酒は駄目だが、詩吟や民謡なら歌える。おれは笑顔でそう伝えた。

「歌は大好きです。いつかスコットランドの歌を教えてください」

「ええ。そうしましょう」

彼の茶色い瞳にはぬくもりがあった。

その夜の食事は豪華だった。五人で食卓をかこんだ。おれの前に出されたのは好物の魚料理だ。グラスゴーは港町なので新鮮な魚が手に入るらしい。ニシンの開きの上にバタークリームとレモンがのっていた。

酸味が効いていて見るからにうまそうだった。

キッパーズという地元の名物料理だとブラウンさんが言った。おれは箸で食いたかった。でもウィリアムソン教授から教わった食事マナーに従った。ナイフとフォークを使って音も立てずにたいらげた。

マッシュポテト入りのパンケーキも抜群だ。もちもちした食感は、つきあげたばかりの日本の餅に似ていた。そこにトマト煮のビーンズをかけて食った。幸福感につつまれた。イギリス料理は留学生仲間に不評だ。しかし、スコットランドの家庭料理はまったく別物だった。

人も料理も温かい。たった一晩で、おれは港町のグラスゴーに溶けこんだ。

翌日から見習い工としてネピア造船所で精一杯働いた。実業家のヒュー・マセソン氏が身元保証人なので、生活全般に何一つ不都合などなかった。

グラスゴーに初めて誕生した日本人徒弟として、同僚たちにも親切にされた。目新しい西洋のノコギリやカンナなどの工具類もすぐに使いこなせるようになった。造船部門の親方は、日本人の手先の器用さに舌を巻いた。

「なんたることだ。たった一週間で何十年も働いた熟練工になってるぜ」

一方、おれも工場内で驚いたことがある。

造船所の中で何人も聾唖者《ろうあしゃ》が働いていたのだ。かれらは手指を使ってABCをかたどり、同僚と静かに会話していた。仕事の内容も手話で正確に伝えられた。

ちゃんと教育をうければ誰でも手話を習得できるらしい。物静かな熟練工たちは機械の図面も引けるし、旋盤や型抜きもこなせた。給金も健常者と同額だった。かれらは社会人としてグラスゴーの街でちゃんと生活基盤を有していた。おれが生涯の目標としている盲唖《もうあ》学校設立において、この自立精神は絶対に欠かせないと思った。

工業都市グラスゴーの空は、いつも灰色にくすんでいる。

無数の高い煙突が林立し黒煙を吐き出していた。機械部品を製造する工場群は休みなく稼働し、工員たちは昼夜二交替で勤務した。

そして働きながら学ぶという徒弟制度は工業都市になじんでいる。

見習い工となった若者たちは夜間大学へ通い、卒業後は造船所の正社員として迎えられるのだ。社会の大事な歯車の一つになることに見習い工たちは誇りを持っていた。

おれも、夜はアンダーソンズ・コレッジに通った。

そこで最新の機械工学を吸収し、技術指導を受けた。寝る間も惜しんで仕事と勉学に打ちこんだ。夜学のクラスでは、がんばって首席を通した。生活が充実しきっていた。ずっと悩まされていた気鬱《きうつ》も、まったく入りこむ隙《すき》がなかった。

ただ長州の存亡だけが気がかりだった。

翌年の初冬。ロンドンから連絡が入った。第二次の長州英国留学生たちが到着したという知らせだった。情報に飢えていたおれは、仕事を休んでロンドンへとむかった。

滞在先の安ホテルで五人の留学生たちと面談した。一行は吉敷《よしき》毛利家の若君と、その家臣たちだった。

ホテルの一室で随行員の河瀬真孝《かわせまさたか》さんから事情をきいた。

「ようこそイギリスへ。まずあんたらが困っちょることを言うてください。おれにできることなら何でもしますけぇ」

「先年帰国した遠藤謹助どのから、イギリスへ行ったら山尾さんを頼れと言われ、面識もないのにお呼びだてしたしだいです」

「よかった。謹助は無事だったんじゃね」

「肺を病んでおられるようじゃけど、いまは萩でゆっくりと静養しておられます。では、ご相談の前に長州の現状について申し上げておきましょう」

「そうしてくれ」

おれは身をのりだした。

悲報を聞くのを覚悟していた。だが、河瀬さんの話は真逆だった。

「わが長州は高杉総督の指揮の下、快進撃をつづけておりますけぇ。長府で決起した奇兵隊は藩の俗論党政権を一気に打倒し、その勢いを持続して国境に押し寄せる幕府軍をことごとく撃破いたしました」

「待ってくれ、河瀬さん。それは本当なのか。おれが知っちょるのは、京へ攻め入った長州軍が全滅したこと、そして下ノ関に襲来した欧米連合艦隊に敗北を喫したことだけじゃ。てっきり長州は滅びたと思うちょりました」

「そのとおりですちゃ。そこから奇跡の挽回を果たしました。じつは私の前名は石川小五郎《いしかわこごろう》と申しまして、奇兵隊内では遊撃隊を指揮しとりました。もちろん迷わず高杉さんの義挙にも加わったんです。三隻の戦艦を奪い取るため、三田尻の長州海軍局へ突入した時も高杉さんに同行しました。だから、実際にこの目で見たことを話しているのですよ」

そんなことが起こりえるのか。

夢だと思った。彼の言によれば、日本中の諸藩が集結した幕府の大軍と戦い、さらに西洋列強の連合艦隊とも交戦し、長州は最終的に勝利したらしい。

おれは最も気になることを尋ねた。

「先に帰国した伊藤俊輔らはどねぇしちょる。生きとるじゃろうね」

「もちろんですとも。奇兵隊の指揮官として、力士隊をひきいて奮戦されとります。ただ英国から一緒に帰国された志道聞多さんは……」

「死んだのか」

「俗論党の刺客らに襲われて重傷を負われましたが、二日後に息を吹き返したとか。全身が刀傷だらけなので、みんなから『斬られの聞多』と呼ばれちょります」

「しぶといのう聞多は。それともう一つ、最高幹部の桂小五郎さんの生死は」

「勤王芸者の幾松さんが、桂先生の潜伏先の出石《いずし》まで出向いて長州へと連れて帰られました。現在、長州軍の総指揮は村田蔵六さんが執《と》り、勤王諸藩との連携工作は桂先生が調整なさっちょります。薩摩の西郷との会談も予定されておるようで、長薩連合の日も近いと思われます」

もたらされた知らせは吉報ばかりだった。なによりも桂さんが生きていてくれたことが嬉しかった。対外的な長州の顔は、柔軟で見栄えのする桂さんが適任だ。最高指導者が生還し、幕府への反撃態勢は整ったようだ。

だが相次ぐ戦乱の中で、多くの同志が亡くなっているのも事実だった。

「では、開明派の周布政之助さんはどねぇな」

「われらの後ろ盾だった周布先生は、親幕派が藩の実権を握った折に自邸で割腹自殺なさったとか。あと半年生きのびておられたら長州の復権を見ることができましたろうに。まことに残念じゃったです。たぶん半年以内に徳川幕府は倒れ、長薩主導の新政権が誕生すると思われます」

遊撃隊をしきっていた河瀬さんは、すべてにおいて能力が高い。

こちらの知りたいことを、きちんと要約して話してくれた。

「政情はだいたいわかったでよ。では、そちらの用件を聞こう」

「ロンドンでの寄宿先は決まりましたが、物価が高くて思わぬ出費が重なりました。そのためユニバーシティ・コレッジへの修学金が足らなくなって困っております。金のことなら山尾さんが何とかしてくれると遠藤謹助さんに聞いていたものですから……」

とたんに河瀬さんの歯切れが悪くなった。

彼の気持ちはよくわかった。他人に借金を申しこむときは、どんなに気丈な者でもうつむきかげんになる。おれも多額の旅費を薩摩藩士らに借りに行ったとき、まともに相手の顔を見られなかった。

おれは河瀬さんの左肩にそっと手を置いた。

「なんも案ずることはないで。修学の件は、おれの担当教官だったウィリアムソン教授に話してみるけぇ。きっとうまく取り計らってくれる。それと君たちの授業料はマセソン本社とかけあって何とかしよう。ちゃんと利子さえ払えば金は貸してくれるはずだ。英国で日本人留学生は信用があるしな。心配無用、おれにまかせちょけ」

横合いを見ると、若君の毛利親直《ちかなお》さまが人目もはばからず感涙していた。言葉も通じぬ遠い異国で、よほど心細い思いをしていたらしい。

涙をぬぐいながら、純正な若君がきっちりと頭を下げた。

「山尾さん、この御恩は生涯忘れません。かならずや返礼いたします」

「こりゃいけんで、親直さま。ふつうなら、おれが土下座せにゃならん立場じゃろうに」

おれは真顔でその場に平伏した。すっかり安堵《あんど》した吉敷毛利家の随行員たちが、どっと笑声を響かせた。

翌年六月、おれの留学期間は満期となった。

長州から帰国要請の藩命が届いた。差出人は木戸孝允《きどたかよし》。見知らぬ名前だった。書面の末尾を見ると旧姓桂小五郎とあった。

「……ついにこの時がきたか」

五年の歳月を経《へ》て、おれたち二人は約束を果たしたのだ。

鴨川ぞいの隠れ家で、桂さんから『たとえ長州が滅びかけてもけっして帰国するな。君が必要になったときは僕が日本に呼びもどす』と、密命じみた言葉をもらった。

気鬱状態だったおれは、あのとき桂さんと共に生き抜く決心をしたのだ。

欧米連合艦隊の長州攻撃の折、俊輔ら全員が帰国を主張した。おれ一人だけが拒んだのも桂さんとの約束を守りたかったからだ。

帰国要請の書状をうけとった野村弥吉が、例によってごねだした。

「僕は日本に帰らんぞ。この地で鉄道事業について学ぶべきことが山ほど残ってる」

弥吉はすっかり英国暮らしにそまっていた。もしかすると、ロンドンで恋人ができたのかもしれなかった。

しかし藩命には逆らえない。おれと弥吉は五年ぶりに日本に帰ることになった。

グラスゴーのブラウン家でおれの送別会がひらかれた。十四歳の長女がオルガンを奏《かな》で、十二歳の次女がスコットランド民謡の『Ａｕｌｄ　Ｌａｎｇ　Ｓｙｎｅ』を歌ってくれた。

旧友は忘れ去るものなのだろうか
古き昔のことも心から消え果てるものなのだろうか
わが友よ
古き昔のために
この盃を飲みほそうではないか

それは別離の歌だった。
唱和していたブラウンさんが、そっとグラスを渡してくれた。下戸のおれは黙ってスコッチ・ウィスキーを飲みほした。

第九章　惜春の情

わしは死にものぐるいで修羅場《しゅらば》を転げまわっている。

一瞬でも立ち止まれば命は絶たれる。息もつがずに攻め抜くしかない。わしは高杉先輩の指令に従って暴走した。何も怖くなかった。心地好い高揚感につつまれていた。行く手をふさぐ者がいればゲベール銃で撃ち殺すだけだ。

前日、高杉先輩の挙兵案は否決された。

だれも初代総督の身勝手な熱弁に耳をかさなかった。だが『力士隊』のほか、軍議に参加できなかった他藩浪士五十名がわしらに同調した。『遊撃隊』と称するかれらは脱藩者たちだった。ここで戦わねば、他所《よそ》へ行くあても帰る場所もないのだ。

食い詰め者の小隊をまとめているのは、吉敷毛利家からきた石川小五郎さんだった。開明派の彼は、イギリス帰りのわしにしきりに西洋事情を聞きたがった。渡英して先進国の文物を見てみたいと言っていた。

「じつは当家若君の毛利親直さまも海外雄飛を望んでおられまして」

「そげか。朋輩《ほうばい》の山尾庸三と同じじゃな」

高杉先輩に賛同したというより、留学経験のあるわしと行動を共にすることに自分の運命をかけたらしい。奇跡的に勝ち残れば、かれら二人の渡英の夢は叶《かな》うかもしれない。

総勢八十名の正義党は、長府の功山寺《こうざんじ》で挙兵した。

いまの時点で、わしらは少人数の反乱軍にすぎなかった。自分たちを正義党と呼び、萩の正規軍を俗論党とおとしめることで対立軸を鮮明にしたのだ。

軍議は高杉先輩とわしだけで進められた。

「俊輔、これから下ノ関へ進軍する」

「待ってください。まだなんも話し合ってませんよ」

先輩はわしのことを対等の存在とは思っていない。

勝手に話を決めていった。

「馬関《ばかん》の奉行所を急襲するぞ。力士隊を連れていけ。藩の交易港なので、支払金の銀がたっぷりと土蔵におさめられてる。それを奪って当座の軍資金にあてる。馬関総奉行の根来上総《ねごろかずさ》は中立派だから、抵抗せずに土蔵の鍵を開けるはずだ」

「もし相手が抗《あらが》えば……」

「ゲベール銃で撃ち殺してしまえ」

思っていた通りの答えが返ってきた。

「高杉さんはどうなさるのですか」

「遊撃隊をひきいて三田尻の海軍局を攻める」

「そりゃ無茶じゃ、石川小五郎さんの小隊は五十人しかおりゃせん。しかも三田尻港にゃ長州藩の戦艦が三隻も停泊しちょりますで」

「その戦艦も、幕府への恭順の証《あかし》として五日後にぶんどられる。むざむざ幕府に渡すぐらいなら、僕が戦艦三隻をもらってもいいはずだ。知ってのとおり、萩城は日本海沿岸に建ってる。つまりは海からの攻撃に弱い裸城だ。三田尻の戦艦を日本海がわへ航行させれば、俗論党がこもる萩城は三日で落とせる」

「……先輩、あんたは戦《いくさ》の天才じゃね」

「馬鹿野郎、いまごろわかったのか」

高杉先輩がカラカラと高笑いした。細い両目が横一文字になった。その笑顔は少年のようだった。きっとわしは、このすばらしい表情が見たくて従ってきたのだ。

わしら力士隊は五艘《そう》の小舟をしたて、長府港から漕《こ》ぎ出した。

月明かりの下、周防灘の波はおだやかだった。夜明け前に下ノ関に上陸し、そのまま新地にある奉行所へ殺到した。門が閉まっていた。わしは使い慣れたゲベール銃を空に向けて発砲した。引き金を四度引いたとき、奉行所の門がゆっくりと開きだした。

わしは大声で威嚇《いかく》した。

「高杉総督ひきいる奇兵隊じゃ。手向かえば皆殺しだぞ！」

その後の流れは、先輩の読みどおりとなった。

一滴の血も流さず、わしらは奉行所を占拠できた。土蔵も開かれた。銀八貫目のほか千両箱二つを発見した。金の噂は早い。午後には三百人をこす奇兵隊員が下ノ関に流れこんできた。軍監の山県狂介の制止など、だれも聞く耳をもたなかった。

五日後には味方の数が千人を超えた。戦好きな若者たちが長州各地から続々と港町に集結した。京での惨敗後、徳川幕府に恭順の姿勢をみせる俗論党政権に嫌気がさしていたらしい。

やはり武力討幕こそが長州の民意だった。

下層の若者たちが、それぞれ数十人単位の部隊をつくって参戦した。それは毛利家恩顧《おんこ》の家臣と称する高杉先輩の思惑をこえ、西洋における民衆の革命戦とも映る。

若者らは目を血走らせていた。

髷《まげ》をといてザンバラ髪だった。肩まで長髪をたらしていた。全員が興奮状態だ。それぞれ衣服も派手で、女物の着物をマントのようにまとったりしている。

十日後には二千人にまでふくれあがった。兵数だけなら充分に俗論党政権に対抗できるまでになった。あまりに順調すぎて現実味がなかった。小隊長のわしがやったことは、奉行所の前で脅しの銃声を四度響かせたことぐらいだ。

高杉先輩の手口はもっとあざやかだった。陽の上がったころ早舟で三田尻港へ向かい、日暮れどき戦艦に乗って下ノ関にもどってきたのだ。

まさに疾風迅雷の早わざだ。埠頭《ふとう》で出迎えたわしは、首をひねるばかりだった。

「先輩、これはどういう仕組みですか」

「な、俊輔。昔から僕の言うとおりにすりゃ、めっぽう面白いことが起こるだろ」

「できすぎですちゃ。あきれかえって目がまわるでよ」

三隻の戦艦を下ノ関まで航行してきたのは、なんと長州海軍局の三人の艦長たちだった。かれらは三十数名の部下と共に反乱軍に寝返ったのだ。

いったいわしらのどこに勝機があるというのだろう。

甲板から下りてきた顔見知りの艦長が、その答えを言ってくれた。

「伊藤さん、この戦はこっちが勝ちますで」

「まさか日本海がわにまわりこんで、主君がお住まいになっちょる萩城を艦砲射撃するつもりじゃなかろうね。先輩ならやりかねんが……」

「そねぇなことはせんですよ。海上に戦艦が浮かんじょるだけでええ。高杉さんは俗論党首班の椋梨藤太《むくなしとうた》に書状を送りつけ、無条件降伏せよと最後通告を突きつけました」

「強気じゃな」

「昔から吉田松陰先生の門下生は暴れ者ばかりじゃ。それに、わたしが言うのもおかしいですが、いったん点火した燎原《りょうげん》の火はとめられん」

「そうかもしれんな」

放火は高杉先輩やわしの得意とするところだ。

奇兵隊の根っこは、品川の英国公使館焼き討ちにある。どんな強大な敵であっても、同志が結集してひるまずに突貫すれば新たな道筋が見えてくる。

だが下ノ関を占領したわしらは、すぐに萩へは進撃できなかった。

せまい下ノ関海峡は小舟でも渡れる。対岸には幕府軍が密集していた。長州攻めの最前線に建つ小倉《こくら》城を拠点として、数万の敵が虎視眈々《こしたんたん》と下ノ関上陸を狙っているのだ。

動きのとれない高杉先輩は、港湾の岸壁に立って高言した。

「めざわりな城だ。近いうちにかならず焼き落としてやる」

そばにいたわしは反射的におもねった。

「火付けならまかせてください」

そうは言ったが、内も外も敵だらけだった。藩内の俗論党政権を打破し、長州全域を包囲する幕府軍にも痛撃をあたえねばならないのだ。

雨の夜、清水山《しみずやま》の本陣に饅頭笠《まんじゅうがさ》の僧がやってきた。

わしをみつけて小声で言った。

「……伊藤さん、詫《わ》びを入れにきた」

「おんしゃ何者なんじゃ。面体《めんてい》を見せろッ」

一瞬、刺客かと思って身構えた。

「すまん。ほかの隊士らに顔を見られると、斬り殺されるかもしれんけぇな」

若い僧侶が饅頭笠をとった。そこには頭を青々と剃《そ》り上げた山県狂介の長顔があった。

高杉先輩の挙兵は十日前までは反乱だった。しかし、いまは尊皇討幕の義挙となっている。無謀な義挙に反対した軍監の山県は失墜し、逆に奇兵隊の若者たちから命を狙われているらしい。

「お、狂介か。どねぇしたん、その頭は」

「見てのとおり高杉総督への謝罪じゃ。頭を丸めて名も素狂《そきょう》とあらためた。軍監の職を退《しりぞ》き、今日から一兵卒として戦うと決めた」

「どこまで『狂』の字にこだわっちょるんじゃ」

「松陰先生にこう教わった。『狂』こそ志士たる者の本道じゃと」

長顔の陰気な男は、松陰一門であることを強調した。だが、山県が松下村塾に顔をのぞかせたのは二度にすぎない。正式に入門を許されたのかどうかも怪しかった。

だが同じ萩の軽輩上がりなので、やはり邪険にはあつかえなかった。

「なるほど、志《こころざし》はようわかったけぇ。高杉先輩に入隊希望を伝えとく。先に言うちょくけど、あン人は怒りっぽい。もしかしたら下命によって、わしがおんしゃを殺《や》ることになるかもしれん」

「逃げも隠れもせん。そっちの好きなように運んでくれ」

狂の一字におのれを託した男は傲然《ごうぜん》と胸を張った。

翌日、先輩の妾宅を訪れた。

愛妾のおうのさんとはわしのほうが付き合いが長い。彼女は梅子と同じ稲荷町の三味線芸者だった。地元の者ではなかった。大坂から流れてきたらしい。自分の過去については、親しい梅子にも語らなかった。

わしと梅子が深間の仲になったころ、高杉先輩もおうのさんを落籍《ひか》して囲ったのだ。萩に正妻。下ノ関には愛妾。その図式はまったくわしと同じだった。

考えてみれば、わしには自分の着想など一つもなかった気がする。いつもだれかに従って事を成してきた。萩に正妻のすみ子がいながら、下ノ関で梅子と暮らしているのも、先輩の悪しき生きざまを真似ているだけかもしれなかった。

狂介のことを話すと、意外にも高杉先輩はあっさりと復隊をゆるした。

「素狂か。おもしろいじゃないか。兵は増えたが将たる者がおらん。指揮官となるべき長州人はぜんぶ京の都で散ったからな。狂介ていどの男でも今は必要だ」

狂介はからくも松陰門下生として認められた。そして奇兵隊の軍監として復権した。

半月後、山口から鴻城隊《こうじょうたい》百五十名が下ノ関に入ってきた。諸隊の中では最大の兵数だった。井上馨《いのうえかおる》という隊長をわしは知らなかった。

経歴もわからず、どう考えても怪しげな人物だった。名が馨では、男か女かもはっきりしない。しかし、相手が会いたがっているという。わしはしぶしぶ面談に応じた。

本陣の控え室で会ったとたん腰が抜けそうになった。鴻城隊総督と名のる男は、全身を白い包帯で巻かれていたのだ。

その奇っ怪な姿は、英国の新聞に掲載されていたエジプトのミイラにそっくりだった。目と口の部分だけ包帯の隙間《すきま》があった。しきりにまばたきするので、よけいに怖かった。

ミイラ男が言葉を発した。

「俊輔、僕だよ」

「まさか……」

「旧名志道聞多。またの名を『斬られの聞多』。はっはは、地獄からよみがえってきたぞ」

「聞多ッ、おんしゃ生きとったんか！」

わしは歓喜した。思わずつよく抱きしめると、ミイラ男が弱音を吐いた。

「傷が痛いちゃ。俊輔、もっとやさしゅうしてくれ」

英国帰りの聞多は攘夷《じょうい》派の怒りをかい、刺客たちの闇討ちを食らってズタズタに斬り裂かれた。血まみれの死体は、上湯田の実兄の屋敷にひきとられたはずだった。

「三途《さんず》の川を渡ったと思うちょったでよ」

「川岸で引き返したよ。湯田温泉に折よく蘭医が湯治《とうじ》に来ちょってな。全身の刀傷を縫合してもらった。それで出血が止まって息をふきかえしたんじゃ。高杉さんが挙兵されたと聞き、山口の乱暴者らを引き連れてきた」

「嬉しゅうてたまらん。さ、話のつづきは酒を飲みながら妓楼《ぎろう》の座敷でしようや」

「おう、そうこないとな」

二人が出会うと、どうしても足が花街にむいてしまう。今夜はミイラ男と旨酒《うまざけ》を浴びるほど飲み、下ノ関中の芸者を総揚げにしようと思った。

聞多生存。これ以上の朗報はなかった。

いったん幸運の車輪が回りだすと、蒸気機関車のように力強く加速していく。高杉先輩の作戦もことごとく図にあたった。

庶民諸隊は、各地で惰弱な正規藩士らを撃ち破った。

ザンバラ髪の乱暴者たちは荒れ狂った。圧勝だった。先祖伝来の鎧兜《よろいかぶと》を装着した鈍重な敵将らは逃げ遅れた。そして怒れる若者たちの餌食《えじき》となった。

藩を牛耳っていた俗論党の幹部たちは、萩城から脱出して隣国の津和野《つわの》藩へ逃げこんだ。取り残された守旧派の連中も高杉先輩の軍門に下った。

なしくずしに藩内革命は成し遂げられた。その時機を待っていたらしい。最高幹部の桂小五郎さんが潜伏先の出石から帰還した。

ついに長州の顔が表舞台にあらわれたのだ。

清水山本陣の奥座敷に迎え入れると、桂さんは真っ先に庸三のことを尋ねた。

「山尾くんは君と一緒に帰国したのかい」

「いいえ。欧米連合艦隊の長州攻撃をロンドンで知り、わしと聞多が共に緊急帰国いたしました。じゃが庸三はしきりに在留論をのべてイギリスに残りよった。何があっても五年の留学期間を守りきるちゅうて」

「そうか。いかにも山尾くんらしいな」

桂さんが安堵《あんど》の表情を浮かべた。わしが高杉先輩と離れられないように、庸三もまた憧憬《しょうけい》する桂さんに魂を握られているようだった。

「誠実で頑固な性格は異国におっても変わらんですちゃ。たぶん今ごろは造船技術を習得するため、蒸気機関の発祥地であるグラスゴーへ行っとると思います」

「勝運にめぐまれて幕府を倒したら、僕が彼を呼びもどすよ」

「そうしちゃってください。庸三は桂さんの言うことしか聞かんけぇ」

「その前に郷里で隠遁《いんとん》している村田さんを呼び出さねば。伊藤くん、すまんが迅速に手配してくれたまえ」

「まかせてください」

わしはその日のうちに馬を走らせた。周防の村田家を訪れ、桂さんからの親書を手渡した。数日後、村田蔵六さんも隊列にもどった。これで対幕戦の強力な布陣がそろった。

わしの役どころは奇兵隊総督の副官だ。

副官と言えば聞こえはいいが、実情は昔と同じ高杉さんの使い走りだった。発布された命令を諸隊の者たちに伝えに走った。なぜか最前線の戦闘からは外された。もしかすると、それは高杉先輩の思いやりかもしれなかった。

以後、わしは一度も戦場に立ったことがない。どうやら刺客としての使命は終わったようだ。有能な事務方として、作戦本部で高杉先輩を補佐した。

一気に解放感に満たされた。

上からの指示をうけ、憎くもない相手をもう殺さなくてもいいのだ。

全身に巣くっていたどす黒い澱《おり》が、ドクドクと流れ出していくような清涼感につつまれた。これからは英国で聞きかじった政治学を参照し、あらゆる難題に対処していこう。

高杉先輩は何も変わらない。惚《ほ》れぼれするほど一本気だった。

「真夜中にやつらの度肝を抜いてやる。海戦だ！」

陸戦は村田さんにまかせ、高杉先輩は周防灘まで攻め寄せてきた幕府艦隊に、たった一隻の老朽戦艦で夜襲をかけた。

夜間の海戦など、わしは一度も聞いたことがない。

それもまた戦の天才ならではの勝負勘だった。海上に停泊していた幕府艦隊は、暗闇の中で間近から砲撃され、散り散りになって瀬戸内海を敗走していった。

戦いの陣頭に立つ高杉先輩は不眠不休で転戦している。

その独自の戦法はだれにも予測できない。瀬戸内の幕府艦隊を蹴散《けち》らした五日後、一気に対岸の門司《もじ》へ上陸作戦を敢行することになった。めざわりな小倉城を落とし、九州に布陣する幕府連合軍を一掃する戦略だった。

「先輩、奇襲は一度っきり。次は正面から力攻めでいきましょうや」

「おう、そうだな。俊輔、さっそく準備しろ」

「はい、今日中に兵員と物資を調達しますけぇ」

「松陰先生はさすがに慧眼《けいがん》だな。周旋《しゅうせん》の才は松門随一だ」

わしの進言をめずらしく聞き入れ、その上ほめてまでくれた。喜ぶよりも、かえって高杉先輩のことが心配になった。いつもの高調子な悪口《あっこう》が影をひそめていた。顔色も青く、明らかに体調不良だった。

わしは藩内各所に早馬をとばして八百の兵員を動員した。それから三田尻海軍局へ出向き、軍艦三隻と上陸船二百艘をそろえた。

門司港を守る熊本兵たちは、戦艦の激しい艦砲射撃を受けて岸辺から撤退せざるをえなかった。総指揮官の高杉先輩は敵を深追いせず、いったん将兵を下ノ関へもどした。長州軍は寡兵《かへい》だった。戦闘が長引けば兵員の補強ができない。なので部隊を二つに分け、それぞれ休息をとらせた。そのあと交互に小倉城攻めにあたらせた。

だが、戦神も不死身ではない。長州の反転攻勢が開始されたころ、ふいに高杉先輩が喀血《かっけつ》した。それでも陣頭指揮を執《と》り、三度目の攻撃で勝利を確定させた。

七月二十九日、幕閣小笠原長行《おがさわらながみち》が小倉城を捨て、艦船に乗って逃げてしまったのだ。招集されていた諸藩の将兵らも、われ先に郷土へと帰っていったという。

小倉城陥落。

高杉先輩もそこで力尽きた。食が細って歩行も困難になった。下ノ関の高台にある白石《しらいし》邸で、高杉晋作なる快男児は絢爛《けんらん》たる人生の終止符を打とうとしていた。

主人の白石正一郎《しょういちろう》さんは勤王家で、ずっと経済的援助をしてくれていた。商人ながら奇兵隊創設にも参加した。諸国の脱藩浪士らを手厚くもてなした。そのため白石家の資産は底をついたが御本人は満足そうだった。

わしは正一郎さんに案内され、離れ座敷に通された。

「ではお二人で」

短く言って、正一郎さんは廊下の外へ出た。

いつもなら声高に話しかけてくる高杉先輩が、今日は静かに寝床で横たわっていた。

そして、咳《せ》きこみながら言った。

「……俊輔、よく来てくれたな」

「怖い先輩に呼び出されたら、後輩は親の法事もほっといてやってきますけぇ」

「僕には残された時間がない。肺にバイ菌がひろがって息が苦しい。血痰《けったん》も出る」

「わしにゃ元気そうに見えるけど」

「馬鹿野郎、気休めを言うな。僕は労咳《ろうがい》なんだ。ヤブ医者によれば余命は三月《みつき》。その間に決着をつけるつもりだ。俊輔、手伝ってくれるか」

「もちろんです」

わしは迷わずこたえた。

これまでも誘われたら、そこが地獄だろうが極楽だろうがついていった。

「頼みたいことがある」

「言ってください。何でも聞き入れますけぇ」

「この件はおまえが適任だ」

「なるほど」

討幕戦での人事だと確信した。

長州ではあいつぐ戦乱の中で烈士らが闘死し、兵を動かす指揮官は数人しか生き残っていない。

病に倒れた奇兵隊総督が、すべての指揮権をわしにゆずるのだと思った。

だが高杉先輩の口からこぼれ出たのは、まったくの私事《わたくしごと》だった。

「雅子《まさこ》はちゃんとやっていけるが、おうのが心配だ。僕が死んだら、すぐに良くない男に抱かれて醜聞が立つだろう。それはこまる」

「奔放《ほんぽう》なお人ですけぇ」

間拍子をはずされ、わしは気乗り薄にこたえた。

いつもこうなる。桂さんから芸妓幾松の身請《みう》け話を切りだされた時もそうだった。愛人がらみになると、英傑たちはなぜか周旋屋のわしをひっぱりだすのだ。

体力の衰えた高杉先輩が、聞き取れないほど小さな声で話をつづけた。

「子供のころから苦労ばかりしてきたおまえは、下積みの者の心がわかる。女房にしようとしている梅子さんも、おうのと同じ三味線芸者だし」

「はい。梅子と添いとげるつもりです」

「僕の葬儀がすんだら、おうのを尼寺へ送りこんで庵主《あんじゅ》にしてやってくれ。そこで先んじて亡くなった志士たちの霊を守って暮らせばいい。資金も用意してあるから」

「おうのさんが、自慢の黒髪をばっさり切り落とすとは思えませんが」

「おまえならうまく言いくるめられる。女を納得させられる男がいちばん偉いんだ」

そう言って、うっすらと笑った。

情のこもった遺言は『奔馬高杉晋作』らしくない。それでも愛妾の行く末を案じる気持ちはなんとなくわかる。見方を変えれば、それは男の独占欲だ。

長州一のわがまま者は、惚《ほ》れた女を死んでまでも縛ろうとしていた。

清水山の桜が咲き誇るころ高杉先輩は逝《い》った。

一代の風雲児が、まさか畳の上で死ぬなんてわしは考えてもいなかった。

良いやつは先に死んでいく。松陰先生を刑死させてしまった萩の塾生たちは、みんな根深い自殺願望にとらわれていたようだ。

わしらにとって、死ぬことは競争だったのかもしれない。

そんな気がする。しぶとく生き残った自称松陰門下生らは、わしをふくめて、どいつもこいつも大言壮語のクズばかりだった。

ずっと一緒にやってきたのに、高杉先輩の臨終には立ち会えなかった。わしは藩命を受けて京へ向かっていた。結局、通夜も葬儀も欠席した。先輩の死に顔なんか見たくない。そう思って自分をなぐさめた。

やがて菜の花の季節となり、わしは一人で下ノ関の清水山の墓所を訪れた。

『奇兵隊開闢《かいびゃく》総督高杉晋作』

墓石に彫られた堅苦しい十一文字は、恋と革命に生きた先輩にふさわしくなかった。もう悪戯《いたずら》に誘ってくれる痛快な長州男児はどこにもいない。

胸躍《むねおど》る青春の行路はぷっつりと途切れた。

ほどなくわしはすみ子と離縁し、梅子を正妻として伊藤家に迎え入れた。

潮の匂いが懐かしい。

おれは二島村の浜辺に立っていた。七年ぶりに見る故郷の海は青く凪《な》いでいる。工業都市グラスゴーのくすんだ港湾とは色も匂いもちがう。

故郷の周防灘はどこまでも清明だった。

傍《かたわ》らにいる老父が浅瀬に広がる塩田《えんでん》を指さした。

「見ろや、庸三。十二町もあるんで。一家全員が炎天下で汗水を流し、ここまで広げたんじゃ。塩田の土ならしをしちょったら、熱い湯がドゥーッと噴《ふ》き出してきてのう。いまでは山尾の塩湯温泉と言われちょる」

話好きな父の忠治郎が、いつものように高調子に語りだした。

よほどおれの帰宅が嬉しいらしい。それにしても長い不在だったと思う。江戸へ留学した長男坊は、そのまま地球を半周して遠い異国にまで行ってしまったのだ。

親不孝者のおれは、あたりさわりのないことしか言えなかった。

「しばらくはここにおるけぇ心配いらん。藩費留学生として英国へ行かせてもろうたし、数年は藩内で海軍教授方としてお礼奉公するつもりじゃ」

「明治の御世《みよ》となってわずか二年じゃが、すっかり様変わりしてしもうたのう。勝ち組負け組に分けられ、負けたがわは目もあてられん」

「何かあったんか」

「同郷の赤根さんが斬首されたんじゃ」

「えっ、武人さんが。たしか奇兵隊の二代目総督だったはずだが……」

「こまかい事情はわからんが、勝手に一人で幕府軍との折衝役をやったとかで、裏切り者あつかいされたらしい」

「武人さんはそんなお人じゃなかろうが。だれよりも清廉《せいれん》な勤王の志士じゃ」

おれが表情をかえると、老父が声を低めた。

「そう、ご立派な人物じゃったのう。噂では幕府軍が長州に攻め寄せた折、赤根さんは脱藩して京へとむかい、悪名高い新撰組に単身でのりこまれた。そこで局長の近藤勇《こんどういさみ》と会談し、勝手に新撰組と奇兵隊の秘密同盟を結んだとか言われちょる。長州人を大勢斬り殺した男と仲良くするとは思えんし、どこまで本当かわからんのじゃが」

「では、あり得ない風聞で処刑されたのか」

「大島の農村医として尊敬されちょった赤根家の人々も、故郷におられんようになって四国へ移住しんさった。どうやら赤根さんは萩の連中に陥《おとしい》れられたらしいで。周防出身のおまえも気をつけんとな」

それはあり得る話だった。

赤根さんの後釜として三代目総督に居座ったのは山県狂介だ。おれは会ったことはないが、俊輔の言によれば「腹黒いが味方につければ役に立つ男」だとか。

松陰門下生らは中央政界で華々しい活躍をみせている。

とくに朋友の伊藤俊輔の躍進ぶりはめざましい。早くも初代兵庫県知事となっていた。つまりは播磨国《はりまのくに》の姫路城主みたいなものだ。

当然の褒賞《ほうしょう》だとおれは思う。

だれも認めようとしないが、壊滅寸前の長州を救ったのは、ほかならぬ英国帰りの伊藤俊輔なのだ。真っ先に『力士隊』が決起しなければ、藩政奪取はならず、長州は徳川の軍門に下ったはずだ。さらに幕府軍が国境に迫り、さらには欧米連合艦隊が下ノ関に来襲したとき、高杉さんの補佐役として軍略を練ったのも俊輔だった。持ち前の外交手腕だけでなく、倒幕の流れの中で持ち前の突破力を発揮したようだ。

そうした逸話は、第二次長州英国留学生の河瀬真孝さんから聞かされていた。彼は二つ名の男だった。かつて石川小五郎の変名を使い、脱藩浪人らを束ねて『遊撃隊』を組織していたという。

当時、声高に決起をうながした高杉さんは、自分が創設した奇兵隊に見捨てられたかたちになっていたらしい。しかし、後輩の俊輔だけが手勢の三十名をひきつれて参陣した。そこからすべてが始まったのだ。

回天維新の突破口をひらいたのは、および腰の奇兵隊ではなく、俊輔ひきいる長州力士隊の若者たちだった。

そして今、萩の足軽のせがれは時代の風にのり、さらなる高みをめざしている。

将来を期待されていた松門四天王はことごとく幕末動乱の中で憤死した。志士として生き残ったのは俊輔だけだ。維新後、何の活動歴もない連中が松陰一門の名の下に公職に就《つ》いていた。

海風に吹かれながら老父が痛ましげに言った。

「隣村の村田蔵六さんも、京都で刺客らァに殺されてしもうたしな。明治新政府がでけても世の中にゃ人殺しがたくさんおる。英国帰りのおまえの身が心配じゃ」

「そうじゃな」

曖昧《あいまい》な表情でうなずいた。どうこう言える立場ではない。一時期おれも刺客として政敵を付け狙う立場だったのだ。

それにしても村田さんの死去は惜しまれる。維新後に大村益次郎《おおむらますじろう》と改名されたが、おれにとっては変わらず養い親の村田蔵六さんだった。

軍政改革にとりくんでいた村田さんは攘夷《じょうい》派の残党らに殺された。しかも刺客の大半が長州人だった。親父が言うように、周防出身の英才たちは時代の大波にのまれてしまったようだ。

潮風がつよまり、しだいに沖の波も高くなった。

白髪頭の老父が思い出した風に言った。

「どうだ、庸三。ひさしぶりに蛍狩りに行かんか。今年は蛍の当たり年だと村の者らァも言うちょるしのう」

「それなら一人で行ってみる」

「そのほうがええかもな。洋行帰りのおまえを一目見ようとして、子供たちが大勢集まるかもしれんし。じっさい、ええ年をした大人も次々に山尾家に頼み事に来よる」

「できるだけのことはするつもりでおる。いずれこの二島村にだれもが利用できる公民館を建てるけぇ」

「おう、よう言うた」

潮焼けした老父がたちまち上機嫌になった。殺伐《さつばつ》とした人間模様より、やはりたわいもない世間話のほうが気楽に話し合える。

季節が春から初夏へ移り変わるころ、樋野川《ふしのがわ》下流域に広がる水田には幾千幾万もの源氏蛍が乱れとぶ。『蛍狩り』と称し、おれも子供のころは虫籠《むしかご》いっぱいに源氏蛍を詰めて持ち帰った。そして自宅の蚊帳《かや》の中で蛍を放ち、きらめく蛍光の中で眠りについた。

蛍の光には、何よりも心をいやす効果がある。かれらが放つ不規則な光明は、たえず心地好くゆらいでいる。

蛍は短命で繊細な生き物だ。きれいな水辺にしか棲《す》めない。

また何よりも強い光を嫌う。その夜、おれは小さな提灯《ちょうちん》を手にぶらさげて家をでた。ゆっくりと歩を進める。夜空には黒雲がかかっていて、蛍狩りには絶好だった。

だが浜辺の防風林を横切ったところで、おれは棒立ちになった。

「うっ……」

木橋のむこうに水田はあるが、一歩も前に進めない。視線の先に二つの青白い光がゆらめき、人道をふみはずした者を暗い黄泉路《よみじ》に誘いこもうとしていた。

いやされるどころか、底知れぬ恐怖心にひたされた。

「……なんと執念深い」

それは、まぎれもなく血みどろの九段坂で見たあの迷い蛍だった。

気鬱《きうつ》の病はけっして全快することはない。このまま付かず離れず一生ひきずっていくのだろう。おれは提灯を放り投げ、真っ暗闇の中をもがくように走りつづけた。逃げても逃げても、妖しげな蛍光はこの身にまとわりついてきた。

翌朝になっても体調がすぐれなかった。

気分が落ちこみ、まるで食欲がない。迷い蛍にたぶらかされたというより、西洋の文明国から日本の寒村へ舞いもどったことで、心身のバランスがくずれたようだ。

二島村の実家でふせっていると、父の忠治郎が夏みかんを持って寝室へ入ってきた。温暖な瀬戸内の島々では柑橘類《かんきつるい》の果物がよく育つ。

しかし、山尾家の裏庭でとれる皮の分厚い夏みかんはすっぱくて苦手だった。

「あとで食べるから枕元に置いといてくれ」

気乗り薄に言ったが、老父はどっかりと敷布団の横にすわりこんだ。どうやら、七年ぶりに帰還した息子と話し足りないらしい。

なぜかわが山尾家の真新しい家系図には、『藤原鎌足《ふじわらのかまたり》』を遠祖とすると記されている。だれもが知るとおり、大化の改新の中心人物だ。

そのせいか、政治談議となると家長の鼻息も荒い。

周防育ちの親父は、なにかにつけて長門への対抗意識がつよかった。無理もない。日本海に面する萩城の連中は、長年にわたって周防の領民からきつい年貢を収奪してきた。さらに維新後、明治政府内の要職はほとんど長門出身者で占められている。

唯一、隣村の大村益次郎さんが初代兵部大輔《ひょうぶたいふ》となったが、軍隊の西洋化を嫌う連中に暗殺されてしまった。

「のう、庸三。話をむしかえすようじゃが、やはり兵部大輔暗殺の裏には、萩のお偉方が関わっておるとわしはにらんどる」

親父の言う『萩のお偉方』とは、吉田松陰一門のことだ。運よく生き残った二流志士たちが政界を牛耳っていた。

そのことが藤原鎌足の末裔《まつえい》としてはゆるせないらしい。

親への礼を失しないため、おれは敷布団に正座した。そして、感情のない声で同意した。

「そうかもしれんな。要人暗殺には、たいてい裏に指令者がおるし」

「そのとおりじゃ。なら村田さんが死んで、いちばん得をする者がいちばん怪しいで」

「ともかぎらんが……」

さすがに言葉を濁した。

新たに兵部大輔になったのは、自称松下村塾生の山県狂介だった。倒幕戦の中でのしあがった彼は、名を山県有朋《ありとも》とあらためて強大な軍閥をつくりあげようとしている。

立身すると人は名を変えるらしい。相棒の俊輔は、兵庫県知事に任命された直後、なにやら知識人めいた伊藤博文《ひろぶみ》と改名した。博識の文明人とでも言いたいのだろうか。

しかし二人で会った時は、昔のまま「俊輔」「庸三」と呼び合っていた。悪友の聞多もまた井上馨として出世の階段をのぼっている。

さらには桂小五郎さんまでが、公《おおやけ》には木戸孝允と名のっていた。

昔と変わらず、山尾庸三のままでいるのはおれぐらいだった。

帰国後、俊輔から色々と話を聞かされた。それによると、桂さんは二度までも同志たちを見捨て、争闘の場から逃げたという。

「まったく恥も外聞もありゃせんで。大きな声で言えんが、あンお人は危険が迫ると一番に逃げ出すけぇな。まっすぐ突き進む高杉先輩とは正反対じゃ」

「口をつつしめ、俊輔」

おれがたしなめると、相棒は声を低めて風聞を話しつづけた。

「一度目はのう、洛中の池田屋事件じゃ。西国の志士たちが二階座敷で会合をひらいちょったとき、近藤勇ひきいる新撰組の急襲をうけた。やつらは接近戦に慣れとる。松陰門下の吉田稔麿さんが奮戦されたが、数十人の同志と共に斬り殺された。だれ一人助からんかった。じゃが主宰者だった桂さんだけが、なぜか会合に遅刻して生きのびたらしい」

「ただの噂話じゃないか。おまえだって現場にいたわけじゃなかろうが」

「いや、証言者がおる。当時、京都留守居をつとめていた乃美織江さんから仔細《しさい》を聞いた。桂さんへの陰口じゃのうて、防御能力がすごいと感嘆しちょった。二度目は玉座奪取を謀《はか》って京へ進撃した時だ。禁門の変において、桂さんは戦況を監査する立場にありながら、長州軍の敗勢を知ると、すぐさま単身で遠く出石にまで逃げのびたんじゃ」

話の出どころが篤実な乃美さんだと知り、おれは黙りこむしかなかった。

以後、他藩の志士たちから『逃げの小五郎』という蔑称で呼ばれだしたらしい。それを嫌って、維新後に堅苦しい『木戸孝允』に改名したのだろうと俊輔は言った。

おれはそうは思わない。

桂さんは、生きることが本当の勝利なのだと教えてくれた。

逃げたのではなく、奥義を極めた剣客はあらゆる術策をめぐらせて見事に生きのびたのだ。そのおかげで回天維新は成り、五年越しにおれと桂さんの約束も果たされた。

世間が何と言おうと、桂さんに対するおれの気持ちは変わらない。

「庸三さんも疲れとるじゃろうし、一人にさせてあげなさいや」

男の長話はやはりみっともないようだ。後妻の秀子《ひでこ》さんにやんわりと障子《しょうじ》ごしに注意され、父の忠治郎は寝室から出ていった。

三田尻海軍局での勤めは多忙をきわめた。藩船の機関が不調になり、長崎造船所で修理することになった。長崎におもむいたおれは、旧知の岩瀬良應《いわせりょうおう》さん宅に寄宿した。オランダ大通詞《だいつうじ》の彼とは、同じ蘭学者の村田蔵六さんを通じての友人だった。

岩瀬家の長女種子《たねこ》が、おれの身のまわりの世話をしてくれた。

そのかわり本場じこみの英会話を早朝に教えた。十五歳になったばかりの種子は潑剌《はつらつ》としていた。語学に興味があるらしく、熱心に発音練習をくりかえした。

上海《シャンハイ》から機械の部品が届き、中古藩船の蒸気機関は作動した。おれは予定より早く帰郷することになった。少しばかり心残りがあった。

出立の前日、岩瀬さんから婚儀の話がでた。断る理由が何もみつからなかった。

翌年、おれは十六歳の種子を妻《めと》に娶った。

その年の夏、木戸さんから通達があった。指図をうけたおれは、幼妻《おさなづま》を連れて帝都に居を移すことにした。

引っ越してみると、なんと目と鼻の距離に伊藤家が建っていた。どうやら気配りのできる俊輔が新居を手配してくれたらしい。いまや政府高官だが、変わらずおれの相棒でいてくれることに感謝した。

さっそく引っ越し祝いに俊輔が来訪し、妻の種子に恭《うやうや》しく真珠の首飾りを贈ってご機嫌を取りむすんだ。

「待ちかねたぞ、庸三。ほっといたら、いつまでも故郷でくすぶっとるから、桂さんをせかせて呼び寄せた」

「藩費留学生としてお礼奉公しとっただけじゃ」

「あいかわらず律儀じゃのう。ほかの長州人らは新政府の要職を求めて、このわしのところに毎日のように頭を下げに来るのに」

「人それぞれだ。種子、早めにディナーの支度を」

おれがうながすと、種子が頰《ほお》を真っ赤に染めて退出した。高価な贈答品を手にして、心から嬉しそうだった。考えてみれば、おれは種子に何一つプレゼントしていない。身なりだけは英国帰りの紳士づらをしているが、根っこはいまだに頑固な長州男児だった。それにくらべ、俊輔の気配りはいっそう磨きがかかっていた。

面立《おもだ》ちも一変していた。すっかり目元の殺気が霧消している。どこから見ても穏やかで、深い学識をそなえた賢者の風格だった。かつては長剣の鞘尻《さやじり》をガラガラと引きずり、目を血走らせて大道を闊歩《かっぽ》していたことなど誰も信じないだろう。

二人きりになると、俊輔の声調がより親しげになった。

「じつは心配しちょった。酒も女もやらんし、一生独身じゃないかと。こうしておんしゃも若い嫁をもろうたし、これからは両家で末永く近所づきあいじゃ」

「一方がこねぇに偉くなっては、まともにつきあいきれんで」

「庸三、いまさら何を言うちょる。おんしゃとわしは『血盟の仲』じゃろうが。生きるも死ぬもずっと一緒じゃ」

「そうだな……」

おれは曖昧《あいまい》な笑みを浮かべるしかなかった。俊輔は、明治新政府の重鎮という立場になっても『塙次郎殺し』をずっとひきずっていたらしい。

苦しんでいたのは、おれ一人ではなかったのだ。

いつも快活にふるまっていた相棒も、年を経《へ》るにしたがって慙愧《ざんき》の念にからめとられていったようだ。被害者の血で交わされた熱い血盟は、どうあがいてもちぎりとれない。約束どおり、このまま二人で墓場までもっていくしかなさそうだ。

おれの気持ちを察した俊輔が、唐突に立ち上がって命令口調で言った。

「大英帝国で工業のなんたるかを学び、生きた機械となって帰国した貴様には重大な責務がある。山尾庸三、新たに創設される工部省の責任者として辣腕《らつわん》をふるってくれたまえ。けっして辞退はゆるさんぞ。『殖産興業』が明治政府のスローガンだ。日本が近代化して西洋諸国に追いつくには、工業立国をめざすしかない。それが成せるのは君しかおらん」

熱弁に圧倒された。核心をついた言葉の選び方も見事だった。風貌だけでなく、伊藤俊輔は立派に演説をこなせる政治家に激変していた。

おれはすなおに頭を下げた。

「よろしくたのむ」

「これで決まりだ。一応わしが組織のトップだが、近代工業の知識は何一つ学んじゃおらん。なので工部省の未来は君にあずける」

「全力で取りくむよ。で、手始めは」

「これだ」

俊輔がテーブルの上に日本地図を広げた。

あたえられた任務は国営事業の鉄道施設、それに造船所や製鉄所の運営管理だった。

だが、おれが港町のグラスゴーで得た知識はかぎられている。日本で工学を創始するなら、本場から外国人技師を呼び寄せるべきだ。俊輔にそう進言した。

参議の木戸さんは決定権を持っている。そこがねらい目だった。

おれは上京のご挨拶《あいさつ》を兼ねて、駒込《こまごめ》の坂道にある庭園じみた大邸宅を訪れた。歓談の中でさりげなく外国人技師の招聘《しょうへい》を持ち出した。すると木戸さんはその場で提案を快諾し、人選をおれに一任してくれた。

さっそくおれはイギリスの知人たちへ数通の手紙をだした。

工業立国をめざすため、おれは木戸参議の力をかりて工部省設置の建白書を提出した。新政府内は長州閥でかためられている。早くも年明けには念願の工部省が新設された。

工部省　大輔　　伊藤博文
工部省　工学寮頭　山尾庸三
工部省　鉱山寮頭　井上　勝
英国帰りの三人が要職に就いた。地位も給与の額もこの順番だった。井上勝《いのうえまさる》と改名した野村弥吉は、心ならずもおれの下で働くことになった。

例によって、弥吉はずっと愚痴《ぐち》っていた。

「なんたる人事だ。ロンドン大学をちゃんと卒業したのは僕だけなのに」

それでも仕事面では三人で協力してやっていった。同じ留学生仲間の遠藤謹助も、造幣局長としてがんばっている。彼は持病があるので心配だった。

おれたちの破格の出世には、もちろん木戸さんが大きく関わっていた。

明治維新の三傑は、薩摩の西郷隆盛《さいごうたかもり》と大久保利通《おおくぼとしみち》、そして長州の木戸孝允とされている。

新政権が誕生すると、長薩の三者が参議となって政界を仕切った。その中でも木戸さんは最高実力者として君臨していた。

理由ははっきりとしている。討幕戦で最も血を流したのは長州人なのだ。他の勤王諸藩はそれに追随して甘い果実を得たにすぎない。もし松陰門下の高杉さんや久坂さんが生きていたら、この二人が新政府の中枢《ちゅうすう》に立っていたろう。

相棒の俊輔は、同門の二人の代弁者として木戸さんに継ぐ高位にのぼりつめた。

工学寮頭となったおれも、新政府内での発言力を有するようになった。やっと生涯の責務を果たす時がきたと思った。工部省の権限外だが、障害者のための特殊教育を太政官に願い出た。盲唖《もうあ》学校をつくるには多大の資金がいる。富国強兵を掲げる明治政府にとって、まったくの無駄金だ。陸海軍の増強が最優先だった。弱者救済にかまけていては、西洋列強にいつまでたっても追いつけない。

結局、時機尚早《じきしょうそう》として棚上げされてしまった。

頼りとする木戸さんと俊輔は『岩倉具視《いわくらともみ》欧米使節団』に加わり、日本を離れることになった。出港の際、木戸さんがおれを気づかって言ってくれた。

「悪く思わんでくれ。いつも伊藤くんばかりを随行しているのは、彼のことを忠実な部下だと思っているからだ。山尾くんはかけがえのない大切な友人だから、あまり仕事がらみで一緒になりたくないんだよ」

「ありがとうございます」

おれはすなおにうけとった。かけがえのない友人という言葉が心底うれしかった。

欧米使節団の一員となった俊輔には、すでに連絡済みの外国人指導者の選抜について任せることにした。人を見る目はおれより確かだ。現地で候補者たちに会い、きっと最適の人材を日本へ送り届けてくれるだろう。

その後日本に居残ったおれは、弥吉と二人で鉄道開業に全力を傾注した。

俊輔はどこに在っても仕事が早い。半年も経《た》たないうちに、百人ほどの若いイギリス人鉄道技術者たちが来日した。さらには英国東洋銀行とも渡りをつけ、鉄道施設基金を募集して百万ポンドを調達してみせた。

これで人材も資金も一気にそろった。

早々と日本に着任した英国人技師のエドモンド・モーレル氏は、建設長官となって新橋・横浜間の測量にとりかかった。体格のよいイギリスの若者たちの働きぶりも目を見張るものがあった。おかげで鉄道施設作業は順調に進みはじめた。

始発駅となる新橋の仮宿舎で、ひさしぶりに留学生仲間の野村弥吉と顔を合わせた。今は井上勝と改名しているが、おれにとっては酒癖の悪い『のむらん』だった。

相変わらず仲はよくないが、仕事関係ではたがいに協力しあっていた。

話はやはり俊輔の人物評となった。例によって、弥吉が眉根を寄せて話しだした。

「まったく伊藤は手がつけられんのう。やることなすことすべて図に当たりよる。昇竜の勢いの出世頭じゃないか」

「いや、昔からだれよりも役に立つ男じゃったでよ」

「庸三、おまえは同輩で仲がいいから、そう見えたんだろ。でも、たしかにどんな局面でも決断は早かったな」

「まさに兄貴分の高杉さんじこみ。疾風迅雷じゃ」

「くやしいが認めざるをえないな。英国でひたすら勉学に励んでいた僕たちは、実行力のある伊藤にはとても追いつけそうもない」

そばの弥吉と顔を見合わせ、ほろ苦く笑った。思わぬ近くに桁外《けたはず》れの巨人がいることに、おれたち二人はやっと気づいたのだ。

われらの世代の指導者《リーダー》は、まぎれもなく足軽上がりの伊藤俊輔だった。

終章　暗殺の森

わしの言動はいつも皮肉な神に見張られているらしい。悪いことをするとうまくいくが、良いことをすると逆に罰が当たる。

今回もそうだった。

木戸参議に指名されたら断れない。わしは岩倉具視欧米使節団に随行し、かずかずの成果をたずさえて帰国した。そこまでは順調だった。

帰朝の歓迎会では、大勢の知人や縁者にとりかこまれた。『伊藤博文』の面倒見のよさは政界に知れ渡っている。すり寄ってくるのは、長州閥にどっぷりと浸かった小権力者ばかりだった。

そうした宴席に真の友はけっして姿をみせない。

仕事熱心な庸三は、工部省管轄下の兵庫製作所へ出張していた。現場で陣頭指揮をとり、国産の汽船建造に情熱をかたむけているらしい。

グラスゴーの造船所で熟練工として働いていた庸三なら、きっと近代的なすばらしい造船所を構築してくれるだろう。

盃を重ね、すっかり酩酊《めいてい》したわしは千鳥足で会場外の廊下へと出た。

「伊藤閣下、少しお時間をいただけますか」

不意に横合いから声をかけられた。着古した羽織《はおり》袴《はかま》姿の老人が、そのまま前面にまわりこんで一方的に話をつづけた。

「失礼を承知で申し上げます。ごらんのとおり、私めは元幕臣の名もなきおいぼれですが、長薩主導の新政府の人事には懸念を抱いております。多くの有能な青年らが世に埋もれ、このままでは進歩的な西洋諸国の後塵《こうじん》を拝することになりましょうぞ」

「もっともな話だ。で、何か試案でもあるのか」

廊下に立ちどまったわしは、一家言を持つ老人に鷹揚《おうよう》に対応した。たしかに政権の重要ポストは、能力に関係なく長薩《ちょうさつ》の連中が独占している。

深く一礼した老人が、今度は声を低めて語りだした。

「寛大なるお言葉、痛み入ります。これは政策の妙案というより、一個人への救済案というべきものなのですが……」

「遠慮は無用。かまわんから存念を申し述べなさい」

まわりくどい話をわしは好まない。この元幕臣もまた、他の者らと同じく職の面倒をみてもらいに来たのだろう。

だが、彼の口からこぼれ出たのは思わぬ人物の名だった。

「塙忠宝《はなわただとみ》、通称塙次郎という人物をご存じですよね」

わしは言葉につまった。

体内に寒風がサァーッと吹き抜け、一瞬で酔いもさめた。目の前にいる正体不明のおいぼれが、九段坂で刺殺した大学者と重なってみえた。死者の祟《たた》りは根深い。生涯この身にまとわりつくのだろうか。

どうにか息をととのえ、からくもこたえた。

「もちろん知っておる。それがどうした」

「塙次郎どのは逆賊の汚名を着せられて横死なさいました。それゆえ、ご子息もまた維新後は不遇の身の上。お父上の学識と英知を引き継ぎながらも、それを生かす場所がありません」

「それは難儀じゃな」

「なれば、なにとぞ閣下のご配慮をもって……」

「わかった。みなまで言うな。ご子息の名と住所は」

「ここにございます」

老いさらばえた元幕臣は、袂《たもと》にたずさえていた封筒を手早く差し出した。そして姓名すら名乗らぬまま、赤い絨毯《じゅうたん》が敷かれた長い廊下を音もなく歩き去っていった。

とてもこの世の者とは思えなかった。亡者かもしれないと思った。冷えびえとした館内にとり残されたわしは、ぐっと封筒を握りしめた。

現世利益を追い求めてきたわしは、もとより古びた迷信には無縁だった。相手が何者であれ、脅迫じみた請願など無視すればいい。手にした封筒をこの場で引き裂けば、塙次郎との長い因縁は断ち切れる。

三日ほど思案したのち、わしは工部省の一室に部下の河瀬真孝を呼び出した。旧名・石川小五郎。若き日、共に倒幕戦に身をささげた戦友だった。

河瀬は荒くれ者ぞろいの脱藩浪士らを束ね、遊撃隊を指揮していた。統率力があり、新奇を好んだ。藩政奪取を掲げ、檄《げき》をとばした高杉先輩に賛同したのは命知らずの力士隊と、吉敷から駆けつけた遊撃隊だけだった。

わしは力士隊をひきいて下ノ関の奉行所を襲い、強引に金蔵を押し開けた。遊撃隊の河瀬は、高杉先輩と共に三田尻の長州海軍局を急襲して三隻の軍艦をぶんどった。

わずか一日で、わしら二人は軍資金と制海権を奪取したのだ。

しかし、胸躍《むねおど》る懐旧談にふけるために戦友を呼び出したわけではない。本日の用件は別にあった。若い給仕係を遠ざけ、河瀬と二人きりの場をつくった。

階級はわしのほうが上位だが、こうして対座したときは気心の知れた仲間として話すのが決まりだった。

「すまんな河瀬、急に声をかけたりして。知ってのとおり、わしゃ昔からせっかちな性分じゃし。今日は少しばかり頼み事があってな」

「なんでも言うてください。伊藤さんを人生の先導者と思うて生きてきましたけぇ」

洋行帰りの河瀬は昔と変わらず一本気だった。

活発で何をやらせても優秀だ。しかし、松陰一門ではないので長州閥の本筋からは外れていた。元英国留学生は先輩の庸三の推薦もあって、わしが工部省へ引っ張り上げた。

本題に入る前に、わしはさりげなく謝辞をのべた。

「まずは礼を言う。今回の欧米使節団が滞《とどこお》りなく使命を果たせたのも、君の緻密《ちみつ》な下準備があってのことだしな」

「いいえ、お礼を申し上げるのはこっちですよ。まだ戊辰《ぼしん》戦争が終結していない中で、第二次長州英国留学生として私を推挙してくださったのですから。渡英が子供のころからの夢でしたし」

「君ほどの俊才を、むざむざ戦場で死なせたくなかっただけだよ。長州はあまりにも多くの逸材を動乱の中で失っておる」

「そうですね。最後の切り札だった高杉総督も、徳川幕府の終焉《しゅうえん》を目にすることなく亡くなられましたし」

「今も生きておられたら、たぶん毎日怒鳴られてばかりだな」

わしが慨嘆《がいたん》すると、河瀬が深くうなずいた。

「ええ。上官しだいで男の運命は左右されます。私も伊藤さんや山尾さんとのご縁だけで念願の工部省で働けるようになりました」

「君の本分は内政より外交にあると思う。木戸参議も同意見だ。習得した語学を生かし、日本独自の美徳や勤勉さなどを存分に西洋人らに伝えてくれ。いずれ近いうち、君は英国駐在公使としてイギリスを再訪することになるだろう。準備しておきたまえ」

「ご厚情、感謝いたします」

河瀬がうっすら涙をにじませて頭を下げた。

しんみりしすぎては話が切り出しにくい。本当の用件は天下国家を論じることではなく、不遇な若者の就職話だった。

わしは、ふと思い出した風に言った。

「そうだ。君の同期生には官庁の幹部がたくさんおるな。もし空いている役職があれば、推薦したい人物がいるのだが……」

「たしか大学小助教のポストが空席だと聞いております。伊藤さんのお声がかりなら即決するでしょう」

「わしの名前は伏せてくれたまえ。変に忖度《そんたく》されてはこまるしな」

「ありえますね。今や伊藤さんは参議兼工部卿ですし、殖産興業の象徴みたいなもの。いわば政界の陰の最高実力者だ。出世欲の強い若手官僚たちはみんな役立とうとするでしょうね」

「河瀬、それは買いかぶりだよ」

謙遜《けんそん》ではなく本心だった。

ずっと格下のわしが、木戸・大久保・西郷という大物と同列の地位にまで引き上げられたのは、長薩政権のバランスをとるためだ。どう考えても明治維新を先導した長州が、木戸参議一人だけでは割に合わない。

いわば員数合わせのためだけに、工部卿のわしが参議を兼務することになったのだ。長州を代表する木戸さんにとっても、以前は当家で働いていた小器用な従僕は、何かにつけても使いやすい相手なのだろう。

数々の僥倖《ぎょうこう》にめぐまれ、わしは政界最高位の参議にまでのぼりつめた。

けれども、過去をふりかえれば良いことばかりではなかった。幾度も危ない橋を渡った。他人に話せないような悪行にも手を染めてきた。どれも先輩たちの指令を受けてのことだったが、それは言い訳にすぎないとわかっている。

好漢の河瀬が微笑《ほほえ》んで、こっくりとうなずいた。

「ご本人がそうおっしゃるなら、そういうことにしておきましょう」

「それと俸給は奮発するように」

「了解いたしました。お任せください。で、その人物とは」

「連絡先はここに記してある」

わざとつっけんどんに言って、よれよれの封筒を河瀬に手渡した。『塙』の名を絶対に口にしたくなかった。

そのかわり、地獄の亡者の願いはすべて聞き入れよう。

忌《い》まわしい悪縁はこれっきりにしたいと思った。


長女の寿栄子《すえこ》が生まれ、仕事も順調だった。

字はちがうが、その名は若き日に亡くなった実母『末子《すえこ》』からとったものだ。いくつになっても、どこに住んでも、母と故郷は忘れがたい。もしかすると、この二つは近しい同義語なのかもしれない。度を過ぎた感傷癖は、実生活での弱点にちがいなかった。

それでも仕事面では新橋・横浜間の鉄道開業が成り、おれは順調に工学寮頭から工部大輔《こうぶたいふ》に昇進していた。

新橋駅で行われた盛大な開業式には明治天皇も御臨席された。おれは工部省を代表して祝辞をのべるという大役をまかされた。

秀才の野村弥吉はライバル心がつよい。その性根は帰国後も変わらなかった。「かのロンドン大学で『鉄道学』を専攻したのに、トンビに油揚げをさらわれた」と愚痴《ぐち》っていた。

名を井上勝と改めた今も、不満の色を隠そうともしなかった。

「いつまで頑迷な上司の下で働かされるんだよ。スコットランドの港町で臨時工として雇われていた山尾なんぞは、造船や鉄鋼をやってりゃいいんだよ。位階だって僕は正五位なのに山尾は従四位だ。それに月給ときたら、こちらは三百円なのにあちらは四百円も貰《もら》ってやがる」

深酔いすると、いつもそう言ってこまかい事にまでからんできた。

相反する二人だが、たしかに酒乱ぎみの井上の言うことにも一理ある。本来、鉄道分野は彼の持ち場なのだ。

工部卿伊藤博文とのつながりの濃淡で、二人の人事が決まったようだ。参議まで兼ねているので、政府内の実権は俊輔のもとへ一気に流れ下った。

もはや誰も口出しできない。

気安く進言できるのは、訳ありのおれ一人だけだった。

しかし、口下手なので今回の件はうまく話せそうもない。しかたなく工部卿の伊藤宛に手紙を送った。『鉄道関連のことはすべて井上勝に一任し、自分は日本工業全般の発展のために働きたい』と伝えた。

二年後。大阪・神戸間の鉄道施設も完了した。

だが総工費は五百万円を超えてしまっていた。その額は工部省興業費の年間予算の三割近くになる。これでは他の鉱業部門や電信部門の開発が遅れてしまう。

工部省の会議室に幹部たちを集め、工部卿の伊藤が断を下した。

「イギリス製機関車が高額なのは仕方ないが、英国人技師たちの月給はやはり高すぎる。早めに契約を打ち切って母国へ帰ってもらおう。鉄道の工事現場で訓練をうけた日本人技師たちを活用すれば、人件費は十分の一で済むだろう。予算は限られておるのだから、それしか鉄道網を広げる道筋はあるまい」

伊藤の考えは正しい。国家予算の分配が政治家たる者の本道なのだ。逆らいぐせのある井上勝も末席で黙っていた。

つらい選択だが、ちゃんと始末はつけなければならない。

解雇通知はおれがだした。イギリス人技師たちを極東の島国に呼び寄せたのは、まぎれもなくこのおれなのだ。

英国の中でもスコットランド出身者は気性が激しい。

きつい反発があるだろうと予想していたが、全員が両手をひろげて歓声をあげた。だれよりも故郷を愛するかれらは無邪気に帰国を喜んでいた。

せめて良い思い出を残そうと思った。おれは英語のできる日本の外交官たちに声をかけ、工部省の大広間でお別れパーティーをひらいた。

十数人の英国人技師たちが正装してやってきた。タキシード姿がお似合いだった。中には金髪の細君を連れてきた者もいた。薄毛の技師長からはオルガンを用意しておいてくれと事前に頼まれていた。おれはオルガンだけでなく、自宅に溜めこんでいた貰い物のスコッチ・ウィスキーを会場に持ちこんだ。

英語が堪能な日本人ばかりだったので、異文化交流は大いに盛り上がった。パーティーが終盤にさしかかった時、若い英国女性がオルガンを奏《かな》ではじめた。

出だしの旋律を聞いて胸の奥が熱くなった。

A u l d　L a n g　S y n e
それは、まさしく別れの曲だった。日本への帰国が決まった時、グラスゴーの寄宿先でひらかれた送別会を忘れることはできない。

苦学生のおれとの別れを惜しみ、ブラウン家の長女がオルガンを奏で、幼い次女がこのスコットランド民謡『オールド・ラング・サイン』を歌ってくれた。

今回も技師長が歌いだすと、日本人外交官たちがうろ覚えの歌詞で唱和した。英語圏の国へ赴《ふ》任《にん》した者が多いので、何度か耳にしていたのだろう。

技師長が青い目でおれにウィンクした。一緒に歌えとうながしていた。場の雰囲気にのまれ、おれは笑顔で合唱の輪に加わった。

今日のお別れパーティーは、きっと英国人技師たちの胸に刻みこまれるだろうと思った。

それにしても名曲の持つ伝播力《でんぱりょく》はすごい。

数年も経《た》たないうちに、都内の少年少女たちが口ずさむようになった。春の卒業式シーズンになると、どこからともなく郷愁に満ちた歌声が聞こえてきた。たぶん、あのお別れパーティーの場にいた外交官たちが感激し、自分の子供たちに教えたのだろう。そしてかれらが通っている学校で歌いつがれていったらしい。

ほどなく尋常小学校の唱歌集『蛍』として採用され、日本全国へと広まったようだ。

何よりも日本語の歌詞がつけられたのがよかった。

これなら子供たちでも歌える。原曲の歌とは程遠いが、かえって七五調の文語体は日本人には親しみやすかった。

とくに出だしの歌詞がおれは好きだった。

『蛍の光　窓の雪……』

おれにとって、それまで青白い蛍の光は黄泉路《よみじ》へ誘《いざな》う魔物だった。見たくもないし、口に出すのも嫌だった。しかし、国学者稲垣千穎《いながきちかい》が創りあげた清らかな詞には、救済と感動があった。

ずっと悩まされてきた蛍の光は、美しいメロディーにのせて言語化され、人々の情感を癒《い》やす唱歌として再生されたのだ。

もう何も恐れることはない。

そう自分に言い聞かせた。犯した罪科は消えないが、穢《けが》れのない子供たちと共にこの歌を口ずさんでいこう。

昔、貧しい学生たちは窓外に舞う蛍の弱光や、降りしきる白雪の反射をたよりにして夜遅くまで勉学に励んだという。苦学生らが口にする蛍雪《けいせつ》時代だ。そして修学の月日は流れ、大いなる希望を抱いて学舎を去っていくのだ。

グラスゴーの夜間大学生だったころ、おれも乏《とぼ》しいランプの明かりの下で英語表記の教科書を読みふけったものだった。

『蛍の光』は 志《こころざし》という言霊《ことだま》を宿していた。

口ずさむたびに救われた気持ちになった。心が浄化された。取り返しのつかない間違いも犯したが、おれと俊輔は懸命に志士として生きてきたのだ。どんな窮地に立っても、志を捨てたことは一度もなかった。

おのれをかえりみて、イギリスで聞きかじった情操教育の必要性を痛感した。

上官の伊藤に進言し、許可を得て工部省内に日本最初の美術学校をひらくと決めた。なんとか工業と紐づけるため、物づくりに応用できる画学科と彫刻科を置いた。さらに男女共学を提案すると、軟派一筋の伊藤が大笑いした。

「かっはは。女ぎらいで通してきたのに、こりゃ快事じゃのう」

「いや、男女共学イコール男女同権だよ。仕事面だけではなく、芸術面でも女性に門戸をひらくべきだろう」

「レディファーストが英国紳士の本分じゃしのう」

「二人とも付け焼刃のニセ紳士じゃが」

「庸三、それは国家秘密だぞ。やっちゃれ、やっちゃれ」

笑みをたやさず、伊藤が上機嫌で言った。

「よし、決まりだ。資金面はおんしゃにまかせた」

やり手の新政府高官に後押しされ、おれはすぐに着手した。

新聞で募集すると、男女共学の美術学校に三名の女生徒が応募してきた。女性蔑視の世の中で勇気があると思った。三名は無試験で合格させ、男子生徒たちと同じ教室で西洋画と近代彫刻を学ばせた。

盲唖《もうあ》学校建設の実現も、徐々に光明が見え始めていた。

だが平穏な世は長くは続かない。明治もまた激動の時代だったのだ。

めずらしく五日以上も上司の伊藤から連絡がなかった。おれは胸騒ぎがした。すると、やはりとんでもない大事変に俊輔はまきこまれていた。

その件を真っ先に知らせてくれたのは、同郷の毛利親直さまだ。第二次長州英国留学生たちの主将で、その姓どおり吉敷毛利家の若君だった。

本家筋の毛利藩主毛利敬親さまから親の一字を授かったぐらいだから、将来を嘱望《しょくぼう》されていたにちがいない。現に元服直後の十五歳の時、親直さまに長州軍の先鋒隊指揮官として白羽の矢が立った。

そして国境《くにざかい》の芸州口に攻め寄せてきた幕府軍二千を、わずか三百の寡兵《かへい》で迎え撃った。恐れることなく、みずから抜刀して敵陣へ突進した。従う部下の半数は死傷したが、幕府軍を十里先まで蹴散《けち》らしたという。

その軍功により、長州英国留学生にえらばれたと聞いている。

イギリスにおいては、おれと同じくスコットランドに向かい、ジムネイジアムの大学に学んだ。成績もすばらしかった。専攻の兵学だけでなく、英文法や算術などで一位をとって表彰された。なにをやらしても万能で、非の打ちどころがなかった。各藩から派遣された数十人の英国留学生の中で、最もすぐれた人物だったとおれは思っている。

だが、最近は悪い噂ばかりが耳に入ってくるようになった。

帰国後、親直さまはすぐに病と称して吉敷毛利家の家督を捨てたらしい。そのくせ療養するでもなく、帝都の巷《ちまた》で飲み歩いていた。同じ英国留学生のよしみで、たまにわが家を訪れることもあるが、たいがいは借金の申し出だった。

その日も人目を避けて夜遅くにやってきた。

応接間に入ってきた親直さまは、この寒空に外套《がいとう》すら身に着けていなかった。暮らしの困窮ぶりがみてとれた。それでも平然と上座の席にすわって一礼した。やはり身についた習《なら》わしはかえられないようだ。

下座のおれも丁寧語《ていねいご》で応対した。

「ごきげんよう、親直さま。寒気もきついですし、よろしければ、スコッチ・ウィスキーをお持ちいたしましょうか。当方は下戸《げこ》なのに、英国の友人たちがしきりに地元の酒を持ちこんできて処置にこまっておるのですよ」

「いや、酒はけっこうです。それと私の名は上野五郎《うえのごろう》、平民の上野五郎」

「えっ、まさか毛利親直の名までお捨てになったのですか」

「そう、何の未練もありません。いつも泥酔して上野界隈《かいわい》でごろごろしていましたので、上野五郎と名乗ることにいたしました」

飄々《ひょうひょう》とした語り口には、世捨て人めいた諦観《ていかん》があった。

その軽さこそが悩みの根深さを示している。たしかに自然体の物腰は、『上野五郎』の名がお似合いだった。

永く気鬱《きうつ》の波に翻弄《ほんろう》されているおれには、親直さまの気持ちが痛いほどわかる。

先進国のイギリスで吉敷毛利家の若君の身に何かが起こったのだ。人生観を一変させるほどの悲劇に見舞われたことは確かだった。

白人女性とのかなわぬ恋か。

阿片《あへん》の常習か。それともロンドンの裏町で目にした貧民たちの惨状なのか。

いや、そんな甘ったるい話ではない。たぶん人の生死にかかわる事案だ。人殺しの加害者として、今ものうのうと生きのびているおれには、そうとしか考えられない。

芸州口の戦いで、初陣《ういじん》の親直さまは血気に逸《はや》って無謀な突撃を敢行した。その折、敵兵だけでなく多くの家来たちを死なせている。イギリスの大学で学ぶうち、御自分が指揮した戦闘がどれほど非道であったかを嚙《か》みしめたのではないか。

いずれにしても、純正な若君は異国で武士道の悪弊《あくへい》を思い知り、無力感にさいなまれて身を持ち崩したのだろう。

おれはつとめて明るい声で言った。

「ほう、上野五郎か。軽妙ですばらしいお名前ですね。新政府のお偉方が改名するのは、すべて重厚で偉そうな名前ばかりなのに」

「そういえば山尾庸三さんは改名していませんね。でも、ちゃんと要職に就《つ》いておられる。嫌味ではなく、英国で学んだ技術と知識を存分に生かし、日本の近代化をリードしてくださいまし。それとこれからは、年下の私のことを『五郎』と呼び捨てに」

思わずおれはきつい長州弁になった。

「意味がわからんでよ。親直さま、何を言うちょるんですか。こっちこそ瀬戸の船頭上がりじゃ。望めば子爵《ししゃく》にもなれたお人を『五郎』と呼び捨てにゃできんじゃろうが」

「すみません。こんな非常時に冗談など言って」

「非常時とは……」

「まだご存じないようなので申し上げますが、去る一月二十九日、下野した西郷隆盛どのが『士族の特権復活』を旗印にして鹿児島で挙兵いたしました。およばずながら私も従軍するつもりです」

「まさか反乱軍に」

「はっはは、平民の私がいまさら威張《いば》りくさった士族どもの味方をするわけがない。明治新政府内の友人から内密に声がかかったので、お偉い指揮官ではなく一兵卒《いっぺいそつ》として出征いたします」

妙に晴れやかな表情をしていた。

やはり症状はおれよりずっと重いようだ。親直さまは本当に生きることがつらいらしい。他人にはけっして打ち明けられない秘密を抱えこみ、絶望の淵《ふち》でひたすら死に場所を探し求めていた。

そして見つけたのだ。

もはや思いとどまらせることはできない。安易に生きて戻って来いとも言えなかった。この世には死ぬより苦しいことが無数に転がっている。

「お決めになったのならとめません」

「渡英の折、山尾さんに窮状を救われました。あの時、受けた御恩はかならず返すと申しあげた。ですが何ひとつ返礼もできず、お恥ずかしいかぎりです」

おれは涙をこらえて言った。

「お別れの挨拶《あいさつ》に来てくれただけで充分ですちゃ。それに『西郷反乱』の急報も伝えてもろうたし。参議の伊藤からは何も聞いちゃおらん。面目ないが、いざ開戦となると役立たずのおれはいつも遠ざけられるけぇ」

人ひとり殺したぐらいで思い悩むような男は、戦場では邪魔者あつかいされる。平然と刃《やいば》をふるい、迷わず銃の引き金をひける者しか軍人とは呼べないのだ。

きっと文武を兼ね備えた毛利家の末裔《まつえい》は、平民上野五郎として真っ先に敵陣へ突撃する。そして士族の誇りを捨てきれない薩摩の若者たちと刺しちがえるだろう。

別れぎわ、餞別《せんべつ》としては多めの金を包んで渡した。

玄関先で一礼した五郎さんは、微笑《ほほえ》みだけを残して去っていった。

その三日後、不精髭《ぶしょうひげ》を生やした参議が訪ねてきた。激務に追われ、入浴どころか髭を剃る間もなかったらしい。

例によっておれたちは、英国人のように居間で紅茶を飲んだ。種子が席をはずして二人きりになると、髭づらの俊輔が大きく吐息した。

今の立場は上司と部下だが、こうして語らうときは昔ながらの相棒だった。

「庸三、今回だけはどねぇもこねぇもならんでよ。もう知っちょるじゃろうが、鹿児島へ帰郷された西郷さんが盟主となって兵を挙げた。旧薩摩藩士どもによる反乱じゃ。共鳴する者も多くてな。一週間もせんうちに九州全域から同志らが集まり、今では三万を超す大軍になっちょる。こちらも金をばらまいて必死に新兵を徴募しとるが、まだ二万足らず。ひょっとすると、この内戦に負けて明治政府は転覆《てんぷく》するかもしれんな」

おれと話すと、どうしても互いの訛《なま》りがきつくなる。

「薩摩の者《もん》は一本気じゃけぇ、いったんやると決めたら命がけで突っこんできよる。すまんのう、俊輔。何の役にも立てんで」

「気にするな、わしに任せちょけ、戦《いくさ》の始末ぐらいはできる。今回の内乱は、西郷さんと木戸さんの新たな戦いじゃとにらんどる。長薩同盟により徳川幕府は倒せたが、本《もと》をただせば、あン二人は仇敵《きゅうてき》じゃったしな。木戸さんが洋行中、留守をあずかる西郷さんが独断で『征韓論』をぶちあげよったし」

「あれはいかん。禄《ろく》を失った多くの武士たちを軍人として雇い入れるため、海をこえて韓国へ攻め入ろうなんて無茶じゃ。たちまち国際問題になるでよ」

「そう、一方的な侵略戦は絶対にゆるされん。昔から領土拡大は英雄たちの悲願じゃが、他国の民にとっては大虐殺の極み。洋行帰りの木戸参議にそこを突かれ、征韓論に敗れて下野したのに、西郷さんはまたも不満分子らァに担ぎ上げられてしもうた」

「で、戦いの勝算はどねぇか」

「正直言うて、いまのところは五分五分じゃ」

「恥ずかしながら、おれにできることは後方支援ぐらいかな」

気落ちしたおれを見て、俊輔がさっと話を転じた。

「人にはそれぞれの持ち場があるけぇな。そうそう持ち場と言えば、井上勝のことじゃが、これからは鉄道一本にしぼって仕事に邁進《まいしん》してもらうことにした。百年も経《た》ったら日本全国に線路が敷かれ、やつは『鉄道の父』とでも呼ばれるじゃろう」

「弥吉もきっとそれを望んじょる」

「庸三、そしておんしゃはたぶん『日本工業の創始者』と言われるでよ。わしの予言はけっこう当たる」

大げさに持ち上げられて面映《おもは》ゆい。おれは笑い流すしかなかった。

口達者《くちたっしゃ》な俊輔は、昔から近しい人物の容姿や性質の特徴をつかむのがうまい。褒《ほ》めるにせよ、茶化すにせよ、その本質を見事に言い当てる。思い返してみれば、先輩や仲間たちのあだ名は、すべて俊輔の話から出てきたものばかりだった。

奔馬《ほんば》高杉晋作

斬られの聞多

逃げの小五郎

見事に的《まと》を射ていた。まるで他所《よそ》からもたらされた風聞として話していたが、いつだって三者の身近にいたのは伊藤俊輔なのだ。

地頭《じあたま》が良すぎるせいか、俊輔の話はいつもころころと変わる。急にあらたまった顔つきになり、低い声で言った。

「しくじった」

「何を」

「聞けば、おんしゃはきっと怒る」

「どねぇした。言うてくれにゃ褒めるも怒るもないじゃろうが」

「庸三、すまん。ちょっとした気の迷いで情に流されてしもうた。じつはのう、塙次郎さんのご子息が、逆賊の血筋ゆえ就職先もないと聞き、新政府の幹部候補生として召し出したんじゃ。いまでは修史局御用係にまで出世しちょる」

「おれに黙ってなんちゅうことをする。死ぬまで秘密は守りきると誓《ちこ》うたろうが。二人で墓場まで持って行くと。これまでずっと平気な顔をしとったくせに」

「いや、若いころはほんとに平気だったんじゃ。今ごろになって……」

たぶん悪夢にうなされているのだろう。

経験者のおれはそう思った。無実の人を殺した罪悪感は消えることはない。じわじわと精神が蝕《むしば》まれていく。

おれのように、事件直後から顕著にあらわれる者もいる。だが俊輔の場合は十数年も経《た》ってから症状が出てきたようだ。

「ご子息は事情を知っちょるんか」

「彼は何も知らん。ただ塙さんと親好があった渋沢栄一《しぶさわえいいち》が探りを入れてきた」

「話が読めん。渋沢は民間人じゃろうが」

「でも手ごわい。日本の経済は実業家のやつがまわしとるしのう。かつて一橋家用人の平岡円四郎の下で働いていた渋沢は、維新後もずっと『塙次郎殺し』の犯人を追っとったらしい。ほら、わしらが決行前日に和学講談所へ下見に行ったとき、こちらを見張っとったじゃろう」

「あの眼光鋭い男か」

「その後、平岡も攘夷《じょうい》派の連中に暗殺されたので、弟子筋の渋沢は二人の遺恨を忘れずにいたようじゃ」

「赤の他人なのに、渋沢はなぜそこまで執念ぶかく追い続けるんね」

「やつの生国は塙保己一と同じ深谷《ふかや》なんじゃ。男児なら、同郷の偉人をあがめる気持ちはみんな持っちょるけぇな」

わかる気がする。おれもまた木戸さんへの尊崇の念をずっと抱き続けていた。

『逃げの小五郎』と蔑称されていたとしても、真剣勝負の場では圧倒的に強かった。練兵館塾頭の剣技を目の当《ま》たりにしたのは、たぶんおれだけだろう。

京洛で新撰組隊士らに誰何《すいか》された折、あざやかな小手打ちを次々と決めた。腕がちがう。あきらかに敵に致命傷をあたえるのを避けていた。おれの目には、強さとやさしさを兼ねそなえた最上の美剣士に映った。

渋沢にとっても、塙保己一や平岡円四郎はかけがえのない偉人なのだろう。

「それにしても厄介な相手じゃのう」

おれも二度ばかり工部省の執務室で渋沢と懇談したことがあった。平然と多額の借入金を要求されて痛い目にあった。

渋沢は渡欧した経験もあり、だれよりも流通経済にくわしい。弁舌も巧みだった。大蔵省を辞したあと、みずからが立ち上げた第一国立銀行を拠点にして、あらゆる分野で起業の発起人となっていた。

政府高官と対等に渡り合えるのは、実業家の渋沢栄一だけだと言われている。

噂はたしかなようだ。参議にまでなった男が、おれの目の前で頭をかかえていた。

「やつは理詰めでくるから、こちらもあせってしまう。『なぜ仇敵ともいえる幕府の御用学者の息子を、新政府内へ召し出したのか』と」

「で、何とこたえた」

「政財界の親睦会で世間話をしとった時、来賓《らいひん》らァのおる中で不意に訊《き》かれたのでうまく答えられんかった。笑ってごまかすしかなかった。きっとみんなに疑念を抱かれたじゃろうな。でも心配いらん。わしら二人にゃ法的な罪状はまったくない」

「ならば、もう一度確認しようや。文久二年十二月二十二日、おれたちは江戸にはいなかった。じゃから九段坂で起こった事件とは無関係だ」

「庸三、おんしゃ塙さんらァを殺した日時を憶えちょるんか」

「十二月二十二日は毎年やってくる。忘れるわけがなかろうが」

目を伏せ、おれは冷えた紅茶をグビリと飲んだ。

人知を超えた現象はたしかにこの世に存在する。俊輔には伝えていないが、塙次郎さんの霊魂は迷い蛍となって、いまだにおれたちを監視しているのだ。

渋沢栄一の追及はこれからも続くだろう。あせっても解決策などない。だが落ちついて考えてみれば、それほど危険な状況でもなかった。

二人がこのまま黙りとおせば済むことなのだ。髭づらの俊輔がうっすらと笑った。

「不思議じゃのう、庸三。こうしておんしゃと話しとると、なぜか時間がさかのぼって気持ちまで若くなる。どんな苦境に立っても突破できると思えてくる」

「そうとも、おまえならやれる。いや、おまえにしかできん」

「おう、驕《おご》れる西郷に鉄槌《てっつい》を下しちゃる」

生気をとりもどした俊輔は、意気揚々と帰っていった。

居間に居残ったおれは大きく吐息した。昨今さまざまな出来事があったが、それらはすべて些《さ》事《じ》にすぎない。大事業の殖産興業も単に仕事の一部だ。また内乱については門外漢として通すつもりだった。

やはりおれの心の大部分を占めているのは、イギリスで学んだ福祉政策だった。それは亡き塙次郎さんの悲願だ。その遺志を継ぐことが、生き残ったおれに課せられた避けられない懲罰にちがいなかった。

おれは、しばし追想にふけった。

六年前、初めて『盲唖学校設立』の建白書を太政官に提出した時は惨敗した。富国強兵をいそぐ陸海軍の将軍たちに猛反対され、危うく撃ち殺されるところだった。

思い返しても腹が立つ。弱者救済など、かれらの念頭にはなかった。健康な男子だけが眼中にあった。身体に障害のある者たちは、役に立たないと思いこんでいた。

「たとえ唖者であっても、手話をおぼえれば雇い主の言いつけはちゃんと守れますよ。学校で文字や数字を教われば、小さな商店なら金勘定もできる。技術も習得すれば町工場の熟練工ともなれるはずだ。現にグラスゴーの造船所でも雇い入れられてました」

いくらおれが公聴会で熱弁しても、将軍たちはまったく聞く耳をもたなかった。

「まずは軍事力を高め、日本の国土や国民の生命財産を守るのが指導者の義務だ。英国帰りを鼻にかけ、きれいごとの福祉政策をひけらかすのはやめろ」

位《くらい》が違うと言いたげだ。当時、おれは工学寮頭になったばかりだった。そのていどの若造が言うことなど、初めから何の説得力もなかったのだ。

出世したいと切に願った。

おれは懸命に働いた。手始めに鉄道施設に全力をそそいだ。だが初めから難題にぶちあたった。日本の七割は山林で覆《おお》われている。トンネル工事は多大の金と時間を要する。海岸線の平地に沿って線路を敷くことにしたが、用地買収にはかなりてこずった。

むざむざ耕作地を手ばなせば、農民は生業《なりわい》を失ってしまうのだ。

強制収用だけはさけたかった。おれは現地に足を運び、地主だけでなく小作人たちにも頭をさげた。誠意だけではかれらの心は動かせない。おれはいつも札束を鞄《かばん》に詰めこんでいた。

米作の農民は年に一度しか現金収入の道がなかった。何度交渉しても首を縦にふらない時は、かれらの目の前に札束を積んでみせた。

どうにか用地買収は軌道にのった。英国からも最新の機関車が船荷でとどき、一気に線路は延びていった。

手腕を買われ、木戸参議から長崎製鉄所の調査を命じられた。

にわかづくりの明治新政府は、明らかに人材が不足していた。多少でも近代工業をかじった者は、グラスゴーの工場群で技術をみがいたおれしかいなかった。

長州閥の木戸参議がいちばん日本の工業化に熱心だった。薩摩の西郷さんは軍備拡張にしか興味をしめさなかった。

やはりお二人は水と油だった。

例によって木戸さんから連絡が入った。長崎から帰参したおれは、その足で駒込の木戸邸へと急いだ。

八畳の客間で対面するなり、直接《じか》に要請された。

「山尾くん、待ってたよ。すまんが次は伊豆の神子元《みこもと》へ行ってくれたまえ。大型船の航行には洋式灯台が必要不可欠だしね」

「えっ、今度は神子元島灯台の整備ですか」

「そのほか、各地の新設灯台を見分して僕に報告するように」

「はい、了解いたしました。灯台網を全国各地に広げることが、貨物船の輸入に頼る日本の命綱ですし」

「船乗りはさすがに視野が広いな。北はロシアの黒竜江から、西は大英帝国まで足跡《そくせき》を残した者は君しかいない」

憧れの大先達《だいせんだつ》から熱い言葉をかけられ、おれは恐縮するばかりだった。

襖《ふすま》がひらき、着物姿の木戸侯爵夫人が笑みを浮かべて入ってきた。旧知の仲なので、おれは軽く会釈《えしゃく》した。

「山尾はん、おひさしぶりどす。ようお越しやしたな」

以前と変わらぬ雅《みやび》な京言葉がもどってきた。

志士桂小五郎が木戸孝允と改名したように、彼女も芸妓幾松から木戸松子と名を変えていた。

その美貌は今も衰えてはいない。時にはきらびやかなドレスを身にまとい、訪日した西洋の外交官たちを魅了しているという。

幕末の動乱期を生きのび、美剣士と名妓《めいぎ》は戸籍上も正式な夫妻となっていた。

それは俊輔も同じだった。

三味線芸者の梅子さんを正妻として迎え入れた。彼女もまた伊藤博文夫人として社交界でもてはやされている。お二人とも連れ添う男と共に功成り名遂げたのだ。

明治の元勲たちは、そろって豪奢《ごうしゃ》な洋館で暮らしている。けれども、木戸夫妻は松子夫人の好みを優先して日本家屋にお住まいだった。

二千坪もある大邸宅は、日当たりのよい傾斜地に建てられている。低地の苔庭《こけにわ》には池がつくられ、大きな緋鯉《ひごい》と真鯉《まごい》がゆったりと遊泳していた。

松子さんがいたずらっぽい表情で言った。

「ほんによかったと思うてますのんえ」

「何がですか」

「うちの人から聞きましたえ。まさか堅物《かたぶつ》の山尾はんがお嫁さんをもらうやなんて。とにかくおめでとうさんでした」

それだけ言って、松子さんはさっさと部屋から出ていった。

夫君の木戸さんは苦笑していた。

「あんな塩梅《あんばい》だ。知ってのとおり、僕にとって松子は命の恩人なので頭があがらん。松子の好きなようにさせておる」

「ええ。あれほどお美しいのに、内面は烈女ですし」

おれの知るかぎり、たおやかな京女は体を張って何度も木戸さんの窮地を救っていた。

松子夫人こそ最強の護衛だった。

対座している木戸参議が急に語調をつよめた。

「山尾くん、これまでずっと僕の手足となってよく務め上げてくれたね。その堅実な働きぶりは賞讃に値するよ」

「何をおっしゃいます。私は木戸さんの薫陶《くんとう》をうけてやってきただけです。殖産興業なくして日本の未来はないと」

「でも君自身の本願は別にある」

「はい。福祉政策の一環として、盲唖学校の設立を生涯の目標に定めております。その件については木戸さんの後援をいただきながら、まだ私自身が力量不足なので、成就《じょうじゅ》するのはずっと先になると思います」

「隠さなくていい。君は充分すぎるほど弱者たちに尽くしているじゃないか。設立基金を独力で立ち上げ、まず真っ先に年収をこえるほどの金額を寄付したとか」

「いや、それは……」

おれは口ごもった。

真の動機について、ここで明かすことはできない。木戸さんの信頼をうけている俊輔を巻きぞえにしたくなかった。

基金については官報の小冊子で知らせただけだが、それでも庶民から五銭・十銭の小口寄付金が集まった。涙が出るほどありがたかった。しかし、この流れでは何十年たっても盲唖学校は建ちそうもない。

提案者のおれは貯金を全額おろし、匿名で四百五十円ほど寄付した。個人では最高額だった。家計をあずかる妻の種子は文句ひとつ言わなかった。多額な寄付金の一件は、たぶん職務に忠実な会計監査員が、点数稼ぎで木戸さんの耳に入れたのだろう。

おれは、いかにもありそうな話でその場をしのいだ。

「やはり度をすぎた善行は、とかく売名行為だと思われがちです。それを恐れて公《おおやけ》にはしませんでした」

「なるほど、そういうことだったのか。いかにも君らしいな」

「支援者たちの尊い基金が充分にプールされたら、もう一度建白書を提出いたします」

「もうその必要はない」

「えっ、どういうことでしょうか」

「僕が御皇室に請願していた盲唖学校への賜金《しきん》だが、四日前に本決まりとなった。金額はなんと三千円だ」

おれを急に東京へ呼びもどした理由がやっとわかった。どうやら灯台視察の一件は付け足しだったようだ。木戸参議の話しぶりがいつになく熱を帯びた。

「それだけではなく、皇室からの賜金を耳にした岩倉具視卿や三条実美卿らも、それぞれ三百円ほど寄付された。また多くの政府高官や富豪たちも競って寄付金を届け出た。よくわからんが早い者勝ちみたいな有様だよ。集められた基金の総額は、すでに一万円に達している」

「やはり明治帝の御威光はすごいですね」

おれが嬉しさをかみしめていると、木戸参議が力をこめていった。

「三日後の十二月二十二日、正式に盲唖学校設立の許可が下りる。おめでとう、君の念願はついに果たされたのだよ」

その瞬間、落雷に打たれたような衝撃をうけた。脳天をぶち抜かれた気がした。まぎれもなくその日は、おれが雨の九段坂で凶刃《きょうじん》をふるった日だった。


昔からわしは運がつよい。松下村塾の末席を汚していた若輩《じゃくはい》が、こうして参議にまで成れたのも、途方もない幸運にめぐまれたからだった。しかし、続けざまに吉札をめくったあと、ぱらりと凶札が裏返った。

鹿児島で隠遁《いんとん》生活を送っていた西郷隆盛さんが挙兵したのだ。

世に言う西南戦争の始まりだった。反政府軍の旗頭となった西郷さんは、その大らかな風貌も相まって庶民の人気が高い。また士族からの信望も厚かった。明治帝までが素朴にして武骨な西郷さんを敬愛しているという。

豪放磊落《ごうほうらいらく》という日本人好みの英雄像にぴったりと一致していた。だが身近で接してみると、木戸さんより繊細なお人柄だった。

わしは認識を改めた。

お二人は気性が似すぎているから、かえって反発しあっていたのだ。

『大西郷挙《た》つ！』の急報をうけ、木戸さんの心痛が深まった。

精神的に追いつめられて持病が悪化した。たぶん末期の胃癌《いがん》なのだろう。心配でならなかった。

わしは乞《こ》われもしないのに、京都へ出張する木戸さんに随行した。今は内閣顧問として政界全体を仕切るお立場だった。皇室からの信頼も篤《あつ》く、もはや貴族というほかはなかった。

上京区《かみぎょうく》の官舎に着くと、木戸さんは玄関ロビーで力尽きたように倒れた。

わしが駆け寄ると、「松子を呼んでくれ」と言って意識を失った。

官公庁の施設では電報が使用できる。わしはすぐに松子夫人に電報を打った。最高実力者の木戸さんの重篤《じゅうとく》は当然秘匿《ひとく》されるべきものだが、わしは禁を破って庸三にも電報で知らせた。くわしい内容は記さず、短文を送った。

恩人の臨終の場に立ち会えなかったら一生悔やむことになる。そのことは、高杉先輩の死をそばで見届けられなかったわしが一番痛感していた。

折り返し庸三から手紙が届いた。例によって生真面目《きまじめ》な長文だった。木戸さんの快復を願って、毎日神棚に手を合わせているという。

文末に共通の知人について記されてあった。

『上野五郎こと毛利親直さまが、西郷軍に突撃を敢行し五月十八日に壮烈な戦死を遂げられました。御本人の望みどおり吉敷毛利家の若君は平民として死んだのです。享年二十六』

よほど思い入れがあるのか、息苦しいほど感傷的な文面だった。

その悲報は、わしも工部省勤務の河瀬真孝から伝えられていた。長州英国留学生たちは連帯感がつよく、帰国後も連絡を取り合っていた。河瀬にとって毛利親直は主筋《あるじすじ》なので、相当に落ちこんでいた。

手紙を読み終えた数時間後、上京区の官舎へ庸三が駆けこんできた。

「すまん。色々あって遅れてしまった」

「何しちょる、庸三。自分が出した手紙と競走か」

「内密に呼んでくれて感謝しとる。大事な仕事が山積して手が放せんかったんじゃ。それに五郎のこともあって」

「毛利親直さまじゃろうが」

「じつは別れの席で、これからは『五郎』と呼び捨てにしてくれとおっしゃってた。遺言としておれはそれを守る」

「あいかわらず融通がきかんのう」

「で、桂さんの容体は」

「倒れたあとずっと意識不明じゃが、なんとか気力でがんばっておられるでよ。おんしゃが来るのを心待ちにして……」

「……そげか」

感情が高まり、たがいに言葉が詰まった。涙がこみあげ、わしと庸三は人目もはばからずその場で抱き合った。

言葉を交わせぬまま、五月二十六日に木戸孝允さんは病没した。四十五歳だった。志士としては長命だったのかもしれない。

死は連鎖するらしい。

同年九月二十四日、戦い敗れた西郷さんは自刃して果てた。その数ヶ月後、大久保さんも刺客たちに襲われて斬り殺された。維新の三傑は、ほぼ同時に姿を消したのだ。

時代の重石《おもし》がとれた。わしは好機だと思った。次世代の有力政治家たちもそう感じたにちがいない。それぞれの思惑を胸に陣取り合戦が始まった。

結局、実務能力でまさる叩《たた》き上げのわしが勝ち残った。

明治十八年の十二月二十二日。それまでの太政官を廃して内閣官制となり、伊藤内閣が発足した。わしは晴れの門出に、あえてこの日をえらんだ。

理由《わけ》を知っているのは血盟の仲の山尾庸三だけだ。

庸三もまた、わしより先に十二月二十二日を盲唖学校の設立記念日に定めていた。毎年その日になると生徒たちと共に祝い、わしも何度か来賓《らいひん》として招かれた。たがいに何も語らず、無邪気に遊ぶ少年少女たちを見つめていた。

刺客から日本の最高権力者へ。まさに目もくらむような逆転劇だと自分でも思った。

日本国初代内閣総理大臣となったわしは、すみやかに閣僚人事を発表した。

総理大臣　伊藤博文

外務大臣　井上馨

内務大臣　山県有朋

政府の根幹は強引に長州閥でかためた。

そして長薩政権を維持するため、大蔵大臣には薩摩出身の松方正義《まつかたまさよし》を指名した。軍事面も薩摩に譲り、陸軍大臣は大山巖《おおやまいわお》。さらに海軍大臣として西郷従道《さいごうつぐみち》をえらんだ。彼は逆賊として戦死した西郷隆盛の弟だった。

また土佐出身者の谷干城《たにかんじょう》を農商務大臣とし、旧幕臣榎本武揚《えのもとたけあき》も逓信《ていしん》大臣として起用した。榎本は函館の五稜郭にこもり、攻め寄せる官軍に最後まで抵抗した男だ。

だれもが一筋縄ではいかない人物ばかりだった。

最後に内閣の要として、最も融通のきかない山尾庸三を法制局長官に据えた。きっと庸三なら、大臣らの身勝手な要請をはねつけてくれるはずだ。

伊藤内閣にとって、外交問題がいちばんの難関だった。

ずっと棚上げされてきた不平等条約を真っ先に解決しなければならない。

それは徳川幕府が次世代に残した負の遺産と言えるだろう。前政権は西洋列強の砲艦外交に屈し、不平等条約を結ばされていた。治外法権なので、西洋人が日本で重罪を犯しても罪には問えなかった。それよりも国家として痛かったのは、関税の自主権が確保できず、相手国に都合のよい税制をずっと押しつけられていた。

これではいくら安価な生糸を輸出しても、高い関税を課せられて売れなくなってしまう。逆に輸入品は高値で買うほかはなかった。

これを是正しなければ日本の未来はない。

しかも条約改正会議は一年後にせまっていた。急ごしらえの伊藤内閣は、なんとしても悪法を打ち破らなければならなかった。

わしは外相の井上馨を会議室に呼び出し、庸三を交《まじ》えて対策を練った。共に長州英国留学生仲間なので、遠慮なく存念をのべた。

『斬られの聞多』の異名を持つ井上が不満げに舌打ちをした。

「チッ、幕府の尻ぬぐいばかりさせられるな。多くの犠牲を払って政権を手中にしたのに、これでは高杉さんに合わせる顔がない。な、そうだろ伊藤」

いつものように気安くわしに話しかけてきた。それをさえぎり、新内閣を支える庸三がきつい口調でたしなめた。

「井上、親しき仲にも礼儀ありだぞ。これからは伊藤総理と呼ぶべきだ」

「さすが法制局長官どのはきびしいのう。やっぱり山尾が適任だ。そうですよね伊藤総理」

軽く受け流し、わしは真顔で本題に入った。

「知ってのとおり、日本の印象を良くするため欧化政策をとってきた。鹿鳴館《ろくめいかん》を建造して各国大使らをもてなしたが、かえって軽く見られてしまったようだ。もっと日本の近代化を顕著にあらわす重厚なものを表現できないか。本日はそれを議論したいと思う。長官、何かないか」

「ございません。相手国と誠心誠意話し合うことしか」

予想したとおり、簡潔で気持ちのよい返事が返ってきた。

いかにも庸三らしかった。わしはそれでいいと思った。法制局長官の役目は妙案をひねりだすことではなく、その案件の法的根拠を見定めることにある。生真面目な庸三は、時間をさいてイギリスの外交官から国際法の個人授業を受けているらしい。

指名していないのに、井上外相がいつものように大風呂敷を広げた。

「外交において、こちらが下手《したて》にでれば相手はつけあがるだけ。それにつたない英語で何十回説明しても、皮肉屋の西洋人たちには伝わらんでしょう。むなしい言葉を重ねるより、広大な日比谷練兵場あたりに石造りの中央官庁街を建て、やつらに日本の底力を見せつけてやりましょう」

「そうだな。いけるかもしれん」

たしかに西洋諸国の首都には壮麗な官庁街があって圧倒された。後進国の日本が肩をならべるには、そうした表看板が必要だと思った。

即断即決がわしの身上だ。

「井上、好きなようにやってみろ。全責任はわしがとる」

「さすが伊藤総理だ。話が早い」

「で、法制局長官の意見は」

わしは同席の庸三にも話をふった。かつて渡英の折、先を急いだわしと井上は乗る船の選択をまちがえ、地獄の苦しみを味わった。後から船に乗った庸三のほうがずっと早く目的地のロンドンに着いたのだ。

二度と同じ失敗をくりかえしたくない。慎重な庸三が、もしこの場で反対したら白紙に戻すつもりだった。

「総理、中央官庁街は必要です。推進しましょう」

「よかった。長官が同意してくれたからには、総力をあげて前へ進もう」

「ですが、一つだけ注意してもらいたいことがあります。官庁街建設には莫大《ばくだい》な費用がかかります。井上外相は昔から浪費癖があるので、管財人を置くべきかと」

「なるほど。君も何度か尻ぬぐいをしたらしいし」

自分のことは棚に上げ、わしは大きくうなずいた。

そして、その場で井上外相を『臨時建設局総裁』に任命した。閣僚のだれもが重要ポストを兼務していた。法制局長官の山尾庸三などは、工部省を仕切るだけでは足りず、民間の福祉団体で総裁をつとめていた。

わしも総理の身でありながら、人々の間をかけずりまわって解決策を模索した。吉田松陰先生から贈られた『周旋《しゅうせん》の才あり』の言葉だけが頼りだった。

政情はたえず変化していく。

とくに極東の後進国は常に外圧にさらされていた。日本国初代総理となったわしは、まさに内《ない》憂外患《ゆうがいかん》の渦中にあった。国内では自由民権運動が全国に広がり、西洋諸国は頑として不平等条約の是正に応じなかった。

翌年の五月。外務大臣の井上馨が全権大使として各国外相らと交渉を重ねた。しかし、日本の提案はすべて拒否されてしまった。わしはひきとめたが、井上は責任をとって外務大臣を辞任した。同時に建設局総裁もあっさりとやめてしまった。

しばらくは空席の外務大臣をわしが代理し、建設局総裁は法制局長官の山尾庸三に兼務させた。有能な人材はかぎられているので、そうするしかなかった。

物づくりに関して、庸三は玄人《プロ》だった。小さなボルトから大きな建造物まで立派に仕上げられる。最初から熟練工の庸三に任せておけばよかったと思った。

実際、官庁街建設の実施は遅れていた。

前任者の井上は大らかな性格なので、ドイツから招聘《しょうへい》した建築技師のエンデとベックマンにすべて一任したようだ。芸術家肌のドイツ人技師たちは、パリ並みの都市を思い描いていたらしい。このまま工期が遅れればさらに出費がかさむ。

新任の庸三は実務に長《た》けている。金銭感覚も堅実だった。日をおかず、二名を解任した。そして、決定後にわしの執務室へ乗りこんできた。

「伊藤総理。すでに御承知のごとく、井上案を続行すれば国家予算が破綻いたします。多少規模は小さくなりますが、敷地は皇居近くの霞《かすみ》が関《せき》にしぼりました。これなら工事費と工期が少なくなって実現可能かと」

そう言って、庸三が官庁集中計画書を提出した。

「拝見しよう」

おれは庸三が描いた図面に目を通した。

一見してすばらしいと思った。鹿鳴館前の日比谷に新公園が描かれ、その後方の丘陵地には司法省と裁判所、さらに高みには外務省や諸省の敷地があった。そして山寄りには睨《にら》みをきかすように陸軍省と参謀本部が配置されていた。

実用的でどこにも無駄のない図面だった。

例によって、わしは即決した。

「よし、これでいこう」

すると庸三が神妙な顔つきになった。

「申し上げにくいのですが、思わぬ出費がありまして……」

「何だ、言ってみろ」

「契約不履行の賠償金として、『エンデ・ベックマン事務所』に三万五千円ほど支払わねばなりません。日独の親善のためにも」

「よかろう。払ってやれ」

一国の総理らしく、葉巻を吹かしながらわしは鷹揚《おうよう》にこたえた。

同年九月十七日。新たな山尾案は閣議に提出され、二日後に認可が下りた。

わしはあらためて山尾庸三の底力を見せられた気がした。仕事や交渉において、誠実さにまさるものはないのだ。現に鉄道施設や製鉄所開設において、定められた予算の範囲内で完成日時をきっちりと守った。

ふと失敗に終わった不平等条約是正の案件について思いが至った。

わしと井上は同じく弁が立つが、身に沁《し》みついた軽薄さを交渉相手に見抜かれた感があった。会議の席でどれほど策を弄《ろう》しても、最後まで信頼を得ることはできなかった。

口下手で武骨な庸三なら、逆にうまくいくのではないか。

天啓のようにひらめいた。得意分野の工業とはまったくの畑違いだが、頑固者の庸三はすれっからしの外交官たちに受け入れられそうな気がする。

それにしてもわしの使える手駒は少ない。

俗に言う英国帰りの長州ファイブか、軍閥を仕切る山県有朋しかいなかった。しかし今では、国内権力に固執する山県は最大の政敵になっている。

非難されやすい国際問題に関して、山県はまったく手をかさなかった。その図式は、奇兵隊決起を必死にうながす高杉先輩を見放した時と同じだった。

わしは山尾庸三に白羽の矢を立てた。イギリスで五年間の留学経験があり、産業革命を目《ま》の当たりにした者などめったにいない。

それに昨今、長女の寿栄子さんが木戸侯爵家へ嫁入りしている。一途《いちず》な庸三は敬愛する桂さんと血縁になることで、積年の思いを遂げたのかもしれない。

二人の仲を知るわしは、そう感じていた。

そのことで家格も上がり、瀬戸内の船頭上がりの冒険家は、華族の一員として迎え入れられた。

人品骨柄《じんぴんこつがら》も申し分ない。国際舞台で日本の立場を堂々と主張できる者は、彼しかいなかった。

だが、山尾庸三のアメリカ公使への要請を真っ向から拒絶する者がいた。現役総理のわしに盾突くなど無礼だし、正気の沙汰《さた》とも思えなかった。

しかし無礼なのはわしのほうだった。

懇切なる断り状が有栖川《ありすがわ》宮《のみや》熾仁《たるひと》親王《しんのう》から届いたのだ。

生まれも位《くらい》も天地ほどちがった。熾仁親王は仁孝天皇の猶子《ゆうし》で、倒幕戦の折には東征大総督として官軍を率いた貴人だった。

『有栖川家の別当を奉職している宮中顧問官の山尾庸三を、米国公使にしたいとのことだが、御存じのように山尾は当家で尽力しており、私も彼を心から信頼しているので、アメリカ行きは差し控えてもらいたい』

成り上がり者のわしは、ぐうの音《ね》もでなかった。

数多くの役職を兼務している庸三が、いまは有栖川家の別当になっていることを失念していたのだ。熾仁親王に長文のわび状をだし、山尾庸三のアメリカ公使就任はとりやめとした。

大切な手駒を失ったわしは、青木《あお》周蔵《きしゅうぞう》外務次官を大磯の私邸に呼び出した。

応接室に通し、無理を承知で話をふった。

「ところで青木くん。識見があり、勝負ごとに強く、英語の討論でも欧米人に負けない日本男児がどこかにいないか」

「一人います」

笑顔で青木が明言した。

想定外の返事がもどってきた。わしも笑顔になり、小首をかしげながら訊《き》いた。

「山尾庸三以外に見当たらんが。その男は何者だ」

「陸奥宗光《むつむねみつ》。今年の一月に諸外国の遊学から帰朝したばかりです」

「あいつが戻ってきたのか……」

陸奥宗光のことなら、青木よりわしのほうがずっとくわしい。

もちろん面識もあった。家柄もよく、徳川御三家の紀州藩上士だった。脱藩後に坂本龍馬《さかもとりょうま》さんが創設した海援隊に加わった。すぐに頭角をあらわし、龍馬の懐刀《ふところがたな》といわれるほどになった。

わしが陸奥に出会ったのは、たぶんそのころだったと思う。

だれよりも弁が立ち、押しも強かった。

だが京都で坂本さんが謎の刺客に襲われて落命したあと、陸奥は行き場を失ったらしい。

勤王の志士なのに、御三家ゆかりの上士という経歴が災《わざわ》いしたようだ。明治新政府内でも煙たがられ、その能力にふさわしい役職を得ることはできなかったのだ。

神奈川県令や地租改正局長などを歴任したが、中央政界とは無縁だった。長薩政権に見切りをつけ、さっさと和歌山へ帰ってしまった。それだけでは済まず、西南戦争の際に政府転覆を企《くわだ》てた罪科で禁錮五年の刑をうけ、山形監獄へ放りこまれた。

わしが手を尽くし、刑期を満たさずに出獄させた。その後、気まぐれな陸奥は世界漫遊と称してヨーロッパへと旅立った。

つまり駐米大使の第二候補は、謹厳実直な山尾庸三とは真逆の、ふてぶてしい前科者なのだ。討論における切れ味は日本剃刀《かみそり》のごとく鋭かった。

「たしかに言葉巧みな陸奥なら適任だな。ひねくれ者で帰国の挨拶にもこないが、すぐに総理官邸へ呼び出してくれ」

「はい、手配いたします」

わしと陸奥の仲を知ってか知らずか、青木外務次官は一礼して応接室から退出した。

やぶれかぶれの登用は図に当たった。

特任大使となった陸奥は、手始めとしてメキシコと平等条約を締結し、不平等条約是正の第一歩をふみだした。そして最大の輸出入国であるアメリカとの交渉も、なしくずしに解決した。

誰の手にも負えなかった新政府の最重要課題が一気に片付いたのだ。わしは、まるで西洋の魔術《マジック》を見せられているような気分だった。

とにかく凄《すご》いことをやってのけた。通称『カミソリ大臣』。日本外交に不滅の功績を残した陸奥宗光の名は、きっと後世にまで伝わるだろうと思った。

明治二十六年、長州ファイブの一員だった遠藤謹助が没した。病弱ながらも造幣局長として金融面を仕切り、五十八歳まで現役として働いた。

通夜の席に集まったわしら四人は棺《ひつぎ》の前に立ち、心の中で別れを告げた。

『さらば友よ、安らかに眠れ』と。

そばにいた庸三が、小さな声で聞き覚えのあるスコットランド民謡を口ずさんだ。日本語の歌詞がつけられ、いまでは唱歌『蛍の光』として日本人に親しまれていた。哀切な曲調の底に、どこかしら突き抜けた明るさがあった。

わしも心惹《ひ》かれた。

「いい歌だな、庸三。おまえが帰国後に流行《はや》らせたと聞いちょるが」

「いや、グラスゴーの下宿先でおぼえた歌が、日本で自然発生的にひろまったんじゃ」

「妙に心地ええのう。こうして葬儀の席でも安らかな気持ちになれる。もしわしが先立《さきだ》ったら、『蛍の光』を歌って見送ってくれ」

庸三はこっくりとうなずいた。

だが、生き残っている者は安らかではいられなかった。

遠藤が亡くなった翌年、日清戦争が勃発《ぼっぱつ》したのだ。それは政権の中枢《ちゅうすう》にいる者にとっても予想外の出来事だった。第五代内閣総理大臣に返り咲いていたわしは、またも激動の時代の渦に巻きこまれてしまった。

わしには両国が戦う意味が見いだせなかった。

もしかすると日本と清国が正面衝突したのは、第三国の脅威によるものかもしれない。拡大戦略を国是とするロシアが、シベリア鉄道を強引に東アジアにまで延ばしてきた。

西太后《せいたいごう》の治世下にある清国はこれを警戒した。

日本もまた韓国を足掛かりにして東アジアへの進出をもくろんでいた。両国が激突すれば、漁夫の利を得るのはロシアだった。

富国強兵を推進した結果、日本の陸海軍はアジアでは抜きんでた存在になっている。力をつけた軍部は秘密裏に敵を定め、一戦交《まじ》えようとしていることは確かだ。戦争が起こらなければ、陸海軍など無用の長物なのだ。

わしの知らぬところで、参謀本部が動いている可能性があった。

放ってはおけない。わしは軍事面を統括している山県有朋に会いに行った。

贅《ぜい》をつくした大豪邸は八千坪もあり、山県自《みずか》らが『椿山荘《ちんざんそう》』と名づけていた。その名どおり小高い椿山を買い入れ、好みの庭と屋敷を作り上げたのだ。東京のほかにも小田原と京都にでかい庭園を有している。総理や大臣クラスでも報酬には上限がある。だが軍事費は膨大《ぼうだい》で、その使い道はどうにでもなる。

庶民はちゃんと見ている。

政治家の花柳界での遊びは大目に見てくれるが、蓄財はゆるさなかった。そのせいか山県が内閣総理大臣になった時も人気は最低だった。

しかし、巨大な軍閥をつくりあげた山県に正面から意見できる者はいない。同じ総理経験者のわしも少しばかり腰がひけていた。

赤い椿の咲き乱れる庭園を一緒に歩きながら、わしはそれとなく探りを入れた。第一軍司令官として漢城《かんじょう》へ向かう山県なら裏事情を知っているはずだ。

なんとか本心を引き出したかった。

「山県、変わらず元気そうじゃのう。わしなんかすっかり年寄りあつかいじゃや、何の情報も耳に入ってこん」

「やめろ、伊藤。おんしゃが二人きりの激励会とか称してわざわざ訪ねてきたのは、腹に一物あるからだろう」

「まったく疑り深いな。ならば訊こう、日本陸軍と参謀本部の狙いはどこにある。こちらから先に清国へ宣戦布告するなんて」

「今さら何を言ってる。最終決断をしたのは現総理の貴様じゃないか」

「けっして軍部に屈したわけじゃないぞ。圧倒的な世論に押し切られたんじゃ」

「同じことだ。知ってのとおり、清国は昔から朝鮮を属国あつかいしてきた。日本でも最近では国論が再び征韓論にかたむいてきちょる。そしてロシアのアジア侵攻が明白となり、日清両国が共に朝鮮半島へ出兵した以上、どのみち開戦は避けられなかったじゃろう。伊藤、こうなったからには軍部に協力してくれ。この戦いには明治帝に近いおまえの力が必要だ。お互いの思想信条を捨てて団結しよう」

「なるほど、挙国一致か」

諭《さと》すつもりが、逆に囲いこまれてしまった。

腹黒い政敵と手を結ぶしか国難をのりこえる術《すべ》はない。

そう覚悟した。なにせ相手は一国ではなかった。韓国内の敵対勢力は少数だが、中国全土には数億の民がいる。さらにロシアは世界一の領土を有する強国だった。

天皇を政治に利用するのは、わしの最も嫌うところだ。しかし、今回だけは目をつむった。全国民を鼓舞し、戦意を高めることができるのは明治帝だけだった。

翌日。皇居に上がって事の次第を正直に述べると、天皇は深くうなずかれた。

「それが万民の総意であるならば、わたくしが戦《いくさ》の前面に立とう」

政治利用以外の何物でもなかった。

「陛下、おゆるしあれ……」

わしは感涙し、床に額《ひたい》をこすりつけて非礼をわびた。

純真なお方なので、その日から軍服に着替えられた。戦に女をまきこんではいけないと申され、世話係の女官たちを全員しりぞけた。

こちらの頼みはすべて聞きいれ、御召列車《おめしれっしゃ》に乗って広島まで行幸《ぎょうこう》された。

少しでも戦場に近い広島を大本営と定め、司令部の小部屋を執務室として昼夜軍服を脱ぐことはなかった。御守役として同行したわしは恐懼《きょうく》するばかりだった。

日清戦争は緒戦でほぼ決着した。

先手をうって平壌《ピョンヤン》入りした清国軍一万五千を、同兵力の日本軍が一気に打ち砕いた。連合艦隊も黄海で清国艦隊を撃滅した。わずか二時間足らずの海戦で戦艦三隻を沈められた敵艦隊は旅《りょ》順《じゅん》港へ敗走したのだ。

日本軍の圧勝だった。

電信で吉報をうけたわしは、さっそく天皇へ報告に上がった。

「陛下、天運に恵まれ勝ち戦となりました」

「……よかった」

短くつぶやかれ、そのまま寝室へもどられた。

しばらくして扉ごしに陛下の嗚咽《おえつ》がもれてきた。

清廉《せいれん》なる貴人の心痛は、どれほどのものだったかをわしは思い知らされた。

明治帝なくして日本の勝利はなかった。参謀本部の作戦がうまくいったというより、日本兵の戦意が勝《まさ》っていたのだとわしは思った。軍服を着て広島の大本営本部に鎮座する明治帝と、着飾って享楽に耽《ふけ》る西太后とでは大きな差があったようだ。

その後も連戦連勝だった。負け知らずの日本軍は、朝鮮半島から中国本土へと攻め上がりつつあった。

世界各国が日本の強さに目を見張った。戦意を喪失した清国は、アメリカを仲介役として講和を求めてきた。

報告をうけたわしは、広島の大本営でひざからくずれ落ちた。

「あぶなかった……」

まさに渡りに船だと思った。戦費に一億数千万を注ぎこみ、経済的に余力がなかったのだ。西太后が強気なら、持久戦となって日本軍の弾薬は底をついていたろう。

相手は本国の上海を交渉地とすると言ったが、わしは下ノ関がよいと突っぱねた。隣県の広島の大本営には明治帝もおられるので、そのほうが心強い。

両国の綱引きの末、勝勢の日本の言い分が通った。清国の全権大使として李鴻章《りこうしょう》が来日した。

清国の政界と軍部を仕切る大立者《おおだてもの》だ。交渉相手として不足はなかった。

わしは外相に抜擢《ばってき》した陸奥宗光を交渉の場にひっぱりだした。持病の結核が進行したのか、陸奥は顔色が悪く咳《せ》きこむことが多かった。それでも敵国との交渉の席には欠かせぬ人物だった。

下ノ関の料亭春帆楼《しゅんぱんろう》で初会合をひらいた。戦神《いくさがみ》の高杉先輩と一緒に遊んだ思い出の高級料亭だ。戦勝がらみの交渉場所には一番ふさわしい。

やはり李鴻章は老獪《ろうかい》で手ごわかった。するどく切りこむ陸奥の言葉を巧みにかわし、自国の立場を淡々と語った。

陸奥が相手に突きつけた三案は、『清国による日本の軍費負担。朝鮮独立の担保。大連《だいれん》と旅順港、及び台湾《たいわん》の割譲』であった。

とてものめる話ではない。同席していたわしはそう感じた。

だが強気の陸奥は、過大な要求をつきつけてから妥協に至るのが外交の鉄則だと思っていた。

下ノ関会議は紛糾《ふんきゅう》した。勝利に酔う国民は多大な賠償金を欲し、軍部は権高な西洋人をまねて治外法権まで求める有様だった。

驚いたことに、陸奥宗光も軍部と同意見だった。わしは苦笑するしかなかった。権力を握ると好漢も豹変《ひょうへん》する。あれほど日本人が不平等条約に苦しめられてきたのに、それを独力で解決した国民的英雄は並みの政治家になっていた。

両国の交渉は長引き、体力勝負の様相をおびてきた。七十歳を過ぎた李鴻章のほうが、年下のわしや病身の陸奥より元気そうだった。

三回目の交渉も不調におわり、次回に持ち越しとなった。

春帆楼を出ると、すでに日は暮れかかっていた。前方には先に退出した李鴻章の後ろ姿があった。老齢だが背筋がしゃんと伸びていた。

「あっ！」

思わずわしは声を発した。

警固の者たちの隙《すき》をつき、物見高い見物人の中から若者が躍りでたのだ。そして李鴻章を真横から拳銃で撃った。

バンッと破裂音がして、その場の者たちが棒立ちになった。

「何をしちょるんか！」

地元の警官が怒鳴って走り寄り、凶漢に体当たりした。そのまま押さえつけて拳銃を奪いとった。すべてが一瞬の出来事だった。

「きゃあーッ、きゃあーッ」

女たちの悲鳴があちこちであがり、群衆は先を競って逃げ出した。

見ると、砂利道に倒れ伏した李鴻章は左手で顔面を押さえて呻《うめ》いていた。出血もひどい。首から上を撃ち抜かれて生還した者などいない。

すべてが終わった。

わしはそう思った。世界中が注視している交渉の場で、相手国の代表者が凶漢に射殺されてしまったのだ。

どれほど弁明しても、日本側による謀殺《ぼうさつ》と非難されるだろう。大きな代償を払うのは清国ではなく、わが日本となってしまった。時間がとまり、わしは血だらけの凶行現場に立ち尽くした。

確かに因果はめぐっている。

若くて血気盛んなころは『暗殺ほど効率的な行為はない』と信じていた。どんな権力者も殺してしまえば物言わぬ無力な屍《しかばね》になると。

「伊藤閣下、早く退避を！」

「まだ共犯者がいるかもしれません」

高官付きの二人の護衛が、わしを挟《はさ》み抱えるようにして春帆楼へ逃げもどった。玄関先にいた陸奥が咳きこみながら声をかけてきた。

「傷は浅いです。お気をたしかに」

銃声を耳にして、撃たれたのはわしだと思いこんでいた。

「わしは無傷だ。じゃが、李鴻章は助からんじゃろう」

「それはまずい……」

まるでわしが射殺されたほうがよかったような口ぶりだった。

修羅場には慣れている。わしはすぐに冷静さをとりもどした。下ノ関会議に同行してきた秘書官を呼んで緊急指令を発した。

「すぐに電信で東京へ連絡して箝口令《かんこうれい》を敷け。おしゃべりな外交官たちの口をふさぐように伝えろ。いいか、下ノ関では何も起こっていない。清国の全権大使・李鴻章どのが風邪をひいて入院されたようだが、数日で退院される。それと山口県警にも連絡を入れて、犯人の身元と動機を伝えに来いと言え。この先、何が起こるかわからんが陣頭指揮はわしがとる。以上だ」

そばで成り行きを見守っていた陸奥が、薄笑いを浮かべて言った。

「感服いたしました。平時より緊急時のほうがお元気ですね」

「切れ味が鈍ったな、陸奥くん。今ごろ知ったのかい。これまで死線を何度も越えてきちょる。そう、わしは不死身なんじゃ」

冗談じみた口調で言ったが、先行きは怪しいと感じていた。

たしかに油断があった。もしわしが李鴻章より先に春帆楼を出ていたら、結果はどうなっていたかわからない。国民は長引く交渉にいらだっていた。凶漢の銃口がわしに向けられたとしても不思議ではなかった。

もしかすると真の標的は自分だったのではないか。

国粋主義者の立場ならば、清国の全権大使を殺すより、弱腰の日本国指導者の命を奪うほうが成果は大きい。

そんな疑念にとらわれた。わしはずっと征韓論に反対の立場をとってきた。だが、軍部は朝鮮を統治下において大陸進出を狙っている。国民の多くもアジアの覇者になることを望んでいた。いずれにしても、最大の障壁となっているわしが目ざわりなのは確かだった。

老練と呼ばれる政治家ほど醜いものはない。

わしも妥協を積み重ねてきた。直近では政敵の山県に同調し、講和を求める相手国からより多くの戦利品を奪い取る役目を買って出た。李鴻章との討論は陸奥に任せていたが、大事な場面ではわしも口をはさんで恫喝《どうかつ》めいた態度をとった。

持って生まれた性格なのか、若輩のころから話をまとめることに生きがいを感じていた。だが、時には自分の立ち位置を見まちがうこともある。強者としてふるまい、今回は弱い立場の交渉相手をとことん追いつめてしまった。

政治家としては有能だが、もはや志士と名乗るのはおこがましい。

それにひきかえ、李鴻章は見事に死に花を咲かせたのだ。

深夜になって秘書官から報告が届いた。

「伊藤閣下。東京へ打電して箝口令の件はなんとか済ませました」

わしは春帆楼の一室で寝間着のまま対応した。

「よし。それでどうなんだ、李鴻章どのの容体は。死んだのか」

「何をおっしゃっているんですか。狙撃されたあと、日本の病院へ行くのを拒絶され、ご自分の足で宿舎へ徒歩で戻られました」

「至近距離で顔面を撃ち抜かれたのに……」

「犯人が使用した拳銃の威力が意外と弱かったらしく、弾丸は李鴻章の左の頬骨《ほおぼね》のあたりで食い止められたようです」

わしは大きく息を吐いた。

「信じられん、そんな馬鹿げたことが起こりうるのか」

「犯人が横浜の貧民街で買い入れたという拳銃が安物だったんじゃないですか」

「警察の調べはついたということか」

「群馬県生まれで姓名は小山豊太郎《こやまとよたろう》。年齢は二十七歳。今のところ犯行動機については不明ですが、数日前に陸路で広島に着き、そこから客船に乗って下ノ関入りしたことは確かです」

「動機を知ることが大事だ。そこをきちんと詰めるように県警に言っておけ」

「かしこまりました。とにかく大事に至らずよかったです。中国から同行してきた医者が弾を摘出しようとしたのですが、李鴻章が痛がるので中止したとか。帰国してからちゃんとした病院で再手術するつもりかも」

「命に別状ないのなら絶対に帰らせてはいかん」

「で、どうなさるおつもりですか」

「遅かれ早かれ今回の事件は世界へと発信されるじゃろう。先進国から糾弾される前に、清国が望むとおり無条件講和を結ぶしか手はあるまい」

清国の全権大使が銃弾を浴びたことで事態は一変した。すべての面において、日本が加害者なのは明らかとなった。わしとしても、本心は平和裏に交渉を終わらすことを望んでいた。

すると、若い秘書官が面相を変えて言いつのった。

「伊藤閣下、畏《おそ》れながら申し上げます。賠償金や土地の割譲は日本の手中にあります。それを放《ほう》擲《てき》して無条件で和平すれば、勝ち戦にのぼせあがった軍部だけでなく国民もだまってはいないでしょう。あまりにも危険すぎます。第二の狙撃事件が起こるかもしれません」

「次に撃たれるのは、このわしだと」

「ええ。衆愚という言葉もございます。なにとぞ御身大切《おんみたいせつ》になさってください」

彼の言うとおりだと思った。

わしのような成り上がり者が、人徳をかざしても嘲笑されるだけだろう。

今の世は帝国主義がはびこり、隣国の領土を軍事力で強奪することが横行している。知性が重んじられるはずの外交が弱肉強食を実証する場と化していた。

言い換えれば、それは民族としての苛烈《かれつ》な生存本能だ。

たぶん百年後もそうした無慈悲な形態は変わることはないだろう。腹を決めたわしは、日本の繁栄だけを主軸にしてその後の講和会談に臨《のぞ》んだ。

仮想敵国のロシアが、フランスやドイツと組んでしきりに干渉してきた。清国との交渉が長引けば、『三国干渉』の流れの中でロシアが参戦してくる恐れがあった。

やはり、最大の敵はロシアだとわしは再認識した。

世界に名だたるバルチック艦隊を、太平洋側にまわして世界の覇権を握ろうとしていた。それには極東の新興国日本を攻めて属国化し、不凍港を確保するしかない。

日本は米英の後ろ盾もあり、からくも余力を残して終戦となった。戦いに勝利した日本が最終的に得たものは、台湾の割譲と賠償金三億六千万円。それと朝鮮が独立に至るまでの日本の関与だった。

宮中で論功行賞が行われた。わしは殊勲一等として菊花大綬章を頂戴し、伯爵から侯爵へと位が上がった。

大清国帝国を打ち負かし、軍人だけでなく政財界人までが浮かれていた。

そんな折、わしのもとへ絶交状が届いた。

差出人は最も信頼している山尾庸三だった。遠藤謹助の葬儀以来しばらく会っていなかった。庸三は日清戦争にいっさい関わらず、ひたすら障害者教育に心血をそそいでいた。

わしは封筒を開けて文面を読んだ。

いつもは長文の手紙を送ってくるのに、絶交状はわずか五行足らずだった。


先ごろ妻の種子が亡くなった。

宮中顧問官及びすべての官職を辞する。

鎌倉の別荘で独り暮らしをする。

中央政界とは縁を切る。

よって貴君とは二度と会わぬ。


貴君とは相棒のわしのことだ。庸三の一徹な性格はだれよりも理解している。言いだしたら節を曲げない。そのくせ繊細で心温かい。そして自分の引きぎわを知る男だった。

それにひきかえ、わしの晩節は執着心に満ちている。初代日本国総理大臣にまでのぼりつめたあと、何度も返り咲いて政界を差配してきた。政治闘争に明け暮れ、むごい戦争の中で嬉々として活動してきたのだ。

日清戦争の死者数は一四一七人。病死者一万一八九四人。日本兵は侵略戦の中で、外地の風土病で亡くなった者のほうが十倍も多かった。

論功行賞で侯爵となったわしは、庸三から絶交状を叩きつけられて当然だと思った。

その後、わしはいったん政界から退いた。だが明治帝からお声が掛かると、性懲《しょうこ》りもなく政府の中枢に舞いもどった。

それには真っ当な理由がある。

日清戦争に連鎖して、本筋の日露が開戦必至になったのだ。未曽有《みぞう》の国難を救えるのは『伊藤博文』だけだという自負があった。

まず大敵を倒すには、高杉先輩をしのぐほどの天才的な戦略家が必要だった。

日をおかず、わしは参謀本部次長の児玉源太郎《こだまげんたろう》を官邸へ呼び出した。彼は長州閥の徳山藩出身で、陸軍省内では『小さな巨人』と呼ばれていた。五尺足らずの背丈だが、内に秘めた見識と闘志は他の追随《ついずい》をゆるさなかった。

二人きりで話したかったので、広い会議室ではなく奥の秘書官室に児玉を招き入れた。

「急に呼び出してすまんかった。察しのいい君なら用件はわかっちょるじゃろう」

「はい。徹夜して対ロシア戦の意見書を作成してきました」

「わしゃ老眼じゃし、読むのに時間がかかる。この場で口頭で述べてくれ。ドイツ帝国名参謀メッケル少佐の一番弟子の持論を聞きたい」

「兵学教官として日本に赴任《ふにん》されたメッケル師からは、勝利に至るさまざまな道順を教わりました。同時に敗戦後の的確な処理も」

「で、この戦は……」

　わしが上目づかいで問うと、心地好い返事がもどってきた。

「もちろん勝てますよ。その戦略については十章ほど意見書に記しましたので、あとで目を通してください」

「おう、心強いのう。欧米の首脳たちはそろって『日本滅亡』を予想しとるのに」

「たしかにロシアと開戦するのは、だれが見ても無謀と映るでしょうね。両国の軍事力は大人と子供ほどの差がありますし。でも、戦はやってみないとわからない。そのことはわずか数十人で挙兵し、回天維新を成し遂げられた伊藤閣下が一番ご存じでしょう」

「わっはは、すっかり忘れちょったでよ」

　わしは椅子にもたれて大笑いした。

　機先を制すれば活路は見いだせる。それが幾度《いくたび》も大敵を倒してきたわしの実感だった。長府の功山寺で奇兵隊が決起した時、わしらの勝利を予見した者はいなかった。今は日本の侵略戦を先導している山県有朋でさえ、その時はおびえて背を向けたのだ。

　翌日。緊急会議をひらき、児玉源太郎を正式に満州軍総参謀長に任命した。

　大役を引き受ける際、児玉がだした条件は一つだけだった。

「試算の結果、対ロシア戦遂行には二十億円の軍事費が必要です。先手必勝。開戦にあたっては五億円ほど調達してください。それができるのは伊藤閣下だけです」

たしかに金がなくては何もできない。

戦においても、最も大事なのは軍資金だった。かつてわしは、下ノ関の奉行所を急襲して金蔵を開けさせた。あの時ぶんどった千両箱が、寄せ集めの奇兵隊を勝利に導いたといっても過言ではない。

それにしても日露戦争における軍事費は巨額すぎる。日本の国家予算をはるかに上回っている。どこかから五億円を持ってこなければ開戦すらできないのだ。

事が切迫している。総参謀長に言われるまでもない。周旋屋気質のわしは特任大使を買って出て、すぐさま渡米した。

わしは前日本国総理大臣の肩書を背負って、日本に同情的な米英のユダヤ系銀行家たちを集めて援助を乞《こ》うた。

通訳をつけず、暗記した英語で語りかけた。

「時は金なり。感謝の言葉は後まわしにして、さっそく本題に入ります」

タイムイズマネーのつかみがうまくいった。会議室に笑いが起こって場がなごんだ。調子づいたわしは、秘書官が作成した英文をゆっくりと読み上げていった。

児玉総参謀長の発案により、先制攻撃を宗《むね》とする日本軍が、一気に仁川《じんせん》へ上陸して戦いの足場をかためていることも交渉を楽にした。

すでに外積が五億八千万まで達しているのに、ニューヨーク在住の銀行家ジェイコブ・シフ氏が五百万ポンドを融資してくれたのだ。

理由は明快だった。

「この戦争はきっと日本が勝ちます。なぜなら欧米にいる在留日本人の多くは、迷うことなく帰国して志願兵となっていますね。団結力があり、明治帝への忠誠心が強い日本人は、きっと戦場でも最大限の力を発揮することでしょう。そのことは日清戦争の大勝利から見ても明らかです。私たちユダヤ人は祖国を持たない放浪の民なので、日本人をうらやましく思っています」

その逸話を耳にしたわしは、あらためて日本人の特質を知らされた気がした。国難に見舞われたときは壮健な男子だけでなく、女子供までが一致団結する。

だが、そうした滅私奉公の精神が裏目にでる場合もあるだろう。

懸念は無用だった。戦費を確保した日本軍は、陸戦でも海戦でもロシア軍を圧倒した。日本海沖でロシアのバルチック艦隊を撃滅させたのが決定打となった。

米国のセオドア・ルーズベルト大統領の仲介により、ポーツマス講和会議がひらかれ、日露講和条約が締結された。

しかし、戦勝国の日本が得たものは樺太《からふと》の南半分にすぎなかった。仲介役のアメリカが、ロシアに代わって賠償金の支払いを突っぱねたのだ。ルーズベルトは敗戦国の復讐《ふくしゅう》心《しん》が高まるだけだと喝破《かっぱ》していた。

わしも同意見だった。負けるのは最悪だが、勝ちすぎるのもよくない。

戦勝気分に浮かれていた国民は失望し、各地で暴動が起こった。軍部の怒りも交渉役のわしに向けられた。

いつだって勝者は過大な要求を敗者たちに求める。

わしは高まる民意を遠ざけた。乃木希典《のぎまれすけ》の指揮する突撃部隊が、旅順要塞《ようさい》の二〇三高地を攻め落とし、号外がばらまかれた時も心を動かさなかった。

それは東アジアの局地戦にすぎないと感じていた。日露戦争において、日本軍は一兵たりともロシア領内に攻め入ってはいなかったのだ。

また戦費も尽きかけている。戦死者も多い。あと一年戦闘が長びけば、四十万を超すロシア軍が南下してくる恐れがあった。

真実はぎりぎりの辛勝だった。

そのことをいちばん理解なさっていたのは天皇だった。皇居に参拝した折、小走りで近寄ってこられた。

「よくやってくれましたね。感謝しております」

それだけ言って、恥ずかしそうに奥の部屋へもどられた。その言葉だけでわしは充分だった。

だが明治帝の思《おぼ》し召しはさらに深く、論功行賞というかたちであらわれた。

わしは侯爵から一階級上がって公爵となった。

海軍指揮官の東郷平八郎《とうごうへいはちろう》は爵位をもっていなかったが、公侯伯子男の順番を一足飛びで超えて伯爵の座におさまった。今回の戦争では、バルチック艦隊を日本海に沈めた男が殊勲一等だったのだろう。

明治四十二年二月。わしは三年ぶりに日本へ帰国した。今の肩書は韓国統監だ。後進国の韓国を指導し、日本の友好国として迎え入れる役目であった。そんな悠長な保護政策を支持する者は数少ない。国民の世論は韓国支配に大きくかたむいている。現総理の桂太郎《かつらたろう》も自分の政権下で『韓国併合』を成し遂げようとしていた。

桂は長州閥の後輩なので、昔からわしを煙たがっている。官邸で会談が始まると、目を合わさずに意見を述べた。

「伊藤閣下、ご壮健でなによりです。さっそく本題に入りますが、韓国の進展ぶりは如何《いかが》でしょうか。甘い懐柔策ではさほど成果はないのでは」

「そのとおりだよ、桂くん。価値観や文化の差はかんたんには埋められん。三年にわたって統監の座にいるが、これといった成果は上げられなかった。なので、職を辞すつもりだ。後任はそっちで選んでくれ」

「えっ、辞職なさると……」

不意打ちをくらった桂は数秒ほど黙りこんだ。統監辞任は彼が望んでいたことだったので、わしが先手を打ったのだ。

「最近は体力が無《の》うなってのう、気力まで失せてどねぇもならん。これからは楽隠居するでよ」

そんな気持ちはさらさらなかったが、わざと長州弁で嫌味を言った。

桂があわてて首をふった。

「いや、閣下にはまだまだ働いてもらわねば。韓国統監は体力的に無理でしょうが、枢密院《すうみついん》議長ならおふさわしいのではないでしょうか」

「何を言うちょる。現枢密院議長は山県有朋じゃろうが」

「おっしゃるとおりです。しかし、山県さまに昨晩打診したところ、昔なじみの伊藤なら席をゆずってよいと申されておりました」

「はっはは、何もかも初めから決まっちょったんか」

わしが笑いとばすと、桂が急に真顔になって話を詰めてきた。

「では、本当によろしいのですね。伊藤閣下が韓国統監を退《しりぞ》かれたあと、ただちに新政策を推《お》し進めます」

「君の好きにしろ」

わしは放り投げるように言った。

この一言で、韓国併合はあっけなく決定した。もとよりわしは征韓論者ではない。また併合論者でもなかった。征韓から併合へと言葉はすり替わったが、軍部の野望はさらに増している。韓国を支配下において日本の覇権を東アジア全域へ及ぼそうとしていた。

明治帝にそんなお考えはなかった。日本の中だけでひたすら万世一系の使命を懸命に守ろうとなさっていた。

辞任後、わしはすぐに渡韓して引き継ぎの事務手続きを済ませた。そして韓国高官らと折衝をかさね、併合案をのませた。韓国皇室の存続と、閣僚たちの既得権益の保持が引き換え条件だった。

一見すれば、わしが韓国併合の立役者のように映るだろう。そのことは初めから覚悟していた。

きっと韓国の民は元統監を憎しみの目で見るはずだ。

「コリア、ウラーッ！　コリア、ウラーッ！」

公用車で韓国の大通りを進むたび、わしは何度も韓国万歳の罵声《ばせい》を浴びた。

嫌われ役に徹するのも政治家のつとめだ。多くの日本国民も日露戦争後の賠償問題に納得せず、名指しでわしを糾弾《きゅうだん》した。

その年の八月、韓国皇太子をお連れして日本にもどった。日韓両国の皇室を近づけることが、融和への第一歩だった。

寒い韓国と気候が似ている東北や北海道を巡遊したが、皇太子は笑顔を見せなかった。自分が人質に取られていると思いこんでおられた。

そうした中、ひそかにわしは新たな構想の実現にむけて動いていた。

政敵の山県に屈して併合案を推進したわけではない。西洋列強によって軍事力によるアジア侵攻が常習化し、日本もそれに倣《なら》って韓国を併合した。かつての被害者が加害者に変貌したのだ。

わしがその片棒をかついだのは間違いなかった。

だが政治家として最低限の良識だけは示したいと思っていた。

武力ではなく、東アジアへの覇権を話し合いで平和裏に進めるのだ。それには敗戦国との協力も必要だった。わしは駐ロシア公使の本野一郎《もとのいちろう》に連絡し、ロシアの外務大臣ココツェフとの会談を要請した。

政治歴の長いココツェフは、ニコライ皇帝から東洋事務主管に任命されており、東アジア全域を目配りする役目を負っていた。

九月末。駐露公使の本野が帰国し、その足で大磯の私邸に訪ねてきた。応接間に通し、わしは挨拶もそこそこに話を聞いた。

「本野、相手がわの様子はどうだ。ロシアの外交政策は秘密主義で腹黒い。何をしでかすかわからんしのう」

「いや、意外にもココツェフは日本に好意的で乗り気のようです。伊藤閣下の盛名はアジアだけでなく、全世界に轟《とどろ》いておりますから」

「世辞はいい。今後の道筋はついたのか」

「もちろんです。ニコライ皇帝も伊藤閣下に好感をもっておられるらしく、招待したいと申されまして。できればその折に、滞《とどこお》っていた日露の関係修復と両国によるアジアの権益分配について話し合いたいとか」

「やはりそうくるか」

「ええ。会談は紛糾するかもしれませんね」

「で、場所と日時は」

「場所はハルビン。日時は十月二十六日です」

「よくやった、本野」

「大任を果たせてほっとしています」

「決定したからには桂総理の協力も必要だ。官邸へ行き、事後報告ではなく最初に報告に来たようにふるまってくれ。反感を持たれないように」

「やってみます。けっこう腹芸は得意なんです」

ロシア語の堪能な本野は、母国語もすこぶる明瞭だった。

渡満直前、わしは下ノ関へと向かった。その地は忘れがたい運命の場所だった。

ここでわしは力士隊をひきいて戦った。李鴻章と交渉したのもここだった。そして何よりも三味線芸者の梅子と初めて出会ったところなのだ。

本妻として迎え入れたが、幸せにできたかどうかはわからない。遊びぐせが直らず婚外子を何人もつくった男に、梅子はずっと笑顔で尽くしてくれた。今回の交渉前に、梅子名義で財産分けを済ませ、わしがいつ死んでも老後の生活に困らないようにしておいた。

ロシア人は昔から暗殺を好む。

それも罠《わな》にはめて標的を誘い出し、確実に殺すケースが多かった。すでに現職総理ではないが、ロシアから見れば『伊藤博文』は日本の独裁者として映っている。

第一にハルビンという場所が怪しかった。李鴻章も外地の下ノ関までやって来て、日本の若者に撃たれたのだ。

ふっとまた懐旧の念にとらわれた。

高杉先輩も倒幕戦の渦中にここで亡くなっている。

思い返しても凄い漢《おとこ》だった。自分の命をけずり、いつだって強大な敵に恐れもなくぶつかっていった。それにひきかえ、ロシアがわの招待に及び腰になっている自分が情けなかった。

志士は死ぬべき時に死ぬ。

それが松陰門下生としての矜持《きょうじ》だった。

その夜。春帆楼に宿泊したわしは、依頼されていた『高杉晋作記念碑』の銘文を一気にしたためた。

動けば雷電の如《ごと》く
発すれば風雨の如し
衆目は駭然《がいぜん》として
敢て正視するもの莫《な》し
此れ我が東行高杉君に非《あら》ずや

きっとこの銘文を高杉先輩が目にしたら、「下手糞め！」と大笑いしてくれただろう。

下ノ関の花街で一緒に遊んでいたころがいちばん楽しかった。

気まぐれな高杉先輩にこき使われ、時には朋友のごとく手を握り合った。追いつめられたら共に戦った。

松下村塾の若者たちは、ほとんど二十代なかばで闘死した。全員がだれよりも先に死ぬことが使命だと感じていたようだ。

わしはなんとか今日まで生き永らえた。

だが血盟の誓いを結んだ山尾庸三に絶交状を叩きつけられ、独り馬齢を重ねるわしは無性に寂しかった。

同年十月二十六日。予定どおり午前九時に六輛編成の列車はハルビン駅に到着した。長春《ちょうしゅん》から六時間をこす長旅だったが、わしはさほど疲れを感じていなかった。

同行の秘書官が連絡のためプラットホームに下りた。

貴賓車の窓から厚着の秘書官が身ぶるいしているのが見えた。わしは前の席にすわっている田《た》中清次郎《なかせいじろう》に声をかけた。彼は満鉄の理事だが通訳の役目を買って出てくれていた。

「田中くん、えらく寒そうだな」

「ええ。ハルビンは満州の中央にある都市でして、大陸性気候によって季節の寒暖差が激しいのです。十月下旬でも、日本の北海道の真冬ぐらいの寒さでしょうか。車内は暖房が効いておりますが、外はたぶん零下十度ぐらいです。伊藤閣下もお風邪をめさぬよう気をつけてください」

「それは難儀じゃのう」

窓外に目をやると、左辺にロシアの儀仗兵《ぎじょうへい》たちがずらりと整列していた。寒さに慣れているらしく、隊列を乱す者は一人としていなかった。

ほどなく秘書官に先導されて長身のロシア人が貴賓室に入ってきた。通訳の田中が席から立ち上がり、大仰な仕草で出迎えた。

「閣下、こちらがココツェフ外相です」

「田中くん、お会いできて光栄ですと通訳してくれ」

「わかりました。ほかに申し伝えることは」

「本日の会談は私的なものではなく公式な話し合いです。東洋事務主管である貴殿と、東アジアにおける両国の権益について腹を割って話し合いたい。大事なのは両国の信頼です。そう伝えてくれたまえ」

「長いですね。正確に通訳できるかどうかわかりませんが、やってみます」

田中が何度もつっかえながら、ココツェフ外相に語りかけた。

なんとか伝わったらしく、ココツェフがわしの手を握りしめて横目を走らせた。勘の良いわしは了解したという風に何度もうなずいた。

「田中くん、儀仗兵の閲兵《えっぺい》をしてくれと申しておるようなので、さっそく始めよう。この寒空にあのまま兵士たちを待たせておくわけにもいかんじゃろう」

ココツェフも勘がよかった。田中の言葉を待たず、車内から窓越しに手刀のようにシュッと右手を払った。それを合図に軍楽隊の演奏が始まった。その背後にいる在留日本人たちも日の丸の小旗をふっていた。

こんな大歓迎をうけるのは久しぶりだった。

ただ清国の軍服を着た一団が後方で警備しているのが気になった。ロシアと清国は共に日本から苦杯をなめさせられている。なぜ両国が協力して、わしを守ろうとしているのか理解できなかった。

また閲兵式を行うなら、前もって先方からこちらに知らせてくるのが常識だろう。

だが常識の通じない国も世界にはたくさんある。

ロシアはその代表格だった。大げさな儀仗兵に軍楽隊、きっちりと定められた歓迎の式典になじめない。また儀仗兵が持つ鉄砲には実弾がこめられていないのが常道だが、今となっては相手を信用しきれなかった。

ココツェフが何か言い、田中がすぐに日本語に訳した。

「主賓《しゅひん》の伊藤閣下がゆっくりと先頭を歩いてください。そう言ってます」

「いや、迎えるがわが先導するのでは」

「どうもロシアの閲兵は様式がちがうようです」

疑念がさらに深まった。下ノ関でひらかれた日清講和会議でも似たような場面があった。会談後、交渉相手の李鴻章が先に春帆楼を出た。そのまま見物人の前を通り過ぎようとした時、凶漢の拳銃が火を噴《ふ》いたのだ。

しかし、ここで臆したそぶりを見せれば侮《あなど》られる。郷に入れば郷に従えだ。わしは真っ先に列車を降りた。随行の秘書官たちも少し間をおいて下車した。ココツェフはさらに遅れ、わしらの後をのろのろと歩いていた。

軍楽隊の演奏がおさまると、儀仗兵たちが胸をピンッと張って敬礼した。

だが何やらおかしい。直立不動の姿勢を乱し、儀仗兵らの上半身が右手と逆方向へ大きく弓なりに傾《かたむ》いている。これでは首を痛めてしまうだろう。

滑稽《こっけい》に映るが、それがロシアの閲兵式の伝統らしい。

おかげで緊張感がほどけた。身も凍るような寒気の中、わしは背筋をのばしてプラットホームを闊歩《かっぽ》した。

その時。隊列をくずした儀仗兵の間から、わしとよく似た小柄な男が身を乗り出した。そして中腰のまま両手で大型拳銃を構えた。銃口はこちらに向けられている。

恐れはなかった。覚悟もできていた。青年が放つ凶弾を身に浴びるべき者は、初代日本国総理大臣の伊藤博文。このわしだ。

一瞬、二人の目が合った。

暗殺者は悲しいまなざしをしていた。


明治四十二年十月二十六日、前韓国統監の伊藤博文がハルビン駅構内で射殺された。

狙撃犯は韓国人の独立運動家だった。一週間過ぎても、暗殺者の名前も動機も新聞には発表されなかった。

翌月四日、日比谷公園で日本国初代総理大臣の国葬が執《と》り行《おこな》われた。おれも沿道の群衆にまじって弔意《ちょうい》をあらわした。相棒とは亡くなるまで疎遠《そえん》のままだった。

帰宅途中、買ったばかりの新聞を新橋駅前の広場でひろげた。

狙撃犯の名前と顔写真が目にとびこんできた。暗殺者安重根《あんじゅうこん》の悲しげな瞳は、しっかりと未来を見すえていた。

どこかで見たような顔だと思った。

「これは……」

その場で、めまいと吐き気に襲われた。息が詰まった。全快したと思っていた症状がぶりかえした。体の震えがとまらない。

おれの脳裏に、あの惨劇の場面がよみがえった。紙面をかざるテロリストの容貌が、雨の九段坂の俊輔にぴったりと重なった。

ふっと時間の流れが逆流した。亡くなった者たちの顔が次々と浮かんでは消えた。

おれは新聞に載った顔写真を何度もたしかめた。高まる感情を抑えきれない。墒次郎を刺殺した俊輔が、波乱に満ちた人生の帳尻を合わせるため、最高権力者にのしあがった四十六年後の自分を撃ったのではないか。瞬時、そんな思いにひたされた。

すべては清算されたのだ。

涙があふれでる。永い年月をへて、俊輔は迷いこんだ深い暗殺の森から抜け出した。

残されたおれは罪を背負ったまま老いさらばえる。そして暗く気鬱な森の中を永遠にさまよいつづけるだろう。

近くで発車の汽笛が鳴った。甲高《かんだか》い蒸気の破裂音にうながされ、おれは乗降客でこみ合う新橋駅前を離れた。

鉄道の開通後、この界隈はすっかり様変わりして旅館や料亭が建ちならんでいる。

おれはこれまで何度も大いなる海に救われてきた。潮の香りに誘《いざな》われ、歓楽街を抜けて砂まじりの小道を歩きだす。そのままゆっくりと芝ノ浦海岸へと進んだ。

三年後にはこの浜辺も埋め立てられ、芝浦と地名も変わるらしい。

時は無慈悲に流れ、人もまたうつろいやすい。だがこうして東京湾に沈む初冬の夕陽をながめ、潮風を胸いっぱいに吸いこめば心が落ち着く。

いや、もっと安らかになれる術《すべ》がある。

あの歌を口ずさめば、身にまとわりついた呪縛《じゅばく》が容易に溶けていく。そして、冒険心にあふれた青春の日々が鮮明によみがえってくる。

だれもが手さぐりで懸命に生きていたのだ。

おれは一度深呼吸し、それから小学唱歌の『蛍の光』を静かに口ずさんだ。旋律は明るくてリズミカルだ。けれども、その底流には得《え》も言われぬ哀愁が秘められている。

蛍の光　窓の雪
書読《ふみよ》む月日　重ねつつ
いつしか年も　過ぎの戸を
開けてぞ今朝は　別れゆく

おれは詞の一番だけをくりかえし小声で歌った。

それは激動の時代を驀進《ばくしん》し、強引に日本の未来を切りひらいた友への別れの献歌だった。

【主な参考文献】

『防長回天史』 末松謙澄著 (みなと新聞社) 1967
『イギリス・カントリー四季物語』 土屋守著 (東京書籍) 1994
『ロンドン地名由来事典』 渡辺和幸著 (鷹書房弓プレス) 1998
『伊藤博文秘録 正・続』 平塚篤編 (原書房) 1982
『航海の世界史』 ヘルマン・シュライバー著 杉浦健之訳 (白水社) 1977
『世に棲む日日』 司馬遼太郎著 (文藝春秋) 1971
『松下村塾』 古川薫 (講談社学術文庫) 2014
『山尾庸三傳』 兼清正徳著 (山尾庸三顕彰会) 2003
『山口県の歴史』 小川国治編 (山川出版社) 1998
『白い崖の国をたずねて』 宮永孝著 (集英社) 1997
『明治日本とイギリス』 オリーヴ・チェックランド著 (法政大学出版局) 1996

本作は書下しです。

阿野　冠（あの・かん）

１９９３年東京都生まれ。慶應義塾大学法学部卒業。芸能活動のかたわら、14歳で作家デビュー。雑誌「小学四年生」に小説を連載し、２００９年、初の単行本『ジョニー・ゲップを探して』を刊行。２０１１年、阿野冠名義で『花丸リンネの推理』を刊行。第23回・第24回・第25回松本清張賞最終候補。その他の著書に『荒川乱歩の初恋　高校生探偵』『バタフライ』『君だけに愛を』がある。本作は初の時代小説となる。

蛍《ほたる》の光《ひかり》　長州藩士維新血風録

２０２４年５月31日　初刷

著者　阿《あ》野《の》　冠《かん》

発行者　小宮英行

発行所　株式会社徳間書店

〒１４１－８２０２　東京都品川区上大崎３－１－１
目黒セントラルスクエア

電話　０３－５４０３－４３４９（編集）
０４９－２９３－５５２１（販売）

振替　００１４０－０－４４３９２

本文印刷所　本郷印刷株式会社

カバー印刷所　真生印刷株式会社

製本所　東京美術紙工協業組合

ISBN978-4-19-865835-9